KB162707

을유세계문학전집 · 115

감찰관

을유세계문학전집 · 115

감찰관

REVIZOR

니콜라이 고골 지음 · 이경완 옮김

을유문화사

옮긴이 이경완

서울대학교 노어노문학과에서 「고골 문학의 아라베스크 시학 연구: 『아라베스끼』 문집을 중심으로」라는 논문으로 박사 학위를 받았다. 역서로 고골의 『죽은 혼』 등이 있으며, 대표 논문으로 「성서 해석학의 관점에서 고골의 종교성 고찰」, 「고골, 우크라이나인 그리고/혹은 러시아인?: 성서적 기독교의 관점에서 고골의 민족적 정체성의 양가성에 대한 고찰」, 「로트만과 고골의 대화: 기호와 현실의 관계에 대한 신화적 인식을 중심으로」, 「체홉의 '소삼부작'에 나타나는 상자성의 중첩 구조」, 「근대 자유주의와 푸시킨의 오리엔탈리즘의 모호성」 등이 있다.

을유세계문학전집 115
감찰관

발행일·2021년 10월 30일 초판 1쇄
지은이·니콜라이 고골 | 옮긴이·이경완
펴낸이·정무영 | 펴낸곳·(주)을유문화사
창립일·1945년 12월 1일 | 주소·서울시 마포구 서교동 469-48
전화·02-733-8153 | FAX·02-732-9154 | 홈페이지·www.eulyoo.co.kr
ISBN 978-89-324-0508-7 04890 978-89-324-0330-4(세트)

• 책값은 뒤표지에 있습니다. 잘못된 책은 구입하신 곳에서 바꾸어 드립니다.

차례

감찰관

제 낯짝 삐뚤어진 줄 모르고

거울만 탓한다.

— 속담

등장인물

안톤 안토노비치 스크보즈니크* - 드무하놉스키 시장
안나 안드레예브나 그의 아내
마리야 안토노브나 그의 딸
루카 루키치 흘로포프 교육감
그의 아내
암모스 표도로비치 랴프킨-탸프킨 판사
아르테미 필리포비치 제믈랴니카 자선 병원장
이반 쿠지미치 시페킨 우체국장
표트르 이바노비치 돕친스키 도시 지주
표트르 이바노비치 봅친스키 도시 지주
이반 알렉산드로비치 흘레스타코프 한량, 페테르부르크에서 온 관리.
오시프 그의 하인
흐리스티안 이바노비치 기브네르 도시의 공의(公醫)
표트르 안드레예비치 률류코프 퇴직 관리, 시의 유지
이반 라자레비치 라스타콥스키 퇴직 관리, 시의 유지
스테판 이바노비치 코롭킨 퇴직 관리, 시의 유지
스테판 일리이치 우호베르토프 경찰서장
스비스투노프 경찰
푸고비친 경찰
데르지모르다 경찰
압둘린 상인
페브로니야 페트로브나 포실렙키나 철물공 아내
하사(下士)의 아내
미시카 시장 댁 하인
주막집 하인
남녀 손님들, 상인들, 소시민들, 청원인들

시장 오래전에 근무를 시작하여 노년에 접어들었고 매우 교활한 인간이다. 뇌물을 받지만 매우 점잖게 처신한다. 상당히 신중하다. 심지어 작가의 견해를 반영하고 도덕적인 훈계를 하기도 한다.* 너무 큰 소리를 내지도 너무 조용하지도 않고, 너무 많이 말하지도 너무 적게 말하지도 않는다. 그의 말 한마디 한마디에 모종의 의미가 담겨 있다. 그의 얼굴 윤곽은 낮은 직급에서 힘든 공무를 맡기 시작한 사람이면 누구나 그렇듯 투박하고 딱딱하다. 영혼이 거칠고 투박해진 사람이 으레 그렇듯이 공포에서 기쁨으로, 비열한 태도에서 오만한 태도로의 변화가 매우 빠르다. 그는 제복에 금장을 달고 박차가 달린 긴 장화를 신고 있다. 머리카락은 짧고, 흰머리가 있다.

안나 안드레예브나 시장의 아내. 교태를 부리는 지방 여자, 아주 늙은 나이는 아니고, 절반은 소설과 앨범*으로, 절반은 곳간과 처녀 방에서의 수고로운 잔일들로 교양을 쌓았다. 호기심이 매우 강하고, 기회만 닿으면 허영심을 드러낸다. 남편이 그녀에게 답변하지 못하는 상황에서만 가끔 남편에게 권위를 행사한다. 그러나 이 권위는 사소한 일에 대해서만 행사되고 비난과 조롱으로 일관된다. 그녀는 연극 중에 네 번 다양한 드레스로 갈아입는다.

흘레스타코프 스물세 살의 청년. 가냘프고 홀쭉하다. 약간 어리석고 머리에 든 게 없는, 이른바 속 빈 강정 같은 인물이다. 관청에서 가장 속이 텅 빈 사람으로 불리는 부류에 속한다. 깊이 생각하지 않고 말하며 행동한다. 그는 어떤 생각에든 진득하게 주의를 쏟지 못한다. 그의 말은 파편적이고, 단어들도 그의 입에서 완전히 예기치 않게 튀어나온다. 이 역할을 맡은 배우가 정직하고 단순 소박한 태도를 보일수록, 그의 연기는 성공적일 것이다. 그는 유행하는 옷을 입고 있다.

오시프 하인. 약간 중년의 나이가 된 하인들이 행동하는 것처럼 행동한다. 신중하게 말하고, 아랫사람에겐 내려다보는 태도를 취한다. 작가의 견해를 반영하고 도덕적인 훈계를 하며, 자기 주인에게 훈계를 늘어놓기를 좋아한다. 그의 목소리는 언제나 거의 한결같고, 주인과 대화할 때는 엄격하고 파편적이며 약간 거친 표현을 쓴다. 그는 주인보다 더 지혜로워 상황을 먼저 파악하지만, 많이 말하는 것을 좋아하지 않고, 말없이 사기를 친다. 그의 복장은 다 해진 회색 혹은 청색 프록코트다.

봅친스키와 돕친스키 둘 다 작달막하고, 호기심이 매우 강하다. 서로 많이 닮았고, 둘 다 약간 배가 나왔다. 둘 다 말을 빠르게 하고 몸동작과 손짓에 많이 의지한다. 돕친스키가 봅친스키보다 더 크고 더 신중하지만, 봅친스키가 돕친스키보다 더 거리낌 없고 활력이 있다.

랴프킨-탸프킨 판사. 대여섯 권의 책을 읽은 사람이어서 약간 자유사상가인 면이 있다. 상황을 추측해 판단하기를 매우 좋아하고, 자신의 말 한마디 한마디에 의미를 부여한다. 그의 역할을 맡는 배우는 언제나 얼굴에 의미심장한 표정을 지어야 한다. 저음으로 말을 길게 늘여 빼고, 이전에는 쉬쉬 소리를 내다가 이제는 두드리는 소리를 내는 옛날 시계처럼 쉰 목소리로 무거운 숨소리를 낸다.

제믈랴니카 자선 병원 원장. 매우 뚱뚱하고, 굼뜨고 못생긴 인물이지만, 모든 상황에서 교활하고 음험한 사기꾼이다. 남의 시중 들기를 좋아하고 부산하게 움직인다.

우체국장 순진할 정도로 순박한 사람이다.

기타 역할은 특별한 설명을 필요로 하지 않는다. 그들의 원형은 거의 언제나 눈앞에 존재하기 때문이다.
배우들은 특히 마지막 장면에 주의해야 한다.

마지막으로 발음되는 단어는 모두에게 동시에, 갑자기 전기 충격을 일으켜야 한다. 모든 배우가 눈 깜짝할 사이에 동작을 바꾸어야 한다. 당황해서 나오는 소리가 모든 여인에게서 일시에, 마치 한 사람의 가슴에서 튀어나오듯 해야 한다. 이 지시대로 연기하지 않으면 모든 효과가 사라질 것이다.

제1막

시장 집의 방.

제1장

시장, 자선 병원장, 교육감, 판사, 경찰서장, 의사, 경찰 두 명.

시장 여러분, 내가 여러분을 초대한 건 매우 반갑지 않은 소식을 알리기 위해서요. 우리에게 감찰관이 온다고 합니다.

암모스 표도로비치 감찰관이라니요?

아르테미 필리포비치 감찰관이라니요?

시장 감찰관이 페테르부르크에서 아무도 모르게 온다는군요. 비밀 명령서까지 가지고.

암모스 표도로비치 허, 이거 야단났습니다!

아르테미 필리포비치 걱정거리가 너무 없다 했더니 이제야 올 것이 왔군요!

루카 루키치 맙소사, 비밀 명령서까지 가지고 오다니요!

시장 난 사실 이걸 예감했소. 오늘 밤 내내 괴상한 쥐 두 마리를 꿈에서 봤거든요. 그런 놈들은 정말 결코 본 적이 없어요, 시꺼먼 놈들이 얼마나 크던지! 그놈들이 다가오더니 냄새를 맡고는 멀리 가 버리더군요. 자, 여러분에게 안드레이 이바노비치 치므이호프에게서 온 편지를 읽어 주지요. 아르테미 필리포비치, 당신은 그를 잘 알지요. 그가 쓴 편지 내용은 다음과 같소. "경애하는 친구이자 대부이자 은인인 분. (눈으로 빨리 훑어보며 조용한 소리로 웅얼거린다.) ……그리고 당신에게 알려 드립니다." 아! 여기 있군. "다름이 아니라, 당신에게 급히 알려 드릴 것은 비밀 명령서를 받은 관리가 현(縣) 전체, 특히 당신의 시(市)를 둘러보기 위해 왔다는 것입니다. (의미심장하게 손가락을 위로 들어 올린다.) 그는 일반인 행세를 하고 있지만, 전 이것을 가장 믿을 만한 소식통으로부터 얻었습니다. 전 당신에게도 누구에게나 있는 사소한 죄들이 있다는 것을 잘 압니다. 당신은 현명한 분이어서 주머니에 굴러 들어오는 것을 놓치기를 좋아하지 않으시니까요……." (읽기를 멈추고) 여긴 우리 편만 있으니까 괜찮겠지. "그래서 미리 경계하시길 권합니다. 만일 그 관리가 아직 도착하지 않았고 어느 곳엔가 몸을 숨기고 있지 않더라도, 어느 때든 도착할 테니까요. 어제 저는……." 음, 이제 집안 얘기군. "저의 누이 안나 키릴로브나가 남편과 함께 우리 집에 왔습니다. 이반 키릴로비치는 뚱뚱해졌고 늘 바이올린을 켭니다……." 기타 등등 기타 등등. 바로 이런 상황이라고요!

암모스 표도로비치 음, 그런 상황이라면…… 예사롭지 않군요, 정말 예사롭지 않아요. 무슨 곡절이 있을 겁니다.

루카 루키치 그게 대체 뭡니까, 안톤 안토노비치? 무엇 때문에 감찰관이 이곳까지 온다는 겁니까?

시장 왜는요! 그렇게 운명 지어진 거지요! (한숨을 쉰다.) 여태까진 신의 가호로 다른 도시들에만 잠입한다 싶었는데, 이번엔 기어이 우리 차례가 온 거요.

암모스 표도로비치 안톤 안토노비치, 여기에는 아주 미묘한, 주로 정치적인 이유가 있다고 생각되는군요. 무슨 말인고 하니, 러시아가…… 네…… 전쟁을 하고 싶어서, 정부가, 아시겠어요, 어디에 반란의 기미가 없는지, 그걸 살피기 위해 관리를 파견한 것으로 보입니다.

시장 에구, 그걸 말이라고 하시오! 그것도 똑똑한 양반이! 지방 도시에 반란이라니요! 여기가 국경 도시라도 된단 말이오? 여기선 3년을 달려도 어떤 국가에도 닿지 못할 거요.

암모스 표도로비치 아닙니다. 분명히 말씀드리는데, 당신이…… 당신이 틀린 것 같습니다. 우리 정부는 아주 세심한 계획을 갖고 있고, 아무리 먼 곳이라도 다 파악하고 있으니까요.

시장 파악하건 말건 어쨌든 나는 여러분에게 미리 공지해 두었소. 잘 살피시오. 난 내 일에 대해서는 적당한 조치를 취해 놨고, 여러분한테도 충고하는 바요. 특히 당신, 아르테미 필리포비치! 여기 오는 관리라면 십중팔구 제일 먼저 당신이 관할하는 자선 병원부터 보고 싶어 할 거요. 따라서 당신은 모든 것이 절차에 맞도록 해 두시오. 환자들의 모자가 깨끗해야 하고, 환자들이 보통 대장간 직공들처럼 집에서 입는 옷차림으로 병원 안을 어슬렁거리지 못하게 하시오.

아르테미 필리포비치 뭐 그런 것쯤은 문제도 아닙니다. 모자는 언제든 깨끗한 것으로 씌울 수 있으니까요.

시장 좋소. 또한 각 침대마다 라틴어라든가 외국 말로 써 붙이시오……. 참 이건 당신 일이군, 흐리스티안 이바노비치, 온갖 병명을 붙여요. 누가 언제, 몇 월 며칠에 발병했는지……. 당신 환자들이 독한 담배를 피워서 방에 들어가면 늘 재채기가 나는 것도 좋지 않소. 환자 수를 줄이면 더 좋아요. 그러지 않으면 당장에 감독 부실이나 의사의 실력 부족 탓을 할 테니까 말이오.

아르테미 필리포비치 오! 환자의 치료에 대해서라면 저와 흐리스티안 이바노비치는 나름의 방침을 정해 놓았습니다. 즉 자연 상태에 가까울수록 더 좋은 것이므로, 우리는 값비싼 약을 사용하지 않는다는 거지요. 인간은 단순해서, 죽을 사람은 죽고, 병이 나을 사람은 낫기 마련이니까요. 게다가 흐리스티안 이바노비치는 환자들에게 병세를 설명하는 데 어려움이 많습니다. 그는 러시아를 한마디도 모릅니다.

흐리스티안 이바노비치가 약간은 '이' 소리 같고 약간은 '예' 소리 같은 소리를 낸다.

시장 당신에게도 조언하겠소, 암모스 표도로비치, 법원에 신경을 써 주시오. 청원인들이 드나드는 현관 어귀에서 수위가 집거위와 조그만 새끼들을 키우고, 그것들이 발밑을 이리저리 뛰어다니더군요. 물론 살림을 잘 돌보는 사람은 누구나 칭찬받아야 마땅하고, 수위가 살림을 잘 돌보지 못할 이유는 없지요. 하지만 잘 아시잖소, 그런 장소는 규정에 어긋난다는 것을……. 당신에게 전에도 주의를 주려 했는데, 자꾸 잊어버렸지 뭐요.

암모스 표도로비치 그럼 당장 오늘 그것들을 잡아서 부엌으로 보내겠습니다. 원하시면 점심때 오십시오.

시장 또 법원 안에 온갖 누더기를 걸어 놓고, 서류함 위에 사냥용 채찍을 매달아 놓은 것도 문제요. 당신이 사냥을 좋아하는 건 나도 잘 알아요. 하지만 한동안은 딴 데 두는 게 좋겠소. 감찰관이 다녀간 다음에는 다시 걸어도 좋소……. 당신의 재판소 의원도 마찬가지요. 그는 물론 학식 있는 사람이지만 방금 양조장에서 기어 나온 것처럼 술 냄새를 풍기니 말이오. 이것 역시 좋지 않소. 진작 당신에게 그 말을 하려 했는데, 뭔가에, 기억은 안 나지만, 정신이 팔리고 말았지 뭐요. 그 친구가 말하는 것처럼 그게 정말 태어날 때부터 있었던 냄새라면 없애 버릴 방도가 있소. 파나 마늘, 그 밖의 딴 것을 먹어 보라고 권하시오. 이번 기회에 흐리스티안 이바노비치가 여러 의약품으로 도와줄 수도 있을 거요.

흐리스티안 이바노비치가 아까와 같은 소리를 낸다.

암모스 표도로비치 아니, 그 냄새는 없앨 방도가 없습니다. 그의 말로는, 어릴 때 유모가 그를 땅에 떨어뜨렸는데, 그때부터 그에게서 보드카 냄새가 약간 난다는 거예요.

시장 나는 그저 당신에게 내 의견을 말한 것뿐이오. 그 밖에 내부 지령과 안드레이 이바노비치가 편지에 사소한 죄라고 언급한 것에 대해선 나도 왈가왈부하지 않겠소. 사실 이렇게 말하면 이상할지 모르지만, 어떤 죄도 짓지 않은 사람은 없는 법이오. 이건 하느님이 직접 그렇게 만드신 것이므로, 볼테르 지지자들*이 이걸 비난해 봤자 소용없소.

암모스 표도로비치 안톤 안토노비치, 당신은 대체 어떤 것을 사소한 죄라고 하시는 겁니까? 사소한 죄라고 해도 다 같은 건 아니지요. 저는 뇌물을 받는다고 모두에게 대놓고 말합니다. 하지만 제가 받는 뇌물이란 게 뭔지 보세요. 보르조이* 새끼입니다. 이건 전혀 다른 문제지요.

시장 흥, 강아지 새끼든 뭐든, 모두 뇌물이지요.

암모스 표도로비치 그렇지 않습니다, 안톤 안토노비치. 예를 들어 누구든 5백 루블*짜리 모피를 받고 그 부인에게는 목도리를…….

시장 흥, 당신이 뇌물로 보르조이 새끼를 받는다고 해서 그게 어쨌다는 거요? 대신 당신은 하느님을 안 믿잖소. 당신은 결코 교회에 가지 않지만, 나는 적어도 신앙만은 깊어서 매주 일요일이면 교회에 간단 말이오. 그런데 당신은……. 오, 난 당신을 잘 알아요. 당신이 세계의 창조에 대해 이야기하면, 내 머리칼이 곤두서고 말아요.

암모스 표도로비치 그건 제가 스스로 깨달은 겁니다, 나 자신의 두뇌로 말입니다.

시장 경우에 따라선 머리가 좋은 것이 전혀 없는 것보다 나쁠 수도 있소. 그건 그렇고, 내가 군 법원에 대해서는 그냥 그렇게 말해 본 것이고, 사실을 말하면, 언제고 거기를 들여다볼 사람은 없을 거요. 그곳은 참 부러운 곳이오, 신이 보호해 주시니 말이오. 그리고 당신, 루카 루키치, 당신은 교육감으로서 특히 교사들을 주의 깊게 살펴야 하오. 그들은 물론 지식인들이고 다양한 전문학교에서 교육을 받았지만, 교사란 원래 그런 건지 뭔지 언행이 아주 괴상망측하단 말이오. 예를 들어 그중 한 명은, 거 얼굴이 통통한 사람 말이오…… 성은 생각이 안 나는데, 그가 교단에 올라가기만 하면 늘 눈살을 찌푸린단 말이오, 이렇게 말이오. (눈살을 찌푸린다.) 그리고 넥타이 밑으로 손을 넣어서 턱수염을 쓰다듬기 시작하더군. 물론 그가 학생에게 그런 낯짝을 하는 건 괜찮아요. 아마도 그렇게 할 필요가 있을 테고, 그건 내가 판단할 바 아니오. 하지만 여러분도 생각해 보시오. 그가 방문자 앞에서 그렇게 한다면, 그건 아주 좋지 않을 거요. 감찰관 각하나 다른 분은 자기한테 일부러 그런다고 생각할 거요. 그로 인해 무슨 일이 일어날지 누가 알겠소?

루카 루키치 정말이지 그 친구를 어떻게 해야 좋을지 저도 모르겠습니다. 벌써 몇 번이나 주의를 주었는데요. 요 며칠 전에도 귀족단장이 교실에 들어갔는데, 제가 평생 본 적이 없는 그런 이상한 낯짝을 하더라고요. 본인이야 좋은 마음으로 그렇게 한 거지만, 저는 질책을 받았습니다. 왜 어린애들에게 자유사상을 불어넣느냐고 말입니다.

시장 그리고 그 역사 선생에 대해서도 한마디 해야겠소. 그는 학식이 뛰어나다는 게 바로 보여요. 아는 게 굉장히 많지요. 하지만 설명할 때면 제정신을 잃을 정도로 열을 내더군요. 나도 한 번 그의 강의를 들어 봤는데, 아시리아와 바빌로니아에 대해 말할 때까지는 괜찮다가, 마케도니아의 알렉산드로스 대왕에 이르자, 그가 무슨 짓을 했는지 여러분에게 말하기도 어려워요. 맙소사, 난 화재가 난 줄 알았소. 그가 느닷없이 교단에서 뛰어내리더니 있는 힘껏 의자를 바닥에 내려치더군요. 물론 마케도니아의 알렉산드로스는 영웅이오. 하지만 의자는 왜 부수냔 말이오? 그 때문에 국고가 축이 나잖소.

루카 루키치 네, 그는 다혈질입니다! 제가 그에게 몇 번이나 주의를 주었는데…… 그의 말이, "마음대로 하세요, 전 학문을 위해서라면 목숨을 바칠 각오입니다"라는 겁니다.

시장 음, 그건 우리가 이해할 수 없는 운명의 법칙일 거요……. 똑똑한 인간은 술주정뱅이이거나 견디기 어려울 정도로* 험상궂은 표정을 짓게 돼 있는 걸 거요.

루카 루키치 제기랄, 교육감 노릇도 못해 먹을 짓입니다! 걱정거리가 그칠 날이 없어요. 너도나도 간섭을 하고, 너도나도 자기가 유식한 인간이라는 걸 보이고 싶어 하니까요.

시장 그건 그래도 약과요. 비밀리에 나타나는 망할 놈이 문제지! 불시에 얼굴을 내밀고는 이렇게 물을 거 아니오? "자네들, 여기 있나? 이 지역의 판사는 누군가?" "랍킨-탑킨입니다." "그럼 랍킨-탑킨을 이리 불러와! 그리고 자선 병원 원장은 누군가?" "제믈랴니카입니다." "그럼 제믈랴니카도 불러와!" 바로 이게 문제인 거요!

제2장

그들과 우체국장.

우체국장 여러분, 설명 좀 해 보세요. 대체 어떤 관리가 온다는 겁니까?

시장 정말로 당신은 아직 듣지 못했단 말이오?

우체국장 표트르 이바노비치 봅친스키한테 듣긴 했습니다. 그 사람이 방금 우리 우체국에 있었거든요.

시장 그래 어떻소? 당신은 이 문제에 대해 어떻게 생각하시오?

우체국장 어떻게 생각하냐고요? 터키와 전쟁을 하려는 모양입니다.

암모스 표도로비치 나와 같은 의견이군요! 저도 그렇게 생각했습니다!

시장 흥, 둘 다 잘못 짚었어요!

우체국장 틀림없어요. 터키와 전쟁이 붙을 겁니다. 다 프랑스 놈들이 시키는 짓입니다.

시장 터키인들과 무슨 전쟁을 한다고 그러세요! 우리만 나빠질 거고, 터키는 끄떡없을 거요. 이건 잘 알려진 바요. 내게 편지가 있으니까요.

우체국장 그렇다면 터키와의 전쟁은 없겠군요.

시장 그건 그렇고, 당신은 어떻소, 이반 쿠지미치?

우체국장 제가 뭘 알겠습니까? 안톤 안토노비치, 당신은 어떻습니까?

시장 내가 어떠냐고요? 겁낼 건 하나도 없지만, 약간은…… 상인과 시민들이 나를 당혹스럽게 하는군요. 내가 그들에게 심하게 군다는 말이 있는데, 누군가에게 뇌물을 뜯어낸다 해도 절대 미워서가 아니오. 나는 이렇게도 생각해 봤는데, (국장의 팔을 잡고 한쪽으로 끌고 가서) 혹시 어느 놈이 나를 상부에 밀고한 것은 아닐까 하는 생각까지 들었소. 그게 아니라면 감찰관이 우리에게 올 이유가 뭐 있겠소! 그러니 잘 들어요, 이반 쿠지미치, 우리 공동의 이익을 위해서 당신 우체국으로 들어오는 편지를, 보내는 거나 받는 거나 모두 이렇게 조금만 뜯어서 읽어 볼 수 없겠소? 그 안에 있는 게 밀고인지 아니면 그저 서신 교환인지 알아보란 말이오. 만일 밀고가 아니면 다시 붙이면 되잖소. 하긴 뭐 개봉한 편지를 그냥 보내도 되고요.

우체국장 알고 있습니다, 알고 있어요……. 그 점은 제게 가르치실 필요도 없습니다. 안 그래도 전 그렇게 하고 있으니까요. 다만 이건 미리 주의하기 위해서가 아니라 호기심 때문이지요. 세상에 어떤 새로운 것이 있는지 알고 싶어 죽을 지경이거든요. 그것만큼 재미있는 읽을거리는 없다고 저는 단언합니다! 어떤 편지는 푹 빠져들 정도로 아주 재밌습니다. 거기에는 온갖 사건들이 적혀 있지요…… 게다가 얼마나 교훈적인지! 『모스크바 통보』*지보다 낫습니다!

시장 그런데 어떻소, 말해 보시오, 페테르부르크에서 온 관리에 대해 아무것도 읽지 못했소?

우체국장 페테르부르크 관리에 대한 건 하나도 없고, 코스트로마와 사라토프 관리들에 대한 건 많았습니다. 하지만 당신이 편지들을 읽지 못한 게 유감천만입니다. 아주아주 재밌는 부분들이 있었거든요. 바로 얼마 전에도 한 중위가 친구에게 편지를 쓰면서 무도회에 대해 익살스럽게…… 아주아주 잘 묘사했더군요. "사랑하는 벗이여, 내 삶은 천상의 낙원에서 흘러가는 것 같아. 귀족 처녀들이 많고, 음악을 연주하고, 깃발*이 춤을 추고……." 자기감정을 듬뿍 담아서 묘사한 겁니다. 전 그걸 일부러 챙겨 두었습니다. 원하시면 읽어 드릴까요?

시장 지금은 그럴 겨를이 없소. 제발 부탁해요, 이반 쿠지미치, 만일 진정서나 밀고 따위가 발견되면 생각할 것도 없이 당장 압수하시오.

우체국장 기꺼이 그러겠습니다.

암모스 표도로비치 조심하세요, 언젠가 이 일로 보복을 당할 수도 있으니까요.

시장 괜찮아요, 괜찮아. 당신이 그중 뭐든 세상에 폭로한다면 몰라요. 하지만 이건 집안일이니까 말이오.

암모스 표도로비치 네, 좋지 않은 일이 생긴 겁니다! 안톤 안토노비치, 저는 솔직히 당신에게 암캐 한 마리를 드리려고 댁에 가려던 참이었습니다. 당신도 아시는 그 수캐와는 오누이 간이지요. 당신도 들으셨어요, 쳅토비치와 바르호빈스키가 맞소송을 걸었다는 얘기를요? 이제 저는 횡재한 겁니다. 이쪽에서도, 저쪽에서도 토끼를 잡을 테니까요.

시장 여러분, 지금 당신 토끼가 내 귀에 들어오게 됐소? 내 머릿속은 망할 놈의 익명의 관리로 가득 차 있다고요. 지금 당장에라도 문이 열린다면, 나는 끝장이오…….

제3장

같은 인물들과 봅친스키와 돕친스키, 두 사람이 헐레벌떡거리며 들어온다.

봅친스키 엄청난 사건입니다!

돕친스키 뜻밖의 소식입니다!

모두 그게 뭔데요?

돕친스키 여태 듣지도 못한 일입니다. 우리가 여관에 갔더니…….

봅친스키 (가로채며) 표트르 이바노비치와 여관에 갔더니…….

돕친스키 (가로채며) 제발요, 표트르 이바노비치, 제가 얘기할 겁니다.

봅친스키 아니, 아닙니다, 제발요, 제가…… 제발요, 제발…….

당신은 말주변이 전혀 없잖아요…….

돕친스키 당신은 갈피를 못 잡고 다 기억하지도 못할 겁니다.

봅친스키 기억할 수 있어요, 정말입니다, 기억할 수 있어요. 제발 방해하지 말고 제가 말하게 해 주세요. 방해하지 마세요! 여러분, 말해 주세요, 부탁드립니다, 표트르 이바노비치가 방해하지 못하게 해 주세요.

시장 제발, 무슨 일인지 말해 줄 수 없겠소? 가슴이 답답해 죽겠소. 여러분, 앉으세요! 의자를 가져오세요! 표트르 이바노비치, 여기 당신 의자가 있소.

봅친스키 제발, 제발요, 차근차근 모두 말씀드리지요. 시장님이 편지를 받고 몹시 당황해하신 뒤에, 저는 당신 댁에서 나왔지요…… 제발 말을 가로채지 마세요, 표트르 이바노비치! 저는 전부, 전부, 전부 다 알고 있어요. 그래서 자, 보세요, 저는 코롭킨에게 달려갔지요. 코롭킨이 집에 없는 걸 알고, 라스타콥스키에게 갔어요. 그런데 라스타콥스키도 어디 가고 없어서, 그 소식을 전하려고 이반 쿠지미치에게 갔지요. 그에게 당신이 받은 소식을 전하려고요. 거기서 나오는 길에, 표트르 이바노비치를 만나서…….

돕친스키 (가로채며) 피로그 파는 가게 옆에서요.

봅친스키 피로그* 파는 가게 옆에서요. 네, 표트르 이바노비치를 만나서 그에게 말했어요. "안톤 안토노비치가 오늘 믿을 만한 편지에서 알게 된 소식을 들었습니까?" 그런데 표트르 이바노비치는 이미 이것을 당신의 창고 관리인인 아브도티야에게서 들었더군요. 그녀가 무슨 일 때문인지는 몰라도 필립 안토노비치 포체추에프*에게 심부름을 가던 길에요.

돕친스키 (가로채며) 프랑스 보드카 통을 가지러 가는 길이었죠.

봅친스키 (그의 팔을 잡아끌면서) 프랑스산 보드카 통을 가지러 가는 길이었지요. 그래서 저는 표트르 이바노비치와 함께 포체추예프에게 갔습니다……. 이봐요, 표트르 이바노비치, 이건…… 제발 가로채지 마세요, 가로채지 마시라고요! ……포체추예프에게 갔습니다. 그런데 도중에 표트르 이바노비치가 이렇게 말하더군요. "주막집에 잠깐 들릅시다. 제 배에서…… 아침부터 아무것도 안 먹었더니 배가 요동을 치는군요." 정말로 표트르 이바노비치의 배에서……. "자, 지금 주막집에 신선한 연어가 와 있으니 맛 좀 보기로 하죠"라고 그가 말했어요. 그래서 바로 주막집에 갔는데, 갑자기 한 젊은이가…….

돕친스키 (가로채며) 허우대가 좋고, 사복을 입은…….

봅친스키 허우대가 좋고 사복을 입은 남자가 이렇게 방 안을 거닐고 있는 거예요. 얼굴엔 이렇게 심각한 표정을 짓고……. 얼굴 생김새나 거동이나…… 그리고 여기도. (손으로 이마 주변에 원을 그린다.) 흠잡을 데가 없었습니다. 저는 예감 같은 게 들어서 표트르 이바노비치에게 "여기 아무래도 수상한 게 있습니다"라고 말했지요. 네, 그랬더니 표트르 이바노비치가 즉시 여관 주인을 손가락질로 부르더군요. 여관 주인 블라스 말입니다. 그 집 마누라는 3주 전에 해산했는데, 아주 토실토실한 사내애인데 크면 제 아비처럼 여관을 운영하겠더군요. 표트르 이바노비치가 블라스를 불러서 "저 젊은 친구는 누군가?" 하고 조용히 물었지요. 블라스가 대답하기를, "이자는……." 이봐요, 끼어들지 마세요, 표트르 이바노비치, 제발 끼어들지 마세요. 당신은 말하지 못할 겁니다, 제대로 설명하지 못할 거라고요. 당신은 속삭이듯이 말할 거예요. 당신 입에 이가 하나 빠져서 발음이 샌다는 걸 전 알고 있어요……. 그러자 블라스가 말하길, "이자는 젊은이고……." 잘 들어 보세요. "페테르부르크에서 온 관리인데, 이름은 이반 알렉산드로비치 흘레스타코프라고 합니다. 자기는 사라토프현으로 가는 길이라는데, 아주 이상하게 행동합니다. 벌써 두 주일째 여기 묵고 있는데 주막집에서 나가지도 않고, 무엇이든 다 외상으로 먹고 한 푼도 계산하려고 하지 않습니다"라는 거예요. 그가 제게 이렇게 말하는 걸 듣는 순간, 저는 마치 위에서 계시라도 받은 것 같았습니다. 저는 "이런!" 하고 표트르 이바노비치에게 말했지요…….

돕친스키 아니에요, 표트르 이바노비치. "이런!"이라고 한 건 저였어요.

봅친스키 처음에 당신이 말하고 그다음에 저도 말했지요. 저와 표트르 이바노비치는 "이런!"이라고 말했어요. "사라토프현으로 간다는 사람이 왜 여기에 죽치고 있는 걸까?" 맞습니다. 그 관리가 바로 이자인 거예요.

시장 누구요? 어떤 관리가요?

봅친스키 네, 통지를 받은 바로 그 관리 말입니다, 감찰관요.

시장 (공포에 질려) 당치도 않소, 말도 안 돼요. 이자는 그가 아니오.

돕친스키 바로 그자입니다! 돈도 내지 않고 떠나지도 않잖아요. 감찰관이 아니면 누구겠습니까? 통행증에도 사라토프현으로 적혀 있다고요.

봅친스키 그입니다, 그예요, 정말 그예요……. 그가 어찌나 주의깊게 살펴보는지, 전부 둘러보더군요. 무엇보다 표트르 이바노비치가 자기 배에 신경을 쓰는 통에 제가 표트르 이바노비치와 함께 연어 먹는 걸 보고는, 우리에게 다가와서 접시까지 살펴보더군요. 저는 너무 겁이 나서 어쩔 줄을 몰랐습니다.

시장 주여, 죄 많은 저희를 용서해 주소서! 그가 거기 어디에 묵고 있던가요?

돕친스키 층계 밑에 있는 5호실입니다.

봅친스키 작년에 왔던 장교들이 싸움을 했던, 바로 그 방이지요.

시장 여기 온 지 오래되었소?

돕친스키 두어 주일 됐답니다. 이집트의 성인 바실리의 축일*에 왔다고 하니까요.

시장 2주일이라고! (방백) 이거 정말 낭패로군! 아아, 성인들이여, 저를 돌봐 주소서! 2주일 동안에 하사관 아내가 매질을 당했는데! 죄수들에겐 식량을 지급하지 않았어! 길거리는 선술집처럼 지저분하고! 망신이군! 수치스러워! (머리를 쥐어짠다.)

아르테미 필리포비치 어떻습니까, 안톤 안토노비치, 공식적으로 여관을 방문하는 것이?

암모스 표도로비치 아니, 아니요! 맨 앞에 시장이 서고, 그다음 성직자, 상인의 순으로 가야 합니다. 『존 메이슨의 행적』*이란 책에도 그렇게…….

시장 그만, 그만. 나한테 맡겨요. 난 살면서 어려운 고비에 여러 번 부닥쳤지만, 모두 무사히 넘기고 고맙다는 말까지 들었소. 어쩌면 이번에도 하느님께서 도와주실 거요. (봅친스키에게) 그 사람이 젊은이라고 했지요?

봅친스키 젊습니다. 기껏해야 스물셋이나 넷밖에 안 돼 보였습니다.

시장 음, 더 좋아요. 젊은 사람은 금방 속을 들여다볼 수 있으니까. 늙은 여우라면 문제지만, 젊은이는 뻔히 보이거든요. 여러분, 각자 자기가 맡은 영역에서 잘 준비하시오. 나는 혼자건 아니면 표트르 이바노비치라도 데리고 출발할 테니까. 혼자서, 산책을 하기 위해, 손님들이 불편을 느끼는 것은 없는지 시찰하러 말이오. 어이, 스비스투노프!

스비스투노프 네, 부르셨습니까?

시장 지금 서장을 불러와. 아냐, 자넨 내게 필요해. 저기 누구 딴 사람에게 가능한 한 빨리 경찰서장을 내게 데려오도록 지시해. 그리고 자넨 이리 와.

스비스투노프 갑니다! 갑니다!

경찰이 급히 뛰어나간다.

아르테미 필리포비치 갑시다, 갑시다, 암모스 표도로비치! 정말 변이 일어날 것 같아요.

암모스 표도로비치 당신이 겁낼 게 뭐 있다고 그러세요? 환자에게 깨끗한 모자만 씌워 주면 아무도 눈치채지 못할 텐데요.

아르테미 필리포비치 모자만 씌워 주면 된다니요! 환자한테 귀리 수프*를 먹이도록 되어 있는데, 우리 병원 복도에선 온통 양배추 냄새가 진동해서 코를 막아야 할 판이에요.

암모스 표도로비치 이 점에선 제가 속 편하지요. 사실 누가 시골 재판소를 둘러보겠어요? 혹시 들러서 무슨 서류라도 들여다보면, 사는 게 고달파질 뿐이지요. 전 벌써 15년을 판사 자리에 앉아 있지만, 보고서를 보기만 하면, 아! 골치가 아파서 손을 내저을 정도요. 그것의 어디까지가 진실이고 어디까지가 거짓인지, 솔로몬이 와도 알아낼 수 없을 거요.

판사, 자선 병원장, 교육감, 우체국장 퇴장하다가, 문에서 들어오는 경찰과 부딪친다.

제4장

시장, 봅친스키, 돕친스키와 경찰.

시장 어떻게 됐어, 마차는 준비됐나?

경찰 준비됐습니다.

시장 그럼 거리로 나가…… 아니, 서 봐! 가서 가지고 와. 딴 놈들은 어딨나? 정말 자네 혼자란 말야? 프로호로프도 이리 오라고 지시했잖아. 프로호로프는 어딨어?

경찰 프로호로프는 경찰서에 있지만, 지금은 어떤 일에도 소용이 없을 겁니다.

시장 그건 왜지?

경찰 네 그게, 오늘 아침 그가 죽은 사람처럼 늘어진 것을 싣고 왔습니다. 벌써 냉수를 두 바가지나 퍼부었는데도 여태 정신을 못 차리고 있습니다.

시장 (머리를 움켜쥐며) 아아, 맙소사, 맙소사! 빨리 밖으로 나가! 아니, 우선 내 방에 뛰어가. 잘 들어! 내 대검하고, 새로 만든 모자를 가져와. 그럼 표트르 이바노비치, 갑시다!

봅친스키 저도, 저도…… 저도 함께 가게 해 주십시오, 안톤 안토노비치!

시장 안 돼요, 안 돼, 표트르 이바노비치. 절대로 안 돼요, 절대로! 불편한 데다가 마차에 탈 자리도 없어요.

봅친스키 괜찮습니다, 괜찮습니다. 전 이렇게, 마차를 따라서 발로, 발로 뛰어가겠습니다. 그분의 거동은 어떤지 그저 문틈으로 살짝 들여다보고 싶어서 그럽니다…….

시장 (대검을 받으며 경찰에게) 지금 뛰어가서 농민대원들을 데려와, 각자 손에 들고……. 제길, 대검에 흠집 난 것 좀 봐! 망할 놈의 상인 압둘린, 시장이 낡아 빠진 대검을 차고 다니는 걸 보고서도 새것을 보내지 않다니. 오, 간사한 놈들! 그 사기꾼들이 밀고장을 써서 몰래 제출할지도 몰라. 각자 손에 길거리를 들게 해…… 제기랄, 길거리라니, 빗자루를 들게 해! 그리고 여관으로 가는 길을 다 쓸게 해! 깨끗이 쓸게 해……. 이봐, 자네, 자네 말야! 난 자네를 잘 알아. 자네가 거기서 알랑거리고 은수저를 슬쩍해서 장화에 찔러 넣는 거 다 알고 있어! 조심해, 내 귀는 아주 예민하니까! 자네가 상인 체르냐예프와 무슨 짓을 꾸몄지, 엉? 그놈이 자네에게 군복감을 두 아르신* 내놓으니까, 자넨 한 필을 통째로 빼었지. 조심해, 직급에 맞게 먹어야지! 나가 봐!

제5장

모두와 경찰서장.

시장 아, 스테판 일리이치! 말씀 좀 해 보세요. 당신은 도대체 어딜 싸돌아다닌 거요? 그렇게 해서 되겠소?

경찰서장 저는 지금 여기 대문 밖에 있었습니다.

시장 자, 잘 들어 보세요, 스테판 일리이치! 페테르부르크에서 관리가 왔는데 당신은 어떻게 조처했소?

경찰서장 네, 시장님이 지시한 대로 했습니다. 경찰 푸고비친을 보내 농민대원들과 함께 길거리를 청소하게 했습니다.

시장 그럼 데르지모르다는요?

경찰서장 소방 마차를 타고 갔습니다.

시장 프로호로프는 아직도 술 취해 있소?

경찰서장 술 취해 있습니다.

시장 당신은 어떻게 그런 일을 허용할 수 있습니까?

경찰서장 그건 도무지 모르겠습니다. 어제 도시에 싸움판이 벌어져서 질서를 잡기 위해 그곳에 가더니, 술에 취해 돌아왔습니다.

시장 잘 들어요, 당신은 이렇게 하세요. 경찰 푸고비친…… 그놈은 키가 크니까, 다리 경비를 위해 세워 두시오. 그리고 제화공 옆의 낡은 울타리는 당장 철거하고, 도시 계획을 위한 토지 측량과 비슷해 보이게 짚으로 된 이정표를 세워 두시오. 부수면 부술수록 시장의 활동이 인정될 테니까요. 아, 맙소사! 그 울타리 옆에 마차로 40대분이나 되는 온갖 쓰레기 더미가 쌓여 있는 걸 나도 깜박 잊었군요. 이런 수치스러운 도시가 어디 있담! 어디건 어떤 기념비든 세우거나 그냥 울타리를 세우세요. 도대체 어디서 온갖 쓰레기가 나와서 산더미처럼 쌓이는 건지 알다가도 모르겠소! (한숨을 쉰다.) 그리고 방문한 관리가 당신 부하들에게 근무에 대해 "만족하는가?"라고 물으면, "모두 만족스럽습니다, 각하"라고 대답하도록 일러두시오. 불만을 털어놓는 놈이 있으면 나중에 단단히 혼을 내주겠소……. 오, 오, 아, 아, 흐! 전 죄인입니다. 제겐 죄가 많습니다. (모자 대신 상자를 집는다.) 하느님, 한시바삐 이 재앙이 물러가게만 해 주신다면, 이제껏 아무도 바친 적이 없는 그런 초를 바치겠습니다. 그 악마 같은 상인들에게서 각자 3푸드*

씩 거두겠습니다. 오, 맙소사, 맙소사! 갑시다, 표트르 이바노비치! (모자 대신 종이로 만든 모자 상자를 쓰려고 한다)

경찰서장 안톤 안토노비치, 그건 모자가 아니라 모자 상자입니다.

시장 (모자 상자를 던지며) 상자든 뭐든 좋아요! 내버려 둬요! 그리고 5년 전에 현금이 지급된 자선 병원 부속 교회는 왜 지어지지 않았냐고 물으면, 이렇게 대답하는 걸 잊지 마시오. 착공은 했는데 도중에 화재로 소실됐다고요…… 나도 그렇게 보고해 놨어요. 그렇지 않으면, 누군가가 정신이 나가서, 바보같이 "그 일은 아직 시작되지도 않았습니다"라고 말할 거요. 데르지모르다에게는 주먹을 너무 휘두르지 말라고 말로 하시오. 질서를 잡는다고 잘한 놈이건 잘못한 놈이건 간에 아무에게나 눈 밑에 멍이 들게 하더군요. 갑시다, 갑시다, 표트르 이바노비치. (나가다가 다시 돌아오며) 병사들이 모두 제대로 갖춰 입지 않으면 절대로 한길에 내보내지 마시오. 그 거지 같은 수비대 병사들이 와이셔츠 위에 바로 군복을 껴입고 아랫도리엔 아무것도 안 입었더군요.

모두 나간다.

제6장

안나 안드레예브나와 마리야 안토노브나가 무대로 뛰어 들어온다.

안나 안드레예브나 어디 있지, 모두 어디 있는 거야? 에구, 맙소사! (문을 열며) 여보! 안토샤!* 안톤! (빨리 말한다.) 다 너 때문이야, 다 너 때문이라고! 온통 뒤지면서 "머리핀 좀 하고요, 스카프 좀 하고요" 하며 꾸물대더니……. (창문으로 뛰어가서 소리친다.) 안톤, 어디 가세요, 어디요? 뭐라고요, 왔다고요? 감찰관요? 콧수염이 있다고요! 웬 콧수염이래요?

시장 목소리 나중에, 나중에, 여보!

안나 안드레예브나 나중에라니요? 나중에라니, 나 참 어처구니가 없어서! 나중은 싫어요…… 한마디만 해 보세요. 그는 뭔가요, 대령인가요? 네? (멸시하는 투로) 가 버렸어! 어디 두고 보자! 이게 다 네가 "어머니, 어머니, 기다려요, 머릿수건 뒤에 핀 좀 꽂고요. 금방 돼요"라고 꾸물대서야. 금방이라니! 너 때문에 하나도 못 알아냈잖아! 얼어 죽을 교태하고는. 우체국장이 여기 있다는 말을 듣더니 부리나케 거울 앞에서 아양을 떨고, 이쪽저쪽 들여다보기는. 그가 너한테 마음이 있다고 생각하는데, 네가 옆으로 얼굴을 돌리면 그는 네게 눈살을 찌푸릴 뿐이야.

마리야 안토노브나 어머니, 뭘 어쩌겠어요? 두 시간만 있으면 다 알게 될 거예요.

안나 안드레예브나 두 시간 후라니! 참 고맙기도 해라. 참 대답도 잘하시네요! 아예 한 달 있으면 더 잘 알게 될 거라고 말하지 그러냐? (창문에 몸을 내민다.) 얘, 아브도티야! 응? 아브도티야, 저기 누가 왔단 말 들었어? ……못 들었다고? 어리석은 것! 손을 흔들어? 손은 흔든다 치고, 그에게 물어봤어야지. 그걸 못 알아내다니! 머리에 쓸데없는 것만 가득 찼어. 온통 신랑감 생각뿐이지. 엉? 다들 급하게 갔다고! 너도 마차 뒤를 따라가. 어서 가, 지금 가! 잘 들어, 그들이 간 곳으로 뛰어가서 잘 물어봐. 똑똑히 잘 물어봐. 손님이 누군지, 어떤 사람인지. 알아들어? 문틈으로 잘 들여다보고 전부 알아내! 어떤 눈인지, 까만 눈인지 아닌지. 그리고 곧장 돌아와, 들었어? 어서, 어서, 어서, 어서 가! (막이 내릴 때까지 소리친다. 그렇게 막이 내리면서 창문 옆에 서 있는 두 사람을 가린다.)

제2막

여관의 작은 방. 침대, 탁자, 트렁크, 빈 물병, 장화, 옷솔 등.

제1장

오시프가 주인의 침대에 누워 있다.

오시프 빌어먹을, 배가 너무 고파서 배 속에서 연대가 나팔을 불어 대는 것처럼 꼬르륵 소리가 진동을 하네. 이래 가지곤 집에 도착도 못 할 것 같아! 그럼 어떻게 하지? 페테르부르크를 출발한 지 벌써 두 달째야! 여비는 몽땅 털리고, 주인 양반이 이제는 죽치고 앉아서 꼬리를 돌돌 말고 일어날 생각을 안 하고 있으니. 여행 경비 정도는 남길 수 있었는데, 아니, 그 꼴에 새 도시에 갈 때마다 자신을 과시하려 하다니! (그를 흉내 낸다.) "이봐, 오시프, 가서 방을, 가장 좋은 것으로 찾아봐. 가장 좋은 식사를 주문해. 난 맛없는 점심은 먹을 수가 없어, 가장 훌륭한 식사여야 해." 정말 쓸모 있는 거라도 있으면 몰라, 14등급 말단 관리 주제에! 길 가다 만난 놈과 어울리고 다음엔 카드놀이를 하더니, 제길 몽땅 털리고 말았어! 에잇, 이런 생활은 지긋지긋해! 정말 시골이 더 나아. 떠들썩하지는 않아도 신경 쓸 일이 적으니까. 여편네 하나 얻어서 평생 침대에 뒹굴며 피로그나 먹으면 되는 거야. 물론 진실을 말한다면야, 페테르부르크에서 지내는 게 가장 좋다는 데 반대할 사람이 어디 있겠어. 돈만 있으면, 세련되고 섬세한 삶을 살 수 있지. 극장도 있고,* 개들이 내 앞에서 춤을 추고, 원하는 건 다 있지. 모두 섬세하고 세련된 말투로 말하는데, 귀족에게만 꿀릴 뿐이야. 슈킨* 시장에 가면 상인들이 "존경하는 나리!"라고 소리치지. 나루터에서 배에 탈 때는 관리와 같이 앉고, 교제를 원하면 가게로 가면 돼. 거기서는 훈장을 받은 장교가 군영에 대해 이야기하고, 하늘의 별 하나하나가 의미 있듯이 전부 자기 손바닥 안에 있는 거나 다름없다고 말하지. 늙은 장교 부인이 갑자기 들르기도 하고, 어느 때는 아주 매력적인 하녀가 보이기도 하고…… 허, 허, 허! (미소를 짓고 머리를 흔든다.) 빌어먹을, 잡화점에서는 얼마나 비위를 맞추는지! 무례한 말은 결코 들을 수 없고, 누구나 '당신'이라고 말해. 걷는 게 지겨워지면, 마부를 불러 귀족처럼 앉아서 타고 가면 되고, 그에게 돈을 지불하기 싫으면 그래도 되지. 각 집마다 대문이 있어서 재빨리 들어가면 어떤 악마라도 찾지 못할 거야. 단 하나 나쁜 게 있다면, 한번은 진탕 맛있게 먹지만, 다른 때는 배고파서 뒹굴게 된다는 거야, 지금처럼 말야. 이게 모두 그의 잘못이야. 그는 이제 어떻게 할까? 아버지가 돈을 보내 주면, 그걸 어떻게든 저축해야 하는데, 웬걸! ……나가서 흥청망청 다 쓰니 말야. 마부를 불러서 타고 다니고, 매일 극장표를 사고, 그다음 일주일 뒤에 보면 중고 시장에 보내 새 연미복을 팔게 하고. 어떤 때는 마지막 셔츠까지 팔아서, 그가 입을 거라곤 보잘것없는 프록코트하고 외투뿐이야……. 맙소사, 정말이야! 나사 천은 아주 질 좋은 영국제고 말야! 그의 연미복 하나만 150루블이 나가는데, 중고 시장에서는 20루블에 내놓아. 바지 역시 말할 것도 없이 헐값에 나가. 뭣 때문에? 그가 일을 안 하니까. 직장에 가는 대신 시내 중심가*로 산책이나 하러 가고, 카드 노름을 하니까 말야. 노인장이 아시기라도 하면! 그는 네가 관리라는 것은 생각도 않고 셔츠를 걷어 올리고 호되게 볼기를 쳐서, 한 나흘간은 엉덩이를 긁적여야 할 거야. 근무를 할 거면 제대로 해야지. 지금도 주막 주인이, 이전 것을 지불하기 전까지는 우리에게 먹을 걸 안 주겠다잖아. 만일 외상값을 갚지 않으면? (한숨을 쉰다.) 아아, 맙소사, 하다못해 수프라도 먹었으면! 지금 같아선 뭐든 다 먹을 수 있을 것 같아. 누가 문을 두드리는데. 그가 온 모양이야. (서둘러 침대에서 뛰어내린다.)

제2장

오시프와 흘레스타코프.

흘레스타코프 자, 이거 받아. (챙 달린 모자와 지팡이를 오시프에게 넘긴다.) 너 또 침대에서 뒹굴었지?

오시프 제가 뭐 하러 뒹굴겠어요? 정말이지 제가 침대를 보지도 못한 줄 아세요?

흘레스타코프 거짓말 마. 뒹굴었어. 봐 봐, 구겨졌잖아.

오시프 그게 제게 무슨 소용인데요? 정말이지 침대가 뭔지 제가 모르는 줄 아세요? 제게는 다리가 있어서 서 있을 수 있어요. 제게 나리의 침대가 왜 필요하다고 그러세요?

흘레스타코프 (방 안을 거닌다.) 거기 종이 봉지에 담배 없는지 봐 봐.

오시프 그게 어딨다고 그러세요. 담배라니요? 나흘 전에 마지막 담배를 피웠잖아요.

흘레스타코프 (방 안을 거닐며 다양한 모양으로 입술을 오므리다가 마침내 단호하게 큰 목소리로 말한다.) 잘 들어, 오시프!

오시프 뭘 도와 드릴까요?

흘레스타코프 (크기는 하지만 단호하지는 못한 목소리로) 너 저기 좀 갔다 와.

오시프 어딜요?

흘레스타코프 (전혀 단호하지 못하고 크지 않은, 거의 애원에 가까운 목소리로) 아래로, 식당에……. 거기서 말해…… 내게 식사를 갖다 달라고.

오시프 아니요, 전 가기도 싫어요.

흘레스타코프 어떻게 감히 나한테 그럴 수가 있어, 바보 같은 놈!

오시프 가 봐야 아무 소용 없어요. 아무것도 안 나올 테니까요. 주인이 앞으론 식사를 주지 않겠다고 했단 말이에요.

흘레스타코프 그가 어떻게 안 줄 수가 있어? 그런 허튼수작이 어디 있어!

오시프 그가 "셋째 주에 주인 나리가 돈을 안 내면 시장에게 가겠어. 너도 주인도 사기꾼이야. 네 주인은 협잡꾼이야. 우리는 이런 날도둑*과 비열한 놈들을 많이 봐 왔어"라더군요.

흘레스타코프 빌어먹을 놈, 그 말을 전부 내게 옮기는 게 좋아 죽겠나 보군.

오시프 그가 "이런 어중이떠중이가 와서 실컷 먹고 외상을 지고 나면, 쫓아낼 수도 없어. 난 농담하는 거 아니야. 난 곧바로 고소해서 유치장과 감옥에 처넣을 거야"라더군요.

흘레스타코프 그래, 이 멍청한 놈아, 이제 됐어! 갔다 와, 가서 그에게 말해. 돼먹지 않은 짐승 같은 놈이라고!

오시프 차라리 주인을 이리 불러오는 게 좋겠어요.

흘레스타코프 뭣 때문에 주인을 불러? 네가 직접 가서 말해.

오시프 네, 맞아요, 나리…….

흘레스타코프 갔다 오래도, 빌어먹을! 그럼 주인을 불러와!

오시프, 나간다.

제3장

흘레스타코프 혼자 있다.

흘레스타코프 정말 배고파 죽겠네! 좀 돌아다니면 식욕이 사라질 줄 알았는데, 아냐, 제기랄, 전혀 사라지질 않아. 펜자시(市)에서 놀고 먹지만 않았어도 집에 갈 여비는 있을 텐데. 보병 대위에게 내가 단단히 걸려들었어. 슈토스* 솜씨가 대단하더군, 간악한 놈. 겨우 15분 앉아 있었는데 몽땅 털렸어. 어쨌거나 그놈하고 한 번 더 붙고 싶어 죽을 지경이야. 운이 좋지 않았던 거야. 이런 추악한 도시가 어딨냔 말야! 곡물 가게도 외상으론 하나도 안 주고. 이건 완전 악질이야. (처음에는 '로베르트'* 곡을, 다음에는 "내 옷을 짓지 말아요, 어머니"*를, 그리고 마지막으로 알 수 없는 곡을 휘파람으로 분다.) 아무도 오려고 하질 않는군.

제4장

흘레스타코프, 오시프, 주막집 하인.

하인 주인이 당신에게 무엇이 필요한지 물어보라고 하셨어요.
흘레스타코프 이봐, 안녕한가! 그래 건강한가?
하인 덕분에요.
흘레스타코프 그래, 자네들 여관은 어떤가? 모두 잘되고 있나?

하인 네, 덕분에 모두 잘되고 있습니다.

흘레스타코프 손님은 많은가?

하인 네, 상당히 많습니다.

흘레스타코프 이보게, 잘 들어 봐. 거기서 내게 아직 식사를 가져오지 않았어. 제발 좀 서둘러 줘. 난 지금 식사 후에 할 일이 있어.

하인 네, 주인이 더 이상 식사를 주지 않겠다고 했어요. 그는 오늘 시장에게 고소하러 갈 생각입니다.

흘레스타코프 뭘 고소한다는 거야? 자네 한번 생각해 봐. 나는 먹어야 해. 이러다간 정말 뼈만 남겠어. 난 정말 배가 고파, 난 농담을 하는 게 아니야.

하인 그러시군요. 그가 "그가 이전 숙박비를 지불하기 전까지는 그에게 점심 식사를 주지 않겠어"라고 하셨어요.

흘레스타코프 자네가 주인을 설득해 봐. 그에게 잘 말해 보게.

하인 그에게 무슨 말을 하라는 건가요?

흘레스타코프 내가 먹지 않으면 안 된다고 진지하게 설명하란 말이야. 돈은 저절로 생기게 마련이고……. 자기는 하루쯤 굶어도 끄떡없는 농군이니까 다른 사람도 그러려니 하는 모양인데 말야. 참 나, 어처구니가 없어서!

하인 그럼 말해 보지요.

제5장

흘레스타코프 혼자 있다.

흘레스타코프 하지만 그가 먹을 걸 전혀 안 준다면 정말 고약해지는데. 이렇게까지 배고파 보긴 처음이야. 옷가지 중에 뭘 팔아 볼까? 양복바지를 팔아? 아냐, 배를 곯는 한이 있어도, 페테르부르크 옷을 입고 집에 돌아가야 해. 이오힘*이 사륜 포장마차를 세내 주지 않은 게 안타까워. 제기랄, 사륜 포장마차를 타고 집에 가고, 이런 행색으로 등불을 달고 오시프에게 제복을 입혀서 뒤에 태우고 이웃 지주네 집 현관으로 들어가면 얼마나 좋을까! 내 생각에 모두들 야단법석을 떨면서 "저게 누구야, 저건 뭐야?" 할 거야. 그러면 제복 입은 하인이 들어가서 (몸을 펴고 하인 역할을 하면서) "페테르부르크에서 오신 이반 알렉산드로비치 흘레스타코프 씨입니다. 맞이하라고 분부하시겠습니까?"라고 하는 거야. 그들은 무식쟁이여서, '맞이하라고 분부하다'가 무슨 뜻인지도 몰라. 어떤 거위 같은 이웃 지주가 그들을 찾아오면, 그는 곧장 객실로 곰처럼 굴러 들어가지. 내가 예쁘장한 딸 곁으로 가서 "아가씨, 나는 얼마나……." (손을 비벼 대고 발을 질질 끌며 걷는다.) 쳇! (침을 뱉는다.) 어찌나 배가 고픈지 구역질까지 나는군.

제6장

흘레스타코프, 오시프, 그 뒤를 이어 하인.

흘레스타코프 어찌 됐나?

오시프 점심을 가져옵니다.

흘레스타코프 (손뼉을 치고 의자에서 가볍게 몸을 들썩거린다.) 가져온다, 가져온다, 가져온다!

하인 (접시와 냅킨을 들고) 주인이 이게 마지막이라고 하세요.

흘레스타코프 말끝마다 주인, 주인…… 자네 주인에게 침을 뱉어 주겠어! 뭘 가져왔나?

하인 수프와 고기입니다.

흘레스타코프 뭐라고? 겨우 두 가지야?

하인 그것뿐입니다.

흘레스타코프 말도 안 돼! 난 이딴 건 먹지 않아. 자네가 그에게 말해. 정말 이게 뭐냐고! ……이건 너무 적어.

하인 아뇨, 주인은 이것도 너무 많다고 하셨어요.

흘레스타코프 그럼 소스는 왜 안 가져왔어?

하인 소스는 없습니다.

흘레스타코프 왜 없어? 아까 부엌 옆을 지나가다 소스를 많이 만드는 걸 봤는데. 오늘 아침 식당에서도 땅딸막한 두 명이 연어와 다른 것도 많이 먹었고.

하인 네 그건 있지만, 없습니다.

흘레스타코프 어떻게 없다는 거야?

하인 어쨌든 없어요.

흘레스타코프 그럼 연어, 그리고 생선, 그리고 커틀릿은?

하인 네, 그건 더 높은 분들을 위한 겁니다.

흘레스타코프 에이, 바보 같은 자식!

하인 네, 그렇습니다.

흘레스타코프 넌 더러운 돼지야……. 그들은 먹는데 왜 난 못 먹는다는 거지? 그들도 나처럼 지나가는 손님이 아니냔 말야?

하인 그렇지 않다는 건 익히 잘 알려진 바이지요.

흘레스타코프 그럼 그들은 누군데?

하인 보통 사람들이죠! 그들은 익히 알다시피 돈을 내니까요.

흘레스타코프 바보 멍청이, 너하곤 따지고 싶지도 않아. (수프를 덜어서 먹는다.) 이게 무슨 수프야? 접시에 맹물만 따른 거 아냐? 아무 맛도 없고 퀴퀴한 냄새만 나네. 난 이런 수프는 싫어. 딴 걸 가져와.

하인 그럼 가져가겠습니다. 안 먹겠다면 그만두라고 주인이 말했으니까요.

흘레스타코프 (팔로 음식을 방어하면서) 놔, 놔, 놔…… 그냥 놔둬, 바보야! 자넨 딴 사람들에겐 그렇게 대하는 데 익숙한가 본데, 난 그런 사람이 아니라고! (음식을 먹는다.) 빌어먹을! 무슨 수프가 이래? (계속해서 먹으며) 세상에 이런 수프를 먹는 사람은 아무도 없을 거야. 기름 대신 무슨 깃털 같은 게 떠다니네. (닭고기를 자른다.) 에게게, 이게 무슨 고기 요리야? 이건 고기 요리가 아니야.

하인 그럼 뭡니까?

흘레스타코프 이게 뭔지는 악마나 알 거야. 하지만 고기 요리는 아니야. 이건 쇠고기 대신 도끼 자루를 구운 거야. (먹는다.) 사기꾼들, 악당들, 이런 걸 먹으라고 주다니! 한 점만 먹어도 턱이 빠지겠어. (손가락으로 이를 쑤신다.) 비열한 놈들! 완전히 나무껍질 같아. 잇새에 박혀서 뺄 수도 없네. 이런 음식을 먹고 나면 이빨도 새까매질 거야! (냅킨으로 입을 닦는다.) 이젠 또 없나?

하인 없습니다.

흘레스타코프 악당들! 비열한 놈들! 소스나 케이크쯤은 있어야 할 게 아냐. 게으른 놈들! 손님들한테 돈만 빼앗아 먹으려고……! (하인, 접시를 집어 들고 오시프와 함께 나간다.)

흘레스타코프 정말 먹은 것 같지도 않아. 식욕만 더 돋워 놨어. 잔돈이라도 있으면 시장에 보내서 흰 빵이라도 사 오라고 할 텐데.

오시프 (들어온다.) 무슨 일인지 시장이 찾아와서 나리에 대해 캐묻고 있어요.

흘레스타코프 (당황해서) 이런 젠장맞을! 간악한 주막* 주인이 벌써 고소했구나! 정말 그가 나를 감옥으로 끌고 가면 어쩌지? 아냐, 아냐, 싫어! 도시에 장교들과 사람들이 어슬렁거리는데, 난 왜 이럴 때 젠체를 하고 상인 딸과 윙크를 주고받았을까……. 아냐, 난 싫어. 그가 뭐야, 그가 사실 뭘 할 수 있겠어? 그가 나를 뭘로 아는 거야, 정말 내가 장사꾼이나 직공이란 말야? (원기를 얻고 몸을 쭉 편다.) 난 그에게 직접 말하겠어. "당신이 감히 뭘 할 수 있겠소, 당신이 감히……." (문의 손잡이가 돌아가고, 흘레스타코프의 얼굴이 백지장처럼 하얘지고 몸을 웅크린다.)

제7장

흘레스타코프, 시장, 돕친스키.

시장이 들어와서 멈추어 선다. 둘 다 놀라서 눈을 부릅뜨고 서로를 몇 분간 바라본다.

시장 (약간 옷매무새를 가다듬고 차렷 자세를 한다.) 안녕하십니까?

흘레스타코프 (머리를 숙여 인사하며) 안녕하시오……!

시장 실례합니다.

흘레스타코프 천만에요…….

시장 이 도시의 시장으로서 저의 본분은 이곳을 오가는 손님과 모든 고귀한 분들이 조금도 불편함을 느끼지 않게 하는 데 있습니다…….

흘레스타코프 (처음엔 조금 말을 더듬다가 말이 끝날 쯤에는 크게 말한다.) 뭐 어쩌겠습니까? 제 잘못이 아닙니다…… 저는 정말 지불할 겁니다…… 시골에서 제게 보내 줄 겁니다.

봅친스키가 눈으로 바라본다.

흘레스타코프 이 집 주인 잘못이 더 큽니다. 쇠고기라면서 나무 통처럼 질긴 걸 주고, 수프엔 도대체 뭘 넣었는지 알 수가 없어서 창문 밖으로 던질 수밖에 없었습니다. 그는 며칠간 제가 굶주림에 시달리게 만들었습니다. 차는 너무 이상해서 차 냄새가 아니라 생선 비린내가 났습니다. 제가 그런 걸…… 참 나, 어처구니가 없습니다!

시장 (겁을 먹고) 죄송합니다. 정말 제 탓이 아닙니다. 우리 시장에는 언제나 좋은 쇠고기가 있습니다. 홀모고르스크 상인들이 가져오는데, 술 취하지 않고 행실이 바른 사람들입니다. 주인이 어디서 그런 걸 가져오는지 저는 전혀 모릅니다. 혹시 마음에 들지 않으시면…… 저와 함께 다른 집으로 옮기는 것은 어떠신지요?

흘레스타코프 아니, 싫습니다! 다른 집으로 가자는 게 무슨 말인지 전 압니다. 감옥으로 가잔 말씀이지요! 도대체, 당신에게 무슨 권리가 있는 겁니까? 당신이 어떻게 감히……? 나로 말하면…… 나는 페테르부르크에서 근무하고 있습니다. (원기를 얻는다.) 난, 난, 난…….

시장 (방백) 오 하느님 맙소사, 화가 단단히 났구나! 다 알아 버린 거야. 망할 놈의 장사치들이 모두 일러바친 거야!

흘레스타코프 (용기를 내서) 당신 부대를 다 끌고 온다 해도 난 안 갈 겁니다! 난 장관에게 직접 가겠다고요! (주먹으로 탁자를 친다.) 당신이 누구란 말입니까? 당신이 누구냔 말이오?

시장 (몸을 쭉 펴고 온몸을 떨면서) 제발, 저를 살려 주십시오! 아내, 어린아이들이…… 불행한 사람으로 만들지 말아 주십시오.

흘레스타코프 아니, 난 싫소! 내가 왜 그래야 합니까? 그게 나와 무슨 상관입니까? 당신에게 아내, 어린아이들이 있기 때문에 내가 감옥에 가야 한다니, 거참 훌륭하군요!

봅친스키가 문으로 들여다보고 놀라서 숨는다.

흘레스타코프 아뇨, 대단히 감사합니다만, 전 싫습니다.

시장 (덜덜 떨면서) 경험이 없어서 그럽니다, 정말 경험이 없어섭니다. 상황이 여의치 않아서……. 스스로 판단해 보십시오. 봉급으로는 차와 설탕 사기에도 부족합니다. 만일 뇌물을 받았다 해도, 가장 사소한 것이었습니다. 식탁에 놓을 음식과 옷 두 벌 살 정도였습니다. 상업에 종사하는 하사의 미망인 건으로 말하면, 제가 그녀를 채찍질한 것처럼 말하는데, 그건 중상모략입니다. 맙소사, 중상모략이에요. 이건 저의 적들이 생각해 낸 겁니다. 제 생명을 노리는 그런 족속입니다.

흘레스타코프 뭐라고요? 제게 그들이 무슨 상관입니까? (생각에 잠겨) 하지만 당신이 왜 악인이나 하사관 미망인에 대해 이야기하는지 모르겠군요……. 하사관 아내는 완전히 다른 문제인데, 그렇다고 당신이 저를 매질할 수는 없습니다. 그건 당신

능력으로는 안 될 겁니다……. 참, 이런 일이! 당신 참, 어처구니가 없군요! 난 지불하겠습니다, 돈을 지불할 겁니다. 하지만 지금은 없습니다. 지금은 한 푼도 없어서 여기 죽치고 앉아 있는 겁니다.

시장 (방백) 오, 아주 영악한 놈일세! 말을 딴 데로 돌리는 것 좀 보게나! 그렇게 연막을 치겠다! 누가 알아보겠어! 도대체 어디서부터 손을 써야 할지 알 수가 없네! 어쨌든 뭐든 시도해 봐야지! 결국 될 대로 되겠지. 운에 맡기고 해 볼 수밖에! (큰 소리로) 혹시 당신이 정말로 돈이나 다른 것이 필요하시다면 지금 바로 도와 드릴 준비가 되어 있습니다. 지나가는 손님들을 돕는 것이 저의 본분이니까요.

흘레스타코프 주세요, 제게 빌려주세요! 지금 당장 주막 주인에게 지불하겠어요. 제게 단 2백 루블만…… 아니, 그보다 적어도 괜찮습니다.

시장 (지폐를 내주며) 꼭 2백 루블입니다. 뭐 세 보시지 않으셔도 될 겁니다.

흘레스타코프 (돈을 받으며) 대단히 감사합니다. 돈은 시골에서 올라오는 대로 즉시 보내 드리겠습니다. 제가 이번에 갑자기…… 당신이 훌륭한 분이라는 걸 알았습니다. 이제 상황이 달라졌습니다.

시장 (방백) 휴, 정말 다행이야! 돈을 받았어. 이젠 일이 제대로 잘 풀릴 것 같아. 2백 루블이라고 했지만 그에게 4백 루블을 쥐여 줬거든.

흘레스타코프 어이, 오시프!

오시프가 들어온다.

흘레스타코프 주막 하인을 이리 불러와! (시장과 돕친스키에게) 아니, 왜 그렇게 서 계십니까? 제발 어서 앉으십시오. (돕친스키에게) 부디 앉으십시오!

시장 괜찮습니다. 우리는 서 있겠습니다.

흘레스타코프 앉으세요, 제발 앉으세요. 이제는 당신 성격이 아주 솔직하고 친절하다는 걸 알겠습니다. 솔직히 말해서, 저는 생각했지요, 당신이 오신 것은……. (돕친스키에게) 앉으세요.

시장과 돕친스키가 앉는다. 봅친스키가 문틈으로 들여다보며 귀 기울여 듣는다.

시장 (방백) 더 대담하게 해야겠군. 그가 자기 정체를 알리고 싶지 않아 하는 걸 보니. 좋아, 그렇다면 우리도 모른 척해야지. 그가 어떤 사람인지 전혀 모르는 척해야겠어. (큰 소리로) 저는 여기 지주인 여기 표트르 이바노비치 돕친스키와 함께 저의 직책상 임무에 따라 순시를 하면서, 오시는 분들이 잘 대접받고 있는지 알아보기 위해 일부러 여관에 들렀습니다. 다른 시장이라면 이런 일에 무관심하겠지만 저는 그들과는 다릅니다. 저는 공무 외에도 기독교적 인류애에 입각해서 모든 분이 훌륭하게 대접받기를 바랍니다. 이제 그 보답인 것처럼 이렇게 우연히 유쾌한 분을 만나게 되었습니다.

흘레스타코프 저 역시 매우 기쁩니다. 당신이 없었다면, 솔직히 말해서 저는 여기 죽치고 있어야 했을 겁니다. 어떻게 지불할지 전혀 알 수 없었으니까요.

시장 (방백) 흥, 계속 말해 봐. 어떻게 지불해야 할지 몰랐단 말이지! (큰 소리로) 감히 어디로, 어느 곳으로 가시는 길이었는지 여쭤 봐도 되겠습니까?

흘레스타코프 사라토프현, 제 고향으로 가는 길입니다.

시장 (방백, 얼굴에 아이로니컬한 표정을 지으며) 사라토프현이라고! 흥! 얼굴도 붉히지 않고! 오, 그의 말은 귀를 쫑긋 세워서 들어야겠어. (큰 소리로) 참 잘 생각하셨습니다. 여행이라는 게 늘 그렇듯이, 한편으로는 역마가 지체되는 일같이 불편한 점도 있지만, 다른 한편으로는 머리를 식힐 수 있지요. 당신은 자신의 만족을 위해 여행하시는 것이겠지요?

흘레스타코프 아닙니다, 아버지가 저를 불러서요. 제가 페테르부르크에서 여태껏 좋은 자리에서 근무하지 못하는 것 때문에 영감이 노발대발했거든요. 그는 수도에 가기만 하면 바로 블라디미르 훈장*을 단춧구멍에 달아 주는 줄 안다니까요. 제가 그를 관청에 보내 근무를 시키고 싶을 지경입니다.

시장 (방백) 저것 좀 봐, 허풍을 쳐도 이만저만이 아니군! 자기 늙은 아버지까지 끌어들이네! (큰 소리로) 그럼 가는 데 꽤 걸리시겠군요?

흘레스타코프 사실, 잘 모르겠습니다. 제 아버지가 통나무처럼 완고하고 어리석은 늙은이여서요. 전 그에게 직접 대놓고 말할 겁니다. "맘대로 하세요. 하지만 저는 페테르부르크 없이는 살 수 없습니다. 사실 무엇 때문에 제가 농군들과 함께 일생을 망쳐야 합니까? 지금 세상이 요구하는 건 그런 게 아니고, 저의 영혼은 계몽을 갈망하고 있습니다."

시장 (방백) 잘도 꿰맞추는군! 거짓말이야, 거짓말. 그런데 어설픈 데가 조금도 없어! 하지만 외모는 보잘것없고 땅딸막하고, 손톱으로 눌러 죽일 수 있을 정도야. 가만있자! 내 기어코 입을 열게 하고 말 테다! 네가 계속 떠벌리게 해 주지! (큰 소리로) 적절한 지적을 하셨습니다. 벽지에서 무얼 할 수 있겠습니까? 이곳만 해도 그래요. 밤잠도 안 자고 조국을 위해 수고하고, 아무것도 아끼지 않는데 보상이 언제 있을지 전혀 알 수가 없습니다. (눈으로 방을 둘러본다.) 이 방이 좀 축축한 것 같은데요?

흘레스타코프 아주 더러운 방입니다. 게다가 어디서도 본 적이 없는 빈대들이 개처럼 물어뜯습니다.

시장 저런! 이렇게 교양 있는 손님이 그런 고통을 겪으시다니, 그것도 누구에게서? 세상에 태어날 가치조차 없는 그런 쓸모없는 더러운 빈대에게서 말입니다. 게다가 이 방은 어둡기까지 한데요?

흘레스타코프 네, 완전히 컴컴합니다. 주인이 촛불을 안 주는 것이 예사가 되어 버렸습니다. 가끔 무엇이건 하고 싶어도, 책을 읽거나 쓰고 싶은 영감이 들어도 그럴 수가 없습니다. 어둡습니다, 너무 어두워요.

시장 감히 이런 청을 드려도…… 아니, 제겐 그럴 자격이 없습니다.

흘레스타코프 뭔데 그러세요?

시장 아니, 아닙니다. 저는 자격이 없습니다, 자격이 없어요!

흘레스타코프 그게 대체 뭔데요?

시장 그럼 감히 말씀드리지요…… 저희 집에 당신에게 적합한, 밝고 조용한 방이 있습니다. 하지만 저 자신이 이건 너무 분에 넘치는 영광으로 느끼고 있습니다……. 화내지 마십시오, 맙소사, 단순한 마음에서 제안한 것입니다.

흘레스타코프 아니, 그 반대입니다. 그렇게 하지요, 기꺼이 그러겠습니다. 제겐 이 주막보다는 가정집에 있는 게 훨씬 유쾌하니까요.

시장 그렇다면 얼마나 기쁜지 모르겠습니다! 아내도 얼마나 기뻐할지요! 저는 어릴 때부터 손님을, 특히 교양 있는 손님을 대접하는 것을 아주 좋아했습니다. 제가 아첨하려고 이 말을 한다고 생각하지 마십시오. 아닙니다. 제겐 그런 결함이 없습니다. 충심을 다해 드리는 말씀입니다.

흘레스타코프 대단히 감사합니다. 저도 그렇습니다. 저도 속 다르고 겉 다른 사람을 싫어합니다. 당신의 솔직함과 관대함이 너무 마음에 듭니다. 솔직히 말해서 저는 신실한 마음과 존경, 존경과 신실한 마음을 보여 달라는 것 외에는 더 이상 아무것도 요구하지 않습니다.

제8장

이들과 오시프가 데려온 주막집 하인.

봅친스키, 방 문틈으로 들여다본다.

하인 부르셨습니까?

흘레스타코프 그래, 계산서를 가져와.

하인 이미 오래전에 당신에게 다른 계산서를 드렸는데요.

흘레스타코프 너의 엉터리 계산들은 이미 내 기억에 없어. 얼마인지 말해 봐.

하인 당신은 첫날 점심을 주문했고, 다음 날엔 연어만 드셨고, 그다음에는 전부 외상으로 드셨습니다.

흘레스타코프 바보 같은 자식! 다시 일일이 계산하기 시작하다니. 전부 합해서 얼마냐고?

시장 당신은 신경 쓰실 것 없습니다. 그가 기다려 줄 것입니다. (하인에게) 어서 꺼져, 돈을 보내 줄 테니.

흘레스타코프 정말로요, 그것도 좋겠군요. (돈을 집어넣는다.)

하인, 나간다. 봅친스키가 문틈으로 들여다본다.

제9장

시장, 흘레스타코프, 돕친스키.

시장 이제 저희 시의 몇몇 시설을, 자선 병원이라든가 그 밖의 시설을 시찰하는 게 어떠시겠습니까?

흘레스타코프 거기에 뭐가 있는데요?

시장 그저 저희 일이 어떻게 돼 가는지…… 질서가 어떻게 잘 잡혀 있는지…… 봐 주시지요.

흘레스타코프 기꺼이 그러지요. 전 준비됐습니다.

봅친스키가 문에 머리를 내민다.

시장 또 당신이 원하신다면 그곳에서 공립 학교로 가서 저희가 어떤 방식으로 학문을 가르치고 있는지 둘러보시지요.

흘레스타코프 그러시죠, 그러시죠.

시장 그다음 원하신다면 감옥을 방문하셔서 죄인들을 어떻게 다루고 있는지 살펴봐 주시기 바랍니다.

흘레스타코프 아니, 감옥은 왜요? 그보다는 자선 병원을 둘러보는 게 더 좋습니다.

시장 좋으실 대로 하십시오. 당신은 어떻게 하시겠습니까, 자기 마차로 가시겠습니까 아니면 제 마차를 타고 함께 가시겠습니까?

흘레스타코프 당신 마차를 타고 함께 가는 게 더 좋겠습니다.

시장 (돕친스키에게) 그럼 표트르 이바노비치, 이제 당신 자리는 없소.

돕친스키 괜찮습니다. 저는 없어도 됩니다.

시장 (조용히 돕친스키에게) 잘 들어요. 당신은 뛰어가서, 전속력으로 뛰어가서 쪽지 두 개를 전하세요. 한 장은 자선 병원의 제믈랴니카에게, 다른 것은 내 아내에게요. (흘레스타코프에게) 외람되지만 당신 앞에서 아내에게 귀한 손님을 맞이할 준비를 하라고 몇 자 적어도 되겠습니까?

흘레스타코프 뭐 그렇게까지 신경을 쓰고 그러세요? 하지만 여기 잉크도 있고, 다만 종이는 모르겠네요……. 이 계산서도 괜찮겠습니까?

시장 여기에 쓰겠습니다. (쓰면서 동시에 혼잣말을 한다.) 아침 식사와 배가 불룩한 큰 술병을 내놓은 다음 일이 어떻게 되는지 두고 보자고! 마침 집에 우리 현에서 만든 붉은 마데이라* 포도주가 있지, 모양은 별 볼 일 없지만 코끼리도 취해 자빠질 거야! 그가 어떤 인간인지, 그를 어느 정도 겁을 내야 할지 그것만 알아내면 그만이야. (다 쓴 뒤 돕친스키에게 건넨다. 그가 문에 다가가는데, 이때 문이 뜯기고 반대편에서 엿듣고 있던 봅친스키가 문과 함께 무대로 떨어진다. 모두 큰 소리를 지른다. 봅친스키가 일어난다.)

흘레스타코프 무슨 일입니까? 어디 다친 데는 없으세요?

봅친스키 괜찮습니다, 괜찮습니다. 걱정하실 필요 없습니다. 그저 코 위에 작은 혹이 났을 뿐입니다. 바로 흐리스티안 이바노비치에게 달려가겠습니다. 그에게 아주 좋은 고약이 있으니까 금세 나을 겁니다.

시장 (봅친스키에게 질책하는 표정을 지으면서, 흘레스타코프에게) 이건 괜찮습니다. 부디 가시지요! 당신 하인에게 짐을 옮기라고 일러두겠습니다. (오시프에게) 이봐, 자네는 전부 내 집에, 시장 집에 가져가. 누구든 가르쳐 줄 거야. 그럼 가시지요! (흘레스타코프가 먼저 나가게 하고, 그의 뒤를 따라가다가 뒤를 돌아보며 봅친스키에게 질책하며 말한다.) 당신은 그게 뭡니까! 거기 말고는 자빠질 자리가 없었나 보군요! 아무 이유도 없이 벌렁 나자빠지고 말예요. (그가 나가고, 그 뒤를 봅친스키가 따라 나간다.)

막이 내린다.

제3막

제1막의 방.

제1장

안나 안드레예브나, 마리야 안토노브나가 여전히 같은 자세로 창문 옆에 서 있다.

안나 안드레예브나 거봐, 벌써 한 시간이나 기다렸어. 이게 전부 네가 어리석게 아양을 떨려고 했기 때문이야. 옷을 다 입고서도 여전히 꾸물거리고……. 네 말을 듣지 말아야 했어. 정말 화가 나 죽겠네! 일부러 그러는지 한 명도 안 보이네! 모두 죽기라도 한 것 같아!

마리야 안토노브나 정말, 어머니, 조금만 더 있으면 다 알게 될 거예요. 곧 아브도티야가 올 거예요. (창문을 바라보고 소리 지른다.) 아, 어머니, 어머니! 누가 와요, 저기 길 끝에.

안나 안드레예브나 누가 온다는 거야? 너는 늘 꿈꾸는 소리만 하는구나. 어, 정말 오네. 누가 오는 걸까? 키가 작고…… 연미복에…… 이게 누굴까? 엉? 하지만 정말 화가 나네! 이렇게 생긴 사람이 누구더라?

마리야 안토노브나 돕친스키예요, 어머니!

안나 안드레예브나 저게 무슨 돕친스키냐? 넌 늘 갑자기 얼토당토않은 소릴 하더라……. 절대로 돕친스키가 아니야. (손수건을 흔든다.) 여봐요, 이리 오세요! 어서요!

마리야 안토노브나 어머니, 정말로 돕친스키예요.

안나 안드레예브나 너, 일부러 나한테 말대꾸하려 하는 거지. 네게 분명히 말하는데 돕친스키가 아니야.

마리야 안토노브나 왜요? 왜요, 어머니? 보세요, 돕친스키잖아요.

안나 안드레예브나 그러게, 돕친스키네. 이제 보여. 뭐 그런 걸 가지고 넌 말대꾸하고 그러니? (창에 대고 소리친다.) 어서 와요, 어서 와! 당신은 참 천천히도 오는군요. 어때요, 다들 어딨죠? 거기서 말 좀 해 봐요, 괜찮으니까? 뭐라고요? 아주 엄하다고요? 엉? 그럼 남편, 남편은요? (화를 내며 창문에서 조금 물러서며) 저런 등신을 봤나, 방에 들어 올 때까지는 아무 말도 안 할 작정이네!

제2장

그들과 돕친스키.

안나 안드레예브나 자, 말 좀 해 봐요. 당신은 부끄럽지도 않으세요? 난 당신만은 예의 바른 양반이라고 생각했는데, 모두 갑자기 뛰어가니까 당신까지 그들을 좇아가다니요! 덕분에 여태껏 누구에게서도 아무 소식도 못 들었잖아요! 당신은 부끄럽지도 않으세요? 나는 당신의 바네치카와 리잔카의 대모가 되어 줬는데, 당신이 나를 이렇게 대하시다니 말예요!

돕친스키 맙소사, 대모님, 저는 경의를 표하기 위해 너무 급히 뛰어와서 지금 숨도 못 쉬겠어요. 안녕하세요, 마리야 안토노브나.

마리야 안토노브나 안녕하세요, 표트르 이바노비치!

안나 안드레예브나 자, 어때요? 말해 봐요, 거긴 어떤지, 어떻게 된 거예요?

돕친스키 안톤 안토노비치께서 당신에게 쪽지를 보내셨어요.

안나 안드레예브나 그래, 그는 어떤 사람인가요, 장군인가요?

돕친스키 아뇨, 장군은 아니지만 장군 못지않습니다. 너무나 교양 있고, 아주 위엄 있게 행동했어요.

안나 안드레예브나 아! 그럼 이분이 바로 남편이 받은 편지에 적혀 있는 그분이군요?

돕친스키 틀림없습니다. 제가 표트르 이바노비치와 함께 제일 먼저 그걸 알아냈습니다.

안나 안드레예브나 자, 얘기해 보세요, 뭐가 어떻게 된 건지?

돕친스키 네, 다행히도 만사가 잘 풀렸습니다. 처음에 그분은 안톤 안토노비치를 조금 엄하게 대하셨어요. 네. 화를 내면서, 여관의 모든 게 안 좋고, 시장 집에도 가지 않을 거고, 시장 때문에 자기가 감옥에 있고 싶지도 않다고 하셨어요. 하지만 안톤 안토노비치의 결백을 아시고, 그와 짧게 대화를 나누신 다음에는 즉시 생각을 바꾸고, 다행히도 일이 잘 풀렸어요. 그들은 지금 자선 병원을 시찰하러 갔어요……. 솔직히 말하면, 안톤 안토노비치는 누군가의 밀고가 있었던 것은 아닐까 생각하셨고, 저 자신도 약간 겁이 났지요.

안나 안드레예브나 당신이 두려워할 게 뭐 있어요? 당신이 관청에서 일하는 것도 아닌데.

돕친스키 아시겠지만 아주 고명하신 고관이 말씀하실 때는 두려움을 느끼게 되거든요.

안나 안드레예브나 뭐랄까…… 하지만 이건 전부 쓸데없는 소리예요. 말해 봐요, 그는 어떻게 생겼어요? 어때요, 늙었나요 젊은가요?

돕친스키 젊어요, 아주 젊은 분이에요. 스물셋쯤 되었는데도, 꼭 노인처럼 말씀하세요. "거 좋소, 거기도, 거기도, 가 봅시다……." (두 손을 내젓는다.) 이건 정말 멋있더군요. "나는 글 쓰고 책 읽는 걸 좋아하는데, 방이 약간 어두워서 방해가 되는군요"라고도 하셨어요.

안나 안드레예브나 그는 어떻게 생겼나요, 머리는 갈색인가요 금발인가요?

돕친스키 갈색에 가깝습니다. 눈은 사나운 짐승처럼 재빨라서, 가슴이 두근거릴 지경입니다.

안나 안드레예브나 참, 그가 쪽지에 뭐라고 적었을까? (읽는다.)

"여보, 급히 상황을 알리오. 내 상황이 몹시 비참했으나, 신의 자비에 힘입어, 특히 소금에 절인 오이 두 개와 연어 알 반 접시에 1루블 25코페이카……." (읽다가 멈춘다.) 전혀 이해가 안 돼요, 소금에 절인 오이와 연어 알이 여기서 왜 나오는 거예요?

돕친스키 아, 이건 안톤 안토노비치가 너무 급해서 이미 쓴 종이에 썼기 때문입니다. 계산서였거든요.

안나 안드레예브나 아, 네, 그렇군요. (계속 읽는다.) "신의 자비에 힘입어 모든 게 잘 끝날 것 같소. 서둘러 귀한 손님을 모실 방을 준비해요. 노란 벽지를 바른 방 말이오. 점심까지 신경 쓸 건 없소. 자선 병원장 아르테미 필리포비치 집에서 먹을 테니까. 하지만 술은 넉넉히 가져오라고 하시오. 상인 압둘린에게 가장 좋은 것을 가져오라고 일러요, 그렇지 않으면 내가 그의 지하 창고를 다 파헤칠 거라고 하고. 여보, 당신의 손에 키스하오, 당신의 충실한 안톤 스크보즈니크-드무하놉스키……." 아이고, 이런! 정말 서둘러야겠어! 이봐, 거기 누구 없어? 미시카!

돕친스키 (달려가서 문밖으로 소리친다) 미시카! 미시카! 미시카!

미시카가 들어온다.

안나 안드레예브나 잘 들어. 상인 압둘린에게 뛰어가……. 잠깐, 내가 쪽지를 줄게. (탁자에 앉아 뭔가를 적으면서 그사이에 말한다.) 이 쪽지를 상인 시도르에게 전해. 그가 그것을 가지고 상인 압둘린에게 뛰어가서 거기서 포도주를 가져오도록 말야. 너는 지금 손님을 위해 이 방을 잘 치워. 저기에 침대, 대야 등을 갖다 두고.

돕친스키 안나 안드레예브나, 저는 이제 빨리 뛰어가서 그분이 어떻게 시찰하는지 살펴보겠어요.

안나 안드레예브나 가요, 어서 가요! 붙잡지 않을 테니까.

제3장

안나 안드레예브나와 마리야 안토노브나.

안나 안드레예브나 자, 마리야, 우린 이제 화장을 시작해야겠다. 그분은 수도에서 온 분이니까, 제발 비웃음을 사는 일이 없어야지. 너는 잔주름이 잡힌 하늘색 드레스를 입는 게 제일 예의범절에 맞아.

마리야 안토노브나 쳇, 어머니, 하늘색이라니요! 전혀 마음에 안 들어요, 랍킨-탑킨 부인도 하늘색 옷을 입고, 제믈랴니카 딸도 하늘색을 입어요. 아뇨, 전 알록달록한 옷을 입는 게 더 좋아요.

안나 안드레예브나 알록달록한 거라니! 정말이지 넌 꼭 반대로만 말하는구나. 하늘색이 네겐 훨씬 더 좋아. 왜냐면 나는 크림색을 입고 싶으니까. 난 크림색을 아주 좋아하거든.

마리야 안토노브나 에이, 어머니, 어머니에겐 크림색이 안 어울려요.

안나 안드레예브나 내게 크림색이 안 어울린다고?

마리야 안토노브나 안 어울려요, 전 뭐든 걸겠어요, 안 어울려요. 이걸 입으려면 눈이 완전히 검어야 해요.

안나 안드레예브나 거참 좋구나! 그래 내 눈이 검지 않단 말이냐? 얼마나 검은데. 쓸데없는 소리를 다 하는구나! 난 늘 클로버 여왕으로 카드 점을 치는데도 어떻게 내 눈이 까맣지 않단 말이냐?

마리야 안토노브나 에이, 어머니! 어머니에겐 하트의 여왕이 더 좋아요.

안나 안드레예브나 허튼소리, 완전히 허튼소리야! 난 결코 하트의 여왕이었던 적이 없어. (마리야 안토노브나와 함께 서둘러 나가며 무대 뒤에서 말한다.) 갑자기 그런 생각이 떠오르다니! 하트의 여왕이라니! 그 무슨 말도 안 되는 소리냐!

그들이 나가자 문이 열리고, 미시카가 문에서 쓰레기를 내버린다. 다른 문에서 오시프가 머리에 트렁크를 이고 나온다.

제4장

미시카와 오시프.

오시프 어디로 들어가지?

미시카 여기요, 아저씨, 여기로요!

오시프 가만있어. 그전에 한숨 좀 돌리자. 에이, 이게 무슨 고생이람! 배 속이 비어 있으니 온갖 짐이 다 무겁네.

미시카 그런데 아저씨, 말씀 좀 해 주세요, 장군님은 곧 오시나요?

오시프 무슨 장군님?

미시카 네, 당신 주인 나리 말예요.

오시프 주인 나리? 그가 어떤 장군인데?

미시카 그럼 장군님이 아니시란 말인가요?

오시프 장군이지, 다만 다른 쪽으로.

미시카 그럼 그는 진짜 장군보다 위인가요 아랜가요?

오시프 더 위지.

미시카 그래서 그렇군요! 온 집안이 발칵 뒤집혔거든요.

오시프 이봐, 아가씨, 자넨 꽤 똑똑한 친구 같은데, 뭐든 먹을 걸 좀 주지 않겠나?

미시카 아저씨, 당신이 드실 건 아직 하나도 못 만들었어요. 흔해 빠진 요리는 드시지 않을 테니까, 당신 주인 나리가 식탁에 앉으면, 그때 당신에게도 같은 요리를 줄 거예요.

오시프 저, 흔해 빠진 요리로 뭐가 있나?

미시카 수프, 죽, 피로그, 뭐 그런 거지요.

오시프 그것들을 줘. 수프, 죽, 피로그! 괜찮아, 모두 먹을 테니까. 저, 트렁크를 가져오자. 저기 다른 출구 있어?

미시카 있어요.

두 사람, 트렁크를 옆방으로 가져간다.

제5장

경찰들이 문을 양편으로 연다. 흘레스타코프가 들어오고, 그 뒤로 시장, 더 뒤로 자선 병원장, 교육감, 돕친스키와 코에 반창고를 붙인 봅친스키가 나온다. 시장이 경찰들에게 마루에 있는 종잇조각을 가리키자, 그들이 서로 밀치며 뛰어가서 그것을 치운다.

흘레스타코프 훌륭한 시설입니다. 당신들이 도시의 모든 것을 여행객에게 보여 주는 게 마음에 듭니다. 다른 도시에선 제게 아무것도 보여 주지 않았거든요.

시장 감히 보고를 드리자면, 다른 도시의 시장과 관리들은 자기 생각만, 즉 자신의 이익에만 더 많은 신경을 쓰지요. 그러나 여기서는 질서 유지와 경계 태세로 상부의 주목을 받는 것 외에 다른 생각은 조금도 없습니다.

흘레스타코프 아침 식사는 아주 훌륭했습니다. 난 완전히 포식했어요. 당신들은 날마다 그렇게 식사를 하시나요?

시장 이토록 유쾌한 손님을 위해 일부러 마련한 겁니다.

흘레스타코프 저는 먹는 걸 좋아해요. 사람은 만족의 꽃을 꺾기 위해 사는 거니까요. 그 생선 이름이 뭐라고 했지요?

아르테미 필리포비치 (가까이 뛰어오면서) 라바르단*이라고 합니다.

흘레스타코프 참 맛있더군요. 우리가 아침을 먹은 곳이 어디였더라? 병원이었던가요?

아르테미 필리포비치 정확히 그렇습니다. 자선 병원입니다.

흘레스타코프 기억나요, 기억나. 거기에 침대도 있었죠. 환자들은 모두 완치된 건가요? 몇 명 없는 것 같던데요.

아르테미 필리포비치 열 명, 아니 그 이하로 남았습니다. 그 외의 환자들은 모두 완쾌됐습니다. 이렇게 질서가 잘 잡혀 있습니다. 제가 책임을 맡은 때부터, 믿기 어렵다고 느끼시겠지만, 모두 파리 새끼처럼 완쾌되고 있습니다. 환자는 병원에 들어오기가 무섭게 바로 건강해지는데, 이건 의약보다는 성실과 질서 덕분입니다.

시장 외람된 말씀입니다만, 시장의 직책은 여간 골치 아픈 게 아닙니다. 정화, 수리, 시정 조치 등 일이 얼마나 태산같이 많은지……. 한마디로 제아무리 현명한 인물이라 해도 곤경에 처하고 말 겁니다. 그러나 신에게 감사하게도, 모든 게 원활히 진행되고 있습니다. 여느 시장 같으면 물론 자기 이익만 챙기는 데 급급할 테지만, 믿으실지 모르지만, 저는 잠자리에 들 때도 줄곧 생각합니다. '아아, 하느님, 어떻게 하면 상부에서 저의 열성을 인정하고 만족할 만큼 일을 잘 추진할 수 있을까요……?' 상부에서 저를 표창하고 안 하고는 물론 상부의 뜻에 달린 것이고, 적어도 저는 마음이 평안할 겁니다. 사실, 도시의 모든 일에 질서가 있고, 거리가 깨끗이 빗질되어 있고, 수감자들도 잘 지내고, 술주정꾼도 적은데…… 제가 뭘 더 바라겠습니까? 정말이지, 명예는 털끝만큼도 바라지 않습니다. 그것도 물론 매혹적이지요. 하지만 선행 앞에서는 모든 것이 먼지이고 허무할 뿐입니다.

아르테미 필리포비치 (방백) 어라, 일도 안 하는 놈이 잘도 꾸며 대네! 하느님이 저런 재주를 주시다니!

흘레스타코프 옳으신 말씀이에요. 저도 솔직히 가끔 사색하는 걸 좋아합니다. 어떤 때는 산문으로, 어떤 때는 시들이 튀어나오지요.

봅친스키 (돕친스키에게) 지당한 말씀이죠, 지당한 말씀이에요, 표트르 이바노비치! 얼마나 훌륭한 견해인가요…… 학식이 대단하신 것이 선명히 보이는군요.

흘레스타코프 부디 말씀해 주세요. 여기에 무슨 오락거리나 카드놀이를 할 수 있는 모임 같은 건 없나요?*

시장 (방백) 흥, 이보게, 어딜 노리는 건지 빤히 알고 있어! (큰 소리로) 천만에요! 여기에는 그런 모임에 대한 소문도 없습니다. 저는 카드를 손에 쥐어 본 적조차 없고, 심지어 카드를 어떻게 하는지도 모릅니다. 혹시 무슨 다이아몬드의 왕이나 다른 어떤 거라도 눈에 띄는 일이 생기면, 혐오가 밀려와서 침을 뱉을 정도입니다. 언젠가 한번은 애들을 즐겁게 해 주려고 카드로 집을 지었는데, 밤새도록 그 망할 것들이 꿈에 나왔습니다. 오, 저를 지켜 주소서! 어떻게 그렇게 귀중한 시간을 그런 데 낭비할 수 있단 말입니까?

루카 루키치 (방백) 비열한 놈, 어제 내게서 1백 루블을 따 놓고 저러다니.

시장 제게 그럴 시간이 있다면 국가의 이익을 위해 쓰는 게 더 낫습니다.

흘레스타코프 아니요, 당신은 그렇게 생각하지 마세요. 하지만…… 모든 건 사물을 누가 어떤 시각에서 보느냐에 달려 있지요. 예를 들어 판돈을 세 배로 올려야 할 때 승부를 그만둔다면……* 그때는 물론…… 아니요, 그렇게 말씀하지 마세요, 카드놀이도 이따금 아주 매혹적일 때가 있어요.

제6장

그들, 안나 안드레예브나와 마리야 안토노브나.

시장 감히 제 가족을 소개하겠습니다. 아내와 딸입니다.

흘레스타코프 (인사하며) 부인, 당신을 뵐 수 있는 영광을 갖게 되어 얼마나 기쁜지 모릅니다.

안나 안드레예브나 이런 훌륭한 분을 뵙게 돼서 저희가 더 기쁩니다.

흘레스타코프 (으스대면서) 천만의 말씀을요, 부인, 정반대입니다. 제가 훨씬 더 기쁩니다.

안나 안드레예브나 그럴 리가요! 당신은 칭찬하시려고 그렇게 말씀하시는 것이지요. 자, 어서 앉으세요.

흘레스타코프 부인 옆에 서 있는 것만으로도 행복합니다. 하지만 부인이 정 원하신다면 앉겠습니다. 결국 당신 곁에 앉게 되다니, 저는 얼마나 행복한지 모르겠습니다.

안나 안드레예브나 설마요, 그 말이 저를 두고 하시는 거라고 감히 생각할 수가 없습니다……. 제 생각에, 당신에겐 수도에서 사시다가 여행*하는 것이 많이 불쾌하시겠지요?

흘레스타코프 참으로 불쾌하지요. Comprenez vous,* 상류 사회에서 사는 데 익숙해졌다가 갑자기 길을 나서게 되면, 더러운 주막집에 무지몽매한 사람들……. 솔직히 말해서 모든 것에 대해 제게 보상을 주는…… (안나 안드레예브나를 바라보고 그녀 앞에서 으스대며) 그런 일이 없다면…….

안나 안드레예브나 당신은 정말로 불쾌하시겠어요.

흘레스타코프 하지만 부인, 이 순간 저는 참으로 유쾌합니다.

안나 안드레예브나 그럴 리가요! 그건 분에 넘치는 영광입니다. 저는 이런 영광을 받을 자격이 없어요.

흘레스타코프 왜 자격이 없으시다는 겁니까? 부인, 당신은 그럴 자격을 갖고 있습니다.

안나 안드레예브나 전 시골에서 사는데요.

흘레스타코프 네, 하지만 시골에는 산과 시냇물이 있지요……. 그야 물론 누가 이걸 페테르부르크하고 비교할 수 있겠습니까! 아아, 페테르부르크! 정말로 얼마나 멋진 삶인가요! 여러분은 제가 정서(正書) 일만 한다고 생각하실지 모릅니다. 아니요, 제 부서의 국장은 저와 친구 사이예요. 그는 제 어깨를 툭 치며, "여보게, 점심 먹으러 와!"라고 합니다. 저는 "이건 이렇게 하고, 저건 저렇게 해!"라고 말하기 위해서만 하루에 2분 정도 관청에 들를 뿐입니다. 그곳에 정서를 하는 말단 관리가 있는데, 그저 펜으로 쓱쓱…… 적기만 하지요. 저를 8등관에 임명하려고 한 적도 있는데, 왜 그런지 생각해 보았어요. 수위도 구둣솔을 가지고 현관 층계까지 저를 쫓아 나와서, "이반 알렉산드로비치, 신을 닦게 해 주십시오"라고 하지요. (시장에게) 여러분, 왜 서 계십니까? 어서 앉으세요!

시장, 아르테미 필리포비치, 루카 루키치, 흘레스타코프 모두 동시에 말한다.

시장 저의 관등으로는 계속 서 있어도 좋습니다.
아르테미 필리포비치 저희들은 서 있겠습니다.
루카 루키치 조금도 염려하지 마십시오.
흘레스타코프 관등은 따지지 말고 어서 앉으세요.

시장과 모두들 앉는다.

흘레스타코프 저는 격식을 좋아하지 않아요. 심지어 저는 언제나 눈에 안 띄게 지나가려고 애쓰기까지 하지요. 하지만 도저히 숨을 수가 없습니다, 전혀 불가능해요! 밖으로 나가기가 무섭게 사람들이 제 말을 하는 거예요. "저기 이반 알렉산드로비치가 지나가신다!" 한번은 제가 육군 총사령관인 줄 알고, 병사들이 위병소에서 뛰쳐나와 "받들어총!"을 하더군요. 나중에 제가 아주 잘 아는 장교가 제게 말하더군요. "우린 정말 자네를 육군 총사령관인 줄 알았다니까"라고요.

안나 안드레예브나 그런 일도 다 있군요!

흘레스타코프 저는 예쁘장한 여배우들과도 잘 아는 사이죠. 저 역시 다양한 보드빌*을 쓰니까요……. 문인들도 자주 봅니다. 푸시킨하고도 친하지요. 제가 가끔 "여보게, 푸시킨, 어떤가?" 하고 물으면, "음, 그저 그래, 친구, 전부 여전해……"라고 대답하곤 했지요. 참으로 독특한 사람이에요.

안나 안드레예브나 그럼 당신은 글도 쓰시는 건가요? 작가에게 이건 얼마나 유쾌할까요! 당신은 잡지에도 글을 실으시겠군요?

흘레스타코프 네, 잡지에도 게재하지요. 하지만 제 작품이 여간 많은 게 아니에요. 『피가로의 결혼』,* 『악마의 로베르트』, 『노르마』.* 이름도 기억하지 못할 정도예요. 모두 우연히 쓴 거예요. 저는 쓰고 싶지 않았지만, 극장 지배인이 "제발, 이보게, 무엇이든 써 주게"라고 말하는 거예요. 그리고 하룻저녁 만에 다 써서 모두를 깜짝 놀라게 했지요. 제게는 시상이 아주 가볍게 흘러나오거든요. 브람베우스 남작*이라는 이름으로 발표된 것은 모두 제가 쓴 것입니다. 「군함 '희망'」*과 『모스크바 전신국』*도…… 전부 제가 쓴 거예요.

안나 안드레예브나 그럼 선생님이 브람베우스 남작이었다는 말씀이세요?

흘레스타코프 물론이죠. 저는 그들에게 논문 수정도 해 줘요. 스미르딘*은 그 대가로 제게 4만 루블을 주고 있어요.

안나 안드레예브나 그러면 『유리 밀로슬랍스키』*도 당신 작품이겠군요?

흘레스타코프 네, 그것도 제 작품입니다.

마리야 안토노브나 에이, 어머니, 거기에 이건 자고스킨 씨 작품이라고 적혀 있어요.

안나 안드레예브나 그래, 네가 여기서까지 말대꾸할 줄 알았다.

흘레스타코프 참 맞아요, 그건 사실입니다. 이건 틀림없이 자고스킨 작품이에요. 다만 그것과는 다른 『유리 밀로슬랍스키』가 있고, 그게 제 작품입니다.

안나 안드레예브나 제가 읽은 건 아마 당신 작품일 거예요. 정말 얼마나 잘 쓰셨는지!

흘레스타코프 솔직히 말하면 저는 문학으로 살아가고 있어요. 저희 집은 페테르부르크에서 제일가는 저택입니다. 이반 알렉산드로비치 집이라고 하면 모두 알지요. (모두를 향해) 여러분, 페테르부르크에 오시면, 부디 제 집에 들러 주시길 바랍니다. 제가 무도회도 열어 드리지요.

안나 안드레예브나 대단히 세련된 취향에 웅장한 무도회를 여실 거라고 생각되네요.

흘레스타코프 말할 나위 없지요. 예를 들면 식탁 위의 수박은 7백 루블이나 합니다. 수프는 냄비째로 파리에서 배로 곧장 가져오고, 뚜껑을 열면 자연에서는 찾아볼 수 없는 향긋한 김이 모락모락 나고요. 저는 날마다 무도회에 갑니다. 거기에는 우리만의 휘스트 카드 모임도 있는데, 외무부 장관, 프랑스 대사, 영국 대사, 독일 대사 그리고 저로 구성되어 있지요. 그러고는 녹초가 될 때까지 카드를 해서 몰골이 말이 아니게 되지요. 4층에 있는 제 방으로 계단을 뛰어 올라가서 식모한테 "마브루시카, 외투"라고 말만 하면…… 이런, 제가 거짓말을 했네요, 제가 벨 에타주*에 사는 걸 깜빡했어요. 저희 집에 계단이 하나 있는데…… 제가 일어나기도 전에 저희 집 현관을 들여다보면 참 흥미롭습니다. 백작과 공작들이 북적거리며 벌 떼처럼 웅웅거리지요. 그저 '웅…… 웅…… 웅……' 하는 소리만 들린다니까요. 어떤 때는 장관도…….

시장과 다른 사람들이 겁을 먹고 자기 의자에서 일어난다.

흘레스타코프 심지어 제게 오는 편지 봉투에는 '각하'라고 적혀 있지요. 한번은 부서를 이끈 적도 있어요. 이상하게도, 장관이 사라졌는데, 어디로 사라졌는지 알 수가 없는 겁니다. 자연스럽게, 어떻게, 무엇이, 누가 그 자리에 앉을까에 대한 소문이 구구했지요. 장군 중 많은 이들이 그 자리를 원해서 직책을 맡긴 했으나, 시작만 하면 어려워서 포기하는 거예요! 보기에는 쉬워 보여도, 막상 부딪쳐 보면 일을 전혀 파악할 수 없었던 거예요! 나중에 어떻게 해 볼 도리가 없다는 걸 알고서 제게 오더군요. 그 순간 길거리에 전령, 전령, 또 전령이 늘어서 있더군요. 제 생각에 전령만 3만 5천 명쯤 되었을 거예요. "어떻게 된 일인가요?" 제가 물었죠. "이반 알렉산드로비치, 제발 와서 부서를 이끌어 주십시오!" 하는 겁니다. 솔직히 전 조금 당황해서 실내복 차림으로 나갔지요. 거절하고 싶었지만,

생각해 보니 황제 폐하에게도 알려지고 근무 경력도 생길 거여서…… "여러분, 좋소. 제가 그 직책을 맡겠소. 말하자면 그래야겠지요, 말하자면 제가 맡겠소, 다만 제가 있을 때는 절대 안 되오! 내 귀는 아주 예민하오! 나로 말하면……." 제가 관청을 지나가기만 하면 지진이 일어나고, 모두 나뭇잎처럼 바들바들 떨더군요.

시장과 다른 사람들이 공포로 덜덜 떤다. 흘레스타코프는 더욱 강하게 열을 낸다.

흘레스타코프 오! 저는 농담을 전혀 좋아하지 않아요. 전 그들 모두를 위협하지요. 국가 위원회*도 저를 두려워해요. 그렇다면 실제로? 저는 그런 사람입니다! 저는 누구도 그냥 봐주지 않을 겁니다……. 전 모두에게 말하지요. "나는 나 자신을 잘 알아, 자신을!" 나는 어디든지, 어디든지 있어. 저는 궁전에 매일같이 들어가지요. 내일이라도 당장 저를 원수로 승진시킬……. (그가 미끄러지고 마룻바닥에 넘어질 뻔하지만, 관리들이 그를 공손히 떠받친다.)

시장 (온몸을 부들부들 떨며 다가가 입을 움직이려고 애를 쓴다.) 가-가-가……각…….

흘레스타코프 (빠르게 톡톡 끊어지는 목소리로) 그게 뭔가요?

시장 가-가-가…… 각…….

흘레스타코프 (같은 목소리로) 무슨 말인지 못 알아듣겠군요, 전부 헛소리로 들립니다.

시장 가-가-가……각, 각하, 좀 쉬시는 게 어떠시겠습니까? ……저기 방도 있고, 전부 준비돼 있습니다.

흘레스타코프 쓸데없는 소리, 쉬다니요. 그럴까요, 전 쉴 준비가 되어 있어요. 여러분, 아침은 정말 맛있었어요…… 전 만족해요, 전 만족해요. (선언 조로) 라바르단! 라바르단! (옆방으로 들어가고, 그 뒤를 시장이 따른다.)

제7장

흘레스타코프와 시장을 제외하고 같은 인물들.

봅친스키 (돕친스키에게) 표트르 이바노비치, 이분이야말로 인물입니다. 인물이란 저런 분을 두고 하는 말이에요! 전 살면서 한 번도 저런 고귀한 분과 자리를 함께한 적이 없었어요. 당신은 어떻게 생각하세요, 표트르 이바노비치, 저분의 관등은 어떻게 될까요?

돕친스키 제 생각에는 장군일 것 같아요.

봅친스키 제 생각엔 장군 같은 건 저분의 발뒤꿈치에도 못 미칠 것 같아요. 장군이라면 틀림없이 총사령관일 거예요. 저분이 국가 위원회를 꼼짝 못 하게 했다는 얘기 들었지요? 어서 가서 암모스 표도로비치와 코롭킨에게 말해야겠어요. 안녕히 계세요, 안나 안드레예브나!

봅친스키 안녕히 계세요, 대모님!

두 명이 나간다.

아르테미 필리포비치 (루카 루키치에게) 너무 무섭습니다, 왜 그런지 나 자신도 모르겠지만요. 우린 제복조차 입고 있지 않았으니. 어떨까요, 주무시고 나면 페테르부르크로 보고서를 보내시겠지요? (깊이 생각에 잠겨 자선 병원장과 함께 나가면서 말한다.) 안녕히 계세요, 부인!

제8장

안나 안드레예브나와 마리야 안토노브나.

안나 안드레예브나 아아, 어쩜 저리도 유쾌하실까!

마리야 안토노브나 아아, 귀여우셔라!

안나 안드레예브나 어쩜 저리도 섬세하게 대하실까! 그가 수도에서 온 분이란 걸 금세 알겠어. 사람을 대하는 태도며 모든 게 저렇게……. 아아, 어쩜 저리도 좋을까! 난 저런 젊은이들에겐 사족을 못 쓰겠어! 난 한눈에 반해 버렸어. 그리고 그분도 나를 무척 마음에 들어 하시는 걸 봤어. 계속 나를 바라보시더라고.

마리야 안토노브나 아아, 어머니, 그분은 나를 바라보셨어요!

안나 안드레예브나 제발, 허튼소리는 그만 좀 해라! 여기선 그게 전혀 어울리지 않아.

마리야 안토노브나 아니에요, 어머니, 정말이에요!

안나 안드레예브나 보자 보자 하니까! 말대꾸하지 말라니까! 안 돼, 그만하면 됐어! 그가 언제 너를 봤다고 그러는 거야? 그가 뭣 때문에 너를 보겠어?

마리야 안토노브나 정말이에요, 어머니, 내내 보셨어요. 문학에 대해 이야기할 때 저를 보셨고, 그다음 그가 대사들과 카드놀이한 이야기를 할 때도 저를 보셨어요.

안나 안드레예브나 어쩌다 한 번쯤 그랬을지도 모르지. 하지만 그 이상 아무것도 아니야. '그래, 이제 그녀를 한번 봐 줘야지!'라고 생각하신 걸 거야.

제9장

그들과 시장.

시장 쉬…… 쉬…….

안나 안드레예브나 뭐예요?

시장 그가 곤드레만드레 취한 게 기쁘질 않아. 그가 지껄인 것의 절반이라도 사실이면 어떡하지? (생각에 잠긴다.) 어떻게 진실이 아니겠어? 인간이란 자고로 술에 취하면 다 털어놓기 마련인걸. 마음에 있는 것이 입 밖으로 나오는 법이야. 물론 약간은 거짓말이 들어가겠지. 거짓말을 조금도 섞지 않고는 어떤 얘기도 할 수 없으니까. 장관들과 카드를 치고, 궁전을 드나든단 말이지. 그래 그렇군. 그런데 생각하면 할수록 저 친구 정체를 모르겠어. 내 머릿속이 뒤죽박죽이 되고 말아. 종탑 위에 서 있거나 교수대에 목이 매달릴 것만 같아.

안나 안드레예브나 저는 전혀 겁나지 않았어요. 전 그가 얼마나 교양 있고, 사교적이고, 고상한 기질의 사람인지 알아봤고, 그의 관능은 제게 중요하지 않아요.

시장 흥, 여자들이란! 그 말 한마디면 끝이야, 이 한마디면 다 되는 거야! 당신네 여자들에겐 모든 게 시시하니까! 갑자기 뜬금없이 한마디 내뱉어 보라고. 당신네야 채찍질을 해 주면 그만이지만, 남편은 그것으로 질책을 받게 돼. 여보, 당신은 그를 너무 친근하게 대하더군. 마치 돕친스키에게 하듯이 말야.

안나 안드레예브나 전 이 점에 대해선 당신에게 걱정하지 말라고 충고하겠어요. 우리는 그 방면을 잘 아니까요…… .

시장 (혼자) 당신과 말해 봐야 뭐 하겠어! ……이건 정말 큰일이야! 지금까지 겁에 질려서 정신을 차릴 수가 없네. (문을 열고 문밖으로 말한다.) 미시카, 경찰 스비스투노프와 데르지모르다를 불러와. 대문 밖 멀지 않은 곳에 있을 거야. (잠깐 침묵한 뒤에) 지금은 세상일이 전부 이상하게 돼 버렸어. 뭐든 봐줄 만한 게 있는 놈이면 몰라, 빼빼 마르고 홀쭉해서, 그가 누군지 어떻게 알아보겠어? 그래도 군인이면 저절로 드러나지만, 연미복을 입고 있는 게 마치 날개 잘린 파리 같아. 지금까지 주막에 눌어붙어 있다가, 아무리 해도 이해할 수 없는 알레고리와 수수께끼들을 내뱉었지. 하지만 결국엔 정체를 드러냈어. 필요한 것보다 더 많이 이야기하고. 확실히 풋내기야.

제10장

그들과 오시프. 모두 손가락으로 오시프를 가리키며 맞은편에서 오는 그에게 달려간다.

안나 안드레예브나 이봐, 이리 와 보게!

시장 쉿! ……어떤가? 어때? 주무시는가?

오시프 아니요, 아직은. 몸을 펴고 계십니다.

안나 안드레예브나 잘 들어, 이름이 뭔가?

오시프 오시프입니다, 마님.

시장 (아내와 딸에게) 그만 됐어, 됐어, 자네들은! (오시프에게) 자, 친구, 식사는 잘했는가?

오시프 잘했습니다. 대단히 감사합니다. 아주 잘 먹었습니다.

안나 안드레예브나 자, 말해 보게. 자네 주인 나리에게 백작과 공작들이 많이 다니시는 것 같던데?

오시프 (방백) 뭐라고 해야 할까? 지금 잘 먹여 줬으니, 다음에는 더 잘 먹여 주겠지. (큰 소리로) 네, 백작들도 다니십니다.

마리야 안토노브나 이봐, 오시프, 당신 주인은 어쩜 저리도 멋있으신가!

안나 안드레예브나 자, 말해 보게, 오시프, 그분은 어떤…….

시장 제발, 그만 좀 해요! 당신은 그런 쓸데없는 말로 나를 방해만 하고 있어. 그래, 이봐?

안나 안드레예브나 당신 주인 나리의 관등은 무엇인가?

오시프 흔히 갖는 그런 관등입니다.

시장 아, 맙소사, 당신은 어리석은 질문을 계속 해 대는군! 중요한 것에 대해 말할 기회를 주질 않잖아. 이봐, 자네 주인 나리는 어떠신가? ……엄격하신가? 책망하는 걸 좋아하시는가 아닌가?

오시프 네, 질서를 좋아하십니다. 모두 공정하게 되어 있어야 합니다.

시장 자네 얼굴이 내 마음에 쏙 들어. 이봐, 자네는 좋은 사람인 게 분명해. 그래…….

안나 안드레예브나 잘 들어, 오시프, 당신 주인 나리는 저기서 제복을 입고 다니는가 아니면…….

시장 당신은 그만하래도. 정말, 어쩌면 저렇게 수다쟁이일까! 지금 필요한 건 사람 목숨에 대한 거라고……. (오시프에게) 이봐, 정말, 자넨 내 마음에 쏙 들어. 도중에 차를 한 잔 더 마시는 것도 나쁘지 않아, 지금은 좀 추우니까 말야. 자, 찻값으로 1루블 받게.

오시프 (돈을 받으면서) 정말 감사합니다, 나리. 건강을 빌겠습니다! 불쌍한 사람을 도와주셨으니까요.

시장 괜찮아, 괜찮아. 나야말로 기쁘네. 자, 이보게…….

안나 안드레예브나 잘 들어, 오시프, 자네 주인 나리에겐 어떤 눈이 더 마음에 드시는가?

마리야 안토노브나 오시프, 이봐요! 자네 주인 나리의 코는 어쩜 저렇게 귀여울까……!

시장 잠깐만, 내게 기회를 줘……! (오시프에게) 자네, 말해 보게. 자네 주인 나리는 어느 쪽에 더 관심을 쏟는가, 즉 여행 도중에 그의 마음에 더 드는 건 뭔가?

오시프 생각해 보면 그때그때 필요에 따라서 그가 좋아하는 것이 달라집니다. 무엇보다 그를 잘 모시고 음식 대접을 잘해 주는 걸 좋아하지요.

시장 잘 대접하는 거라고?

오시프 네, 잘 대접하는 겁니다. 전 농민인데도 말이죠, 제게도 잘해 주는지 살펴보세요. 맙소사! 어디든 가면, "오시프, 자네를 잘 대접하던가?" "안 좋았습니다, 각하!" "이런, 오시프, 이 자는 나쁜 사람이군. 내가 다시 오게 되면 내게 일깨워 줘"라고 하시지요. 그럼 전 생각하죠. (손을 내저으며) "그러지 마세요, 저는 평민인걸요."

시장 좋아, 좋았어. 중요한 것을 잘 짚어 줬어. 저기서 자네에게 찻값을 주었지. 거기에 얹어서 가락지 빵 값도 주지.

오시프 뭐 이렇게까지 신경 쓰십니까, 각하? (돈을 숨긴다.) 정말 당신의 건강을 위해 마시겠습니다.

안나 안드레예브나 오시프, 내게 오게. 역시 받게.

마리야 안토노브나 오시프, 주인 나리에게 내 키스를 전해 줘.

다른 방에서 흘레스타코프가 작게 기침하는 소리가 들린다.

시장 쉿! (발끝을 든다. 내내 조용한 소리로) 절대로 소리 내지 말아요! 자기 방으로 가요! 당신은 이제 됐소…….

안나 안드레예브나 가자, 마리야! 내가 손님에게서, 우리끼리만 말할 만한 것을 발견했어. 가서 말해 줄게.

시장 오, 저기서 수다를 떨겠군! 두 사람이 하는 말을 들으면, 귀를 틀어막아야 할 거야. (오시프를 향해) 자, 이보게…….

제11장

그들, 데르지모르다, 스비스투노프.

시장 쉿! 이런 안짱다리 곰 같은 놈들아, 장화를 쿵쿵거리면 어떡해? 짐마차에서 40푸드를 내던지는 것처럼 굴러다니다니! 어딜 쏘다니다 이제 오는 거야?

데르지모르다 명령에 따라서…….

시장 쉬! (그의 입을 막는다.) 갈까마귀가 까악거리는 것 같잖아. (그를 비아냥거리면서) 명령에 따라서였다고! 나무통에서 말하는 것처럼 짖어 대고는. (오시프에게) 자, 이보게, 자네는 가서 주인 나리에게 필요한 것을 준비하게. 집에 있는 것은 뭐든 요구해.

오시프, 나간다.

시장 그리고 너희는 현관에 서서 자리를 떠나지 마! 관계없는 사람은 아무도, 특히 상인들은 들여보내지 마! 그들 중 한 명이라도 들여보내는 날에는……. 청원서를 들고 오는 사람이 없는지 잘 지켜봐. 청원서는 아니라도 나에 대해 청원할 것 같은 사람이면 곧장 끌고 가서 발로 차 버려! (발로 보여 준다.) 들었나? 쉿…… 쉿……. (발끝으로 걸으며 경찰들을 따라 나간다.)

제4막

시장 집의 같은 방.

제1장

암모스 표도로비치, 아르테미 필리포비치, 우체국장, 루카 루키치, 돕친스키와 봅친스키, 완전한 의장을 갖추고 제복을 입고 조심스럽게 거의 발끝으로 걸어 들어온다. 모두 조용한 소리로 말한다.

암모스 표도로비치 (모두 반원 모양으로 서게 한다.) 제발 여러분, 어서 둥그렇게 서시오, 좀 더 질서 정연하게! 그가 이런 사람이었군요. 궁전에도 드나들고 국가 위원회도 혼을 낸다니! 군대식으로 정렬하시오, 반드시 군대식으로! 표트르 이바노비치, 당신은 이쪽으로 오고, 표트르 이바노비치, 당신은 여기 서세요.

두 표트르 이바노비치가 발끝으로 달려온다.

아르테미 필리포비치 당신이 결정하세요, 암모스 표도로비치, 우리가 무슨 조처라도 취해야 할 테니 말입니다.

암모스 표도로비치 정확히 어떤 걸 말이오?

아르테미 필리포비치 익히 아는 바대로요.

암모스 표도로비치 그럼 슬쩍 찔러 주잔 말요?

아르테미 필리포비치 네, 그거라도 해 봐야죠.

암모스 표도로비치 위험해요, 제기랄! 자기는 공무를 맡은 사람이라고 호통을 칠 거요. 귀족 회의 쪽에서 무슨 기념비를 세우는 명목으로 기부하는 형식은 어떨까요?

우체국장 아니면 "우편으로 송금되었는데 누구 것인지 알 수가 없습니다"라며 찔러 주는 것은 어떨까요?

아르테미 필리포비치 그러다가 당신을 어디 먼 곳으로 발송해 버릴 수도 있어요. 잘 들으세요, 문명국가에선 일을 그런 식으로 처리하지 않아요. 우리가 여기 기병 중대처럼 모여 있을 이유가 뭐예요? 한 사람씩 인사하러 간 다음에 단둘이 있는 자리에서…… 그럴 경우 응당 그렇듯이, 쥐도 새도 모르게 은밀하게 해야 해요. 문명화된 사회에선 바로 그렇게 하는 법이에요! 자, 암모스 표도로비치, 당신이 먼저 시작하세요.

암모스 표도로비치 당신이 먼저 하는 게 좋겠습니다. 귀빈께서 당신 기관에서 식사를 하셨으니까요.

아르테미 필리포비치 어린이의 계몽자이신 루카 루키치 씨가 먼저 하는 것이 좋겠는데요.

루카 루키치 저는 못 해요, 못 합니다, 여러분. 솔직히 말해서 저는 저보다 관등이 하나라도 높은 사람과 얘기를 나누면, 그가 누구건 정신이 나가고 혀가 굳어 버리도록 교육을 받았어요. 저는 아닙니다, 여러분, 제발 이해해 주세요, 이해해 주세요.

아르테미 필리포비치 네, 암모스 표도로비치, 당신밖에는 없어요. 당신은 무슨 말이건 키케로*처럼 혀가 잘 구르잖습니까?

암모스 표도로비치 무슨 말씀을! 무슨 말씀을요, 키케로라니요! 별 희한한 생각을 다 하십니다! 집 안의 개들이나 정찰견에 대한 거라면 폭 빠져서 얘기하겠지만…….

모두들 (그에게 바싹 다가간다). 아닙니다, 당신은 개들에 대해서만이 아니라 바벨탑의 혼란에 대해서도……. 아닙니다, 암모스 표도로비치, 우리를 버리지 말아 주세요, 우리의 주인이 돼 주세요! ……아닙니다, 암모스 표도로비치!

암모스 표도로비치 저 좀 놔주세요, 여러분!

이때 흘레스타코프의 방에서 발소리와 기침 소리가 들린다. 모두 서둘러 앞다투어 문으로 향하고 서로 밀치면서 나가려고 애쓰는 바람에 누군가를 짓누른다. 비명 소리가 조용히 들린다.

봅친스키 목소리 에구, 표트르 이바노비치, 표트르 이바노비치! 제 발을 밟으셨어요!

제믈랴니카 목소리 나 좀 나가게 해 주세요, 여러분, 영혼이 참회라도 하게요. 나를 완전히 짓눌렀잖아요!

"아야! 아야!" 하는 비명이 몇 번 일어나고 마침내 모두 겨우 빠져나가고 방이 텅 빈다.

제2장

흘레스타코프 혼자 졸린 눈으로 나온다.

흘레스타코프 늘어지게 푹 잔 것 같아. 어디서 그런 푹신한 이부자리와 깃털 베개를 가져왔을까? 땀에 흠뻑 젖기까지 했어. 그자들이 어제 아침 먹을 때 몰래 내게 뭘 먹인 것 같아, 여태껏 머리가 띵한 걸 보니. 보아하니 여기서는 시간을 유쾌하게 보낼 수 있을 것 같아. 난 나를 정중하게 대해 주는 게 좋아. 솔직히 이해관계 때문이 아니라 순수한 마음으로 나를 보살펴 주는 게 더 마음에 들어. 시장 딸도 아주 예쁘고, 그 어머니도 예뻐서 아직은……. 아냐, 모르겠어. 그래도 정말 이런 삶이 마음에 들어…….

제3장

흘레스타코프와 암모스 표도로비치.

암모스 표도로비치 (들어오다가 멈추면서 혼잣말로) 오 하느님, 하느님! 무사히 넘어가게 해 주소서. 원, 무릎까지 이렇게 떨려서야! (큰 소리로, 몸을 펴고 한 손으로 장검을 잡고) 인사드릴 기회를 얻어 영광입니다. 저는 이 도시의 법원 판사인 8등관 랍킨-탑킨입니다.

흘레스타코프 앉으십시오. 당신이 여기 판사인가요?

암모스 표도로비치 1816년부터 3년 임기로 귀족 회의에서 선출되어 현재까지 복무하고 있습니다.

흘레스타코프 판사가 되면 득을 보는 게 있나요?

암모스 표도로비치 3년 기한으로 세 번 연임된 것에 대해 상부로부터 블라디미르 4등 훈장을 받았습니다. (방백) 돈을 손에 쥐고 있으니 손이 불덩어리 같군.

흘레스타코프 블라디미르 훈장이 내 맘에 들어요. 안나 3등 훈장은 그만큼 못하지요.

암모스 표도로비치 (움켜쥔 주먹을 조금씩 앞으로 내밀며, 방백) 맙소사! 내가 어디 앉아 있는 건지 모르겠어. 마치 바늘방석에 앉은 것 같군.

흘레스타코프 당신 손에 쥐고 있는 게 뭔가요?

암모스 표도로비치 (정신을 잃고 마루에 돈을 떨어뜨린다.) 아무것도 아닙니다.

흘레스타코프 아무것도 아니라뇨? 돈이 떨어진 게 보이는데요.

암모스 표도로비치 (온몸을 덜덜 떨며) 아니, 그럴 리 없습니다! (방백) 오 하느님, 이제 내가 재판을 받겠어! 나를 체포하려고 호송 마차를 보낼 거야!

흘레스타코프 (돈을 집어 들고) 네, 돈이군요.

암모스 표도로비치 (방백) 이젠 끝장이다! 난 망했어, 망했어!

흘레스타코프 어떤가요, 이 돈을 제게 빌려주시죠.

암모스 표도로비치 (황급히) 물론이죠, 물론이죠…… 기꺼이 그러겠습니다. (방백) 자, 더 용기를 내자, 좀 더 용기를 내자! 성모 마리아 님, 저를 구해 주소서!

흘레스타코프 제가 지금 돈이 바닥나서요. 이것저것 때문에요……. 하지만 집에 가는 대로 곧 보내 드릴게요.

암모스 표도로비치 천만의 말씀을요! 그러지 않으셔도 이런 영광이……. 물론 저의 미약한 힘으로나마 성의와 상부에 대한 충성을 다하여…… 보답하고자 노력하겠습니다……. (의자에서 일어나 몸을 펴고 차렷 자세를 한다.) 더 이상 저로 인해 불편을 끼칠 수 없어 실례하겠습니다. 혹시 무슨 명령은 없으신가요?

흘레스타코프 어떤 명령 말인가요?

암모스 표도로비치 이곳 시 법원에 특별히 명령하실 일은 없으신지요?

흘레스타코프 뭐 하게요! 지금은 거기에 어떤 용무도 없습니다.

암모스 표도로비치 (몸을 숙여 인사하고 물러나면서, 방백) 우린 살았구나!

흘레스타코프 (그가 나가자) 판사라고? 거 호인인걸!

제4장

흘레스타코프와 우체국장, 그는 제복 차림에 장검을 쥐고 몸을 쭉 펴고 들어온다.

우체국장 인사드릴 기회를 얻어서 영광입니다. 저는 우체국장으로 있는 7등관 시페킨입니다.

흘레스타코프 아, 어서 오세요. 저는 유쾌한 교제를 무척 좋아해요. 앉으세요. 당신은 계속 이곳에서 사셨나요?

우체국장 정확히 그렇습니다.

흘레스타코프 난 이 도시가 마음에 들어요. 물론 사람이 많지는 않지만, 뭐 그게 뭐 어때서요? 이게 수도는 아니니까요. 그렇지 않은가요, 이게 수도는 아니지요?

우체국장 완전히 옳으신 말씀입니다.

흘레스타코프 정말이지 수도에서나 세련된 언행*을 볼 수 있고, 거기엔 시골뜨기 따위가 없지요. 당신 의견은 어떠세요, 그렇지 않은가요?

우체국장 정확히 그렇습니다. (방백) 그런데 이분은 전혀 거만하지 않아! 이것저것 다 물어보시니.

흘레스타코프 하지만 솔직히 말씀해 보세요. 조그만 도시에서도 행복하게 살 수 있겠지요?

우체국장 정확히 그렇습니다.

흘레스타코프 제 의견으로, 뭐가 필요하냐? 필요한 건 당신을 존경하고 진심으로 사랑해 줄 사람들이지요, 그렇지 않은가요?

우체국장 완전히 옳으신 말씀입니다.

흘레스타코프 솔직히, 저와 의견이 같다니 기쁘군요. 물론 저를 이상한 사람이라고들 하지요. 하지만 제 성격이 그런걸요. (그의 눈을 바라보고 혼잣말을 한다.) 이 우체국장에게서도 돈을 좀 빌려 보자! (큰 소리로) 그런데 제게 아주 이상한 일이 일어났습니다. 여행 도중에 돈이 바닥나서요. 제게 3백 루블을 빌려줄 수 없을까요?

우체국장 왜 안 되겠습니까? 지극히 큰 행복으로 생각합니다. 여기 있습니다. 저는 진심으로 섬길 준비가 되어 있습니다.

흘레스타코프 정말 감사합니다. 솔직히 여행 중에 필요한 것을 아끼는 것은 정말 싫어요, 그럴 필요가 뭐 있어요? 그렇지 않은가요?

우체국장 정확히 그렇습니다. (일어서서 몸을 펴고 장검을 집는다.) 더 이상 저로 인해 불편을 끼칠 수 없어서 실례하겠습니다. 혹시 우체국 운영에 대하여 무슨 의견은 없으십니까?

흘레스타코프 아뇨, 아무것도.

우체국장, 몸을 숙여 인사하고 나간다.

흘레스타코프 (시가를 피우면서) 우체국장도 아주 호인 같아. 적어도 임무를 잘 수행해. 난 그런 사람이 마음에 들어.

제5장

흘레스타코프와 루카 루키치. 그는 문에서 거의 떠밀린다. 그의 뒤에서 "뭘 겁을 내고 그래?"라는 소리가 들린다.

루카 루키치 (덜덜 떨면서 몸을 펴고 장검을 쥔다.) 인사드릴 기회를 얻어서 영광입니다. 저는 교육감으로 있는 9등관 흘로포프입니다.

흘레스타코프 아, 어서 오세요. 앉으세요, 앉으세요. 궐련을 피우시겠어요? (그에게 궐련을 건넨다.)

루카 루키치 (혼잣말로, 주저하며) 이걸 어떻게 한담! 이건 전혀 생각하지 못했어. 받아야 하나, 말아야 하나?

흘레스타코프 받으세요, 받으세요. 이건 아주 훌륭한 궐련이에요. 물론 페테르부르크에 있는 것과 같지는 않지만요. 거기선 말이죠, 난 1백 개비에 25루블 나가는 궐련을 피웠어요. 피운 다음엔 손에 키스를 할 정도였어요. 자, 여기 불이 있습니다. 피우시죠. (그에게 촛불을 건넨다.)

루카 루키치가 불을 붙이고는 완전히 덜덜 떤다.

흘레스타코프 그쪽 끝이 아닌데요!

루카 루키치 (당황해서 궐련을 떨어뜨리고 침을 뱉고 손을 내젓고 혼잣말로) 제기랄! 망할 놈의 겁 때문에 망하는구나!

흘레스타코프 보아하니 당신은 궐련을 좋아하지 않는군요. 솔직히 말해서 이건 제 약점이에요, 여성에 대해서도 그렇고요. 전혀 무관심해질 수가 없어요. 당신은 어떠신가요? 당신은 어느 쪽이 마음에 드세요, 검은 머리인가요 금발 머리인가요?

루카 루키치는 무슨 말을 해야 할지 몰라 완전히 정신이 멍한 상태가 된다.

흘레스타코프 아니요, 솔직히 말해 보세요. 검은 머리인가요 금발 머리인가요?

루카 루키치 잘 모르겠습니다.

흘레스타코프 아니, 아니, 빼지 마세요! 전 정말로 당신 취향을 알고 싶은걸요.

루카 루키치 감히 말씀드리면⋯⋯ (방백) 무슨 말을 하는 건지 나도 모르겠어.

흘레스타코프 아! 아! 말하기 싫으시군요. 아마 어떤 금발 여자가 당신 가슴에 못을 박았나 보군요. 솔직히 말씀해 보세요, 그랬습니까?

루카 루키치, 침묵한다.

흘레스타코프 아! 아! 얼굴이 빨개졌네요! 이것 보게! 이것 보게! 당신은 왜 말씀을 안 하세요?

루카 루키치 떨⋯⋯려⋯⋯서 그럽니다, 각⋯⋯하⋯⋯. (방백)

망할 놈의 혀가 날 망쳤어, 망쳤어!

흘레스타코프 떨린다고요? 사실 제 눈에는 사람을 떨게 만드는 뭔가가 있긴 하지요. 적어도 제가 알기로, 어떤 여자도 그것을 막아 낼 수는 없을 거예요, 그렇지 않은가요?

루카 루키치 정확히 그렇습니다.

흘레스타코프 제게 아주아주 이상한 일이 일어났어요. 여행 도중에 돈이 바닥나서요. 제게 3백 루블을 빌려줄 수 없을까요?

루카 루키치 (호주머니를 움켜쥐며 혼잣말로) 없으면 큰일인데! 있다, 있어! (지폐를 꺼내 덜덜 떨면서 건넨다.)

흘레스타코프 정말 감사합니다.

루카 루키치 (몸을 펴고 장검을 쥐면서) 더 이상 저로 인해 불편을 끼칠 수 없어서 실례하겠습니다.

흘레스타코프 안녕히 가세요.

루카 루키치 (거의 뛰듯이 달리면서 방백으로 말한다.) 천만다행이다! 적어도 교실은 안 들여다보시겠지.

제6장

흘레스타코프와 아르테미 필리포비치, 그는 몸을 펴고 장검을 쥐고 있다.

아르테미 필리포비치 인사드릴 기회를 얻어서 영광입니다. 자선병원 원장인 7등관 제믈랴니카입니다.

흘레스타코프 안녕하세요, 어서 앉으세요!

아르테미 필리포비치 귀하를 모시고, 또 저의 관할하에 있는 자선 병원에서 개인적으로 대접한 것은 큰 영광이었습니다.

흘레스타코프 아, 네! 기억해요. 아주 훌륭한 아침으로 저를 환대해 주셨지요.

아르테미 필리포비치 국가를 위해 기쁜 마음으로 근무하고자 노력하고 있습니다.

흘레스타코프 저는 솔직히 말해서, 이건 제 약점인데요, 맛있는 음식을 좋아합니다. 그런데 말씀해 보세요. 어제 보니 당신은 키가 좀 작은 것 같던데, 그렇지 않은가요?

아르테미 필리포비치 상당히 그럴 겁니다. (잠시 침묵한 뒤에) 저는 아무것도 아끼지 않고 열과 성을 다해 임무를 수행하고 있다고 말씀드릴 수 있습니다. (자기 의자를 가지고 더 가까이 다가가서 조용한 소리로 말한다.) 하지만 여기 우체국장은 정말 아무 일도 안 합니다. 모든 일이 방치되는 바람에 우편물들이 늦어지고 있습니다. 이 문제를 직접 밝혀 주시기 바랍니다. 그리고 방금 전 제 앞에 들어왔던 판사도 토끼만 찾아다니고 법원에서 사냥개를 기르고, 당신 앞에 고백하면 행실이……. 물론 그는 저와 친척이자 친구이기도 하지만, 국가의 이익을 위해서는 이렇게 하지 않을 수 없습니다. 가장 비난받을 만한 행실을 하고 있습니다. 여기에 돕친스키라는 지주가 있는데, 당신도 보셨을 겁니다. 이 돕친스키가 집에서 나가기만 하면 판사가 돕친스키의 마누라 옆에 앉아 있습니다. 전 맹세도 할 수 있습니다……. 아이들을 한번 살펴보십시오. 그중에 돕친스키를 닮은 애는 하나도 없고, 어린 딸까지도 판사를 빼다 박았어요.

흘레스타코프 어서 말씀해 보세요! 전 이건 생각도 못 했어요.

아르테미 필리포비치 또 여기 교육감으로 말하자면…… 저는 상부에서 어떻게 그에게 그런 직책을 맡겼는지 모르겠습니다. 그 친구는 과격한 자코뱅 당원*보다 더 악질입니다. 어린아이들에게 말로는 표현하기도 어려운 불온한 사상을 불어넣고 있습니다. 이 모든 내용을 서면으로 보고하는 것이 더 나을 것 같은데, 그렇게 지시하지 않으시겠습니까?

흘레스타코프 좋아요, 서면으로도 하세요. 제겐 무척 유쾌할 거예요. 전 심심할 때면 뭐든 재밌는 것을 읽기를 아주 좋아해요. 당신 성이 뭐였지요? 전 다 잊어버리곤 해서요.

아르테미 필리포비치 제믈랴니카입니다.

흘레스타코프 아, 맞아요! 그런데 어때요, 자녀들은 있나요?

아르테미 필리포비치 있습니다. 다섯 명인데 그중 두 놈은 벌써 다 컸습니다.

흘레스타코프 오호, 다 컸다고요! 그들은 어떻게…… 그들은 어떻게 되나요?

아르테미 필리포비치 그들 이름이 무엇이냐고 물어보시는 것이 아니신지요?

흘레스타코프 네, 이름이 어떻게 되나요?

아르테미 필리포비치 니콜라이, 이반, 엘리자베타, 마리야 그리고 페레페투야입니다.

흘레스타코프 아주 좋군요.

아르테미 필리포비치 너무 오래 앉아서 불편을 끼치고 성스러운 업무를 수행해야 할 시간을 뺏을 수 없으므로 이만 실례하겠습니다. (나가기 전에 몸을 숙여 인사한다.)

흘레스타코프 (배웅하며) 아니요, 천만에요. 당신 이야기는 정말 모두 재밌었어요. 부디 다음번에도……. 난 이런 얘길 무척 좋아하거든요……. (돌아오다가 문을 열고 그에게 소리친다.) 저, 여보세요! 당신 이름이? 당신 이름과 부칭(父稱)이 뭔지 제가 전부 잊어버려서요.

아르테미 필리포비치 아르테미 필리포비치입니다.

흘레스타코프 부탁합니다, 아르테미 필리포비치, 제게 이상한 일이 생겨서, 여행 도중에 돈이 바닥났는데요. 돈을 좀 빌려줄 수 없으신가요, 4백 루블 정도?

아르테미 필리포비치 있습니다.

흘레스타코프 때마침 있으시군요. 정말로 감사드립니다.

제7장

흘레스타코프, 봅친스키와 돕친스키.

봅친스키 인사드릴 기회를 얻어서 영광입니다. 이 도시 주민 이반의 아들, 표트르 이바노비치 봅친스키입니다.

돕친스키 지주 이반의 아들, 표트르 이바노비치 돕친스키입니다.

흘레스타코프 아, 당신들은 안면이 있지요. 당신은 그때 넘어지셨죠? 어떤가요, 당신 코는?

봅친스키 다행히 괜찮습니다! 염려하지 않으셔도 됩니다. 아물었습니다. 이제 완전히 아물었습니다.

흘레스타코프 아물었다니 좋군요. 기쁩니다……. (갑자기 끊기는 목소리로) 당신들은 돈 없소?

봅친스키 돈이오? 어떤 돈이오?

흘레스타코프 (큰 소리로 빨리) 1천 루블쯤요.

봅친스키 그렇게 큰 돈은 정말 없습니다. 당신에겐 없으세요, 표트르 이바노비치?

돕친스키 제겐 없습니다. 제 돈은, 궁금하시다면, 공립 자선 기관*에 저축하고 있기 때문입니다.

흘레스타코프 그럼 1백 루블 정도는 있겠지요?

봅친스키 (호주머니를 뒤지면서) 표트르 이바노비치, 당신 1백 루블 없어요? 제겐 40루블밖에 없는데요.

돕친스키 (지갑을 보면서) 전부 25루블 있습니다.

봅친스키 더 잘 찾아보세요, 표트르 이바노비치! 당신 오른쪽 호주머니 밑에 구멍이 난 걸 알아요. 아마 그 구멍으로 빠졌을 거예요.

돕친스키 아뇨, 정말이에요, 구멍에 없어요.

흘레스타코프 뭐, 상관없어요. 전 그것도 좋아요. 좋아요, 65루블이라도 주세요. 상관없어요. (돈을 받는다.)

돕친스키 한 가지 매우 미묘한 상황에 관해 감히 당신에게 청을 드리고 싶습니다.

흘레스타코프 그게 뭔가요?

돕친스키 아주 미묘한 성격의 일입니다. 제 큰아들은 결혼 전에 낳았습니다.

흘레스타코프 그래요?

돕친스키 즉 그렇게들 말하는데, 큰아이는 결혼을 하고 낳은 것이나 똑같이 완전히 제 아이입니다. 이후 법 규정에 따라 혼인 수속을 했고요. 그래서 보시다시피 저는 그가 이제 완전히, 즉 법적으로 제 아들이 되어 저처럼 돕친스키로 불리기를 원합니다.

흘레스타코프 좋아요, 그 성을 쓰게 하세요. 가능해요.

돕친스키 제가 폐를 끼치고 싶지는 않지만, 재능이 아깝습니다. 아주 장래가 촉망되는…… 소년입니다. 시를 암송하고, 작은 칼을 보기만 하면 요술쟁이처럼 아주 놀라운 솜씨로 장난감 마차를 만들지요. 여기 표트르 이바노비치도 잘 압니다.

돕친스키 네, 재능이 아주 많습니다.

흘레스타코프 좋아요, 좋아요! 한번 힘써 보지요, 제가 말해 보겠어요. 모든 게 잘될 거라고…… 기대합니다, 네, 네……. (봅친스키를 향해서) 당신은 제게 부탁할 게 없나요?

봅친스키 물론이죠, 지극히 사소한 청이 하나 있습니다.

흘레스타코프 뭔가요, 뭐에 대한 건가요?

봅친스키 제가 부탁드리는 것은, 페테르부르크에 가시면 거기 계시는 모든 고명하신 고관님께, 상원 의원과 해군 제독들에게 이렇게 전해 주십시오. “각하, 이러이러한 도시에 표트르 이바노비치 봅친스키가 살고 있습니다, 표트르 이바노비치 봅친스키가 살고 있습니다”라고, 바로 이렇게 전해 주십시오.

흘레스타코프 잘 알았어요.

봅친스키 혹시 황제 폐하를 뵈면, 역시 폐하께도 “폐하, 이러이러한 도시에 표트르 이바노비치 봅친스키가 살고 있습니다”라고 말씀해 주시길 바랍니다.

흘레스타코프 잘 알았어요.

돕친스키 너무 오래 폐를 끼쳐 죄송합니다.

봅친스키 너무 오래 폐를 끼쳐 죄송합니다.

흘레스타코프 전혀요, 전혀 그렇지 않아요! 아주 유쾌했어요. (그들을 배웅한다.)

제8장

흘레스타코프 혼자 있다.

흘레스타코프 여기엔 관리가 많군. 보아하니 그들은 나를 국가적인 인물로 생각하는 것 같아. 아마 어제 내가 그들에게 먼지를 너무 뿌려 댄 탓일 거야. 어리석기는! 페테르부르크의 트랴피치킨한테 전부 써 보내야겠어. 기사 나부랭이를 쓰는 그에게 이들을 실컷 두들겨 패게 해야지. 어이, 오시프, 종이와 잉크 가져와!

오시프가 문에서 내다보고 말한다. "곧 가져가겠습니다."

흘레스타코프 누구든 트랴피치킨에게 걸려들면 조심해야 해. 글을 위해서라면 자기 아버지도 봐주지 않고, 돈도 엄청 좋아하니까. 그런데 여기 관리들은 좋은 사람들이야. 내게 돈을 빌려주는 걸 보면 그들 성격이 좋은 거야. 내게 돈이 얼마나 있는지 한번 세 보자. 이건 판사가 준 3백 루블이고, 이건 우체국장이 준 3백 루블, 6백, 7백, 8백……. 이 기름에 전 지폐 좀 봐! 8백, 9백…… 오호! 1천 루블이 넘었어. 자, 대위야, 내게 덤벼 봐! 누가 이기나 한번 보자!

제9장

흘레스타코프와 오시프. 오시프는 잉크와 종이를 가지고 있다.

흘레스타코프 봤지, 이 바보야. 그들이 나를 어떻게 대접하는지? (쓰기 시작한다.)

오시프 네, 하느님 덕분이지요! 하지만 이걸 아셔야 해요, 이반 알렉산드로비치……!

흘레스타코프 (편지를 쓴다.) 뭘?

오시프 어서 떠나셔야 해요, 맙소사, 이미 떠날 때라고요.

흘레스타코프 (편지를 쓴다.) 쓸데없는 소리! 어째서?

오시프 그냥 그런 거예요. 그들은 전부 내버려 두세요! 여기서 이틀이나 놀았으니까, 그만하면 충분해요. 저자들과 오래 어울려서 좋을 게 뭐 있겠어요? 그들에게 침이나 뱉으세요! 한시가 급하다고요. 다른 자가 나타나기라도 하면…… 맙소사, 이반 알렉산드로비치! 여긴 말도 훌륭하니까, 그걸로 훌쩍 날아 버리자고요!

흘레스타코프 (편지를 쓴다.) 아니, 난 여기서 좀 더 지내고 싶어. 내일 떠나지.

오시프 내일은 무슨! 제발 갑시다, 이반 알렉산드로비치! 당신에게야 대단한 영광이지만, 서둘러 떠나는 게 상책입니다! 당신을 다른 사람으로 잘못 알고 있는 거예요……. 게다가 이렇게 허송세월하면 부친도 노하실 거예요. 제발 멋지게 날자고요! 여기서 멋진 말을 내줄 거예요.

흘레스타코프 (편지를 쓴다.) 그럼 좋아. 그전에 이 편지만 부쳐 줘. 통행증도 같이 가져가. 대신 말들이 좋은지 잘 살펴봐! 마부들에게 기밀문서를 전달하는 군대나 정부의 전령처럼 달리면서 노래를 부르면 은화 1루블씩 주겠다고 해! (계속 쓴다.) 상상이 가, 트랴피치킨이 배꼽 빠지게 웃을 거야…….

오시프 나리, 편지는 이 집 하인을 시켜 보내고, 저는 시간을 허비하지 않게 곧바로 짐을 꾸리는 게 좋겠습니다.

흘레스타코프 (편지를 쓴다.) 좋아. 그전에 촛불 좀 가져와.

오시프 (나간 뒤 무대 뒤에서 말한다.) 이봐, 자네! 편지를 우체국으로 가져가서 우체국장에게 돈을 받지 않고 이걸 받아 달라고 말해. 지금 주인 나리에게 가장 좋은 우편용 트로이카를 대령하라고 해. 마차 삯은 주인 나리가 내는 게 아니고, 관청에서 지불할 거라고 해. 빨리 처리하라고 해, 그렇지 않으면 주인 나리가 화내실 거야. 잠깐, 아직 편지가 준비가 안 됐어.

흘레스타코프 (계속 글을 쓴다.) 지금 그 친구가 어디 사는지 알고 싶군, 포츠탐스카야일까 고로호바야 거리일까? 그 친구도 자주 이 집에서 저 집으로 옮겨 다니면서 집세를 안 내는 걸 좋아하지. 그냥 포츠탐스카야 거리로 적어야겠다. (편지를 접고 주소와 이름을 쓴다.)

오시프가 초를 들고 온다. 흘레스타코프는 인장을 찍는다. 이때 "수염탱이야, 어딜 기어 들어와? 아무도 들여보내지 말라고 했다고 말했잖아"라는 데르지모르다의 목소리가 들린다.

흘레스타코프 (오시프에게 편지를 건넨다.) 자, 가져가.

상인들의 목소리 들여보내 주세요, 제발! 당신은 우리를 막을 권리가 없어요. 우리는 일 때문에 온 겁니다.

데르지모르다의 목소리 썩 꺼져, 꺼지라고! 그분은 받아 주시지 않아. 그분은 주무셔.

시끄러운 소리가 커진다.

흘레스타코프 저기 무슨 일이지, 오시프? 가서 왜 이렇게 시끄러운지 알아봐.

오시프 (창문을 바라보며) 장사꾼들이 들어오고 싶어 하는데, 경찰이 들여보내질 않네요. 그들이 종이를 흔드는 걸 보니 당신을 만나고 싶어 하는 것 같아요.

흘레스타코프 (창문에 다가가면서) 여러분, 무슨 일입니까?

상인들의 목소리 각하, 우리는 막 달려왔습니다. 각하, 우리의 청원을 접수하라고 지시해 주십시오.

흘레스타코프 그들을 들여보내요, 들여보내요! 들어오게 해요. 오시프, 그들에게 말해, 들어오게 하라고.

오시프, 나간다.

흘레스타코프 (창문에서 청원서들을 받아 그중 하나를 펼치고 읽는다.) "상인 압둘린이 재정부 고관 각하에게……." 무슨 소린지 알 수가 없네. 게다가 그런 관등이 어딨어!

제10장

흘레스타코프와 상인들. 그들은 포도주 바구니와 설탕 덩어리를 들고 있다.

흘레스타코프 이봐요, 당신들은 무슨 일로 그러세요?

상인들 각하에게 허리 굽혀 인사드립니다!

흘레스타코프 뭘 도와 드릴까요?

상인들 저희를 살려 주세요, 각하! 저희는 아무 이유 없이 모욕을 당하고 있습니다.

흘레스타코프 누구에게서요?

상인 중 한 명 여기 시장에게서입니다. 그런 시장은, 각하, 여태 한 명도 없었습니다. 말로 표현할 수 없을 정도로 심한 모욕을 주고 있습니다. 군인들을 저희 집에 묵게 해서 목에 올가미라도 매야 할 지경입니다. 그는 행동거지가 올바르지 않습니다. 그는 남의 턱수염을 움켜쥐곤, "이 타타르 놈아!"라고 말합니다! 맙소사! 저희가 뭐로든 시장을 만족시키지 못하면 모르되, 저희는 언제나 질서를 지키고 있습니다. 그의 부인과 딸에게 옷을 바쳐야 하는 일에 대해 우리는 반대하지 않습니다. 아니요, 그에겐 그것으론 성이 안 찹니다! 에구, 에구! 그는 가게에 오기만 하면 닥치는 대로 다 가져가 버립니다. 나사 천 한 필을 보면, "이봐, 이 나사 괜찮군. 우리 집으로 보내!"라고 합니다. 그럼 어쩔 도리 없이 보냅니다만, 그 한 필이 자그마치 50아르신은 될 겁니다.

흘레스타코프 정말이에요? 이런 못된 사기꾼을 봤나!

상인들 맙소사! 그런 시장은 생전 처음 봅니다. 그래서 시장이 보이기만 하면, 모두 가게 물건을 감춥니다. 고급품은 말할 것도 없고 온갖 쓸모없는 것까지 다 가져가니까요. 이미 7년 동안 나무통에 붙어서 우리 가게 점원들도 먹지 않는 마른 살구가 있는데, 그것까지 한 줌 집어 갑니다. 시장의 명명일*은 성자 안톤의 날인데 그때 전부 갖다 바치고, 이젠 더 이상 필요한 게 없겠거니 하면, 아니요, 다시 바치라고 합니다. 성자 오누프리의 날도 자기 명명일이라고 하면서요.

흘레스타코프 이건 순전히 악당이군요!

상인들 에구-에구! 반박이라도 할라치면 저희 집에 연대 전체를 보내서 묵게 합니다. 문을 잠그라고 하면 이렇게 말합니다. “자네에게 체벌을 가하거나 고문을 하지는 않겠어. 그건 법으로 금지되어 있으니까. 대신 이봐, 자넨 가난해져서 청어를 먹게 될 거야!”

흘레스타코프 이런 사기꾼을 봤나! 이런 짓거리에 대해서는 시베리아로 보내야 해요.

상인들 각하께서 그를 어디로 보내시건 저희는 상관없습니다. 우리에게서 멀리 떨어지게만 해 주십시오. 주인님, 빵과 소금을 거절하지 말아 주십시오. 설탕과 포도주 꾸러미도 인사차 드립니다.

흘레스타코프 아니요, 여러분은 이런 건 생각도 하지 마세요. 난 어떤 뇌물도 받지 않아요. 다만 여러분이 3백 루블 정도 빌려주는 거라면, 그건 완전히 다른 문제지요, 그건 제가 빌릴 수 있어요.

상인들 그렇게 하십시오, 주인님! (돈을 꺼낸다.) 3백 루블이라뇨! 이왕이면 5백 루블 받으십시오. 다만 잘 도와주십시오.

흘레스타코프 그렇게 하시죠. 빌리는 거라면 저도 이견 없어요, 받지요.

상인들 (돈을 은쟁반에 담아 내놓는다.) 자, 쟁반도 함께 받으시기 바랍니다.

흘레스타코프 뭐, 쟁반도 괜찮아요.

상인들 (허리 숙여 인사하며) 그럼 설탕도 받으시지요.

흘레스타코프 오, 아니에요, 난 어떤 뇌물도…….

오시프 각하! 왜 안 받으십니까? 받으십시오! 여행 중에는 뭐든 필요하니까요. 설탕 덩어리와 자루를 이리 줘! 다 이리 내! 모두 쓸모가 있을 거야. 저건 뭐지? 밧줄인가? 밧줄도 줘. 여행 중에는 밧줄도 쓸데가 있을 거야. 짐마차가 망가지거나 다른 뭔가가 망가졌을 때 묶으면 돼.

상인들 그럼 잘 부탁드립니다. 각하, 당신이 우리 청원을 듣고 도와주시지 않으시면, 우리는 어떻게 될지 모르겠습니다. 목에 올가미라도 매야 할 판입니다.

흘레스타코프 꼭 그렇게 하지요, 그렇게 하겠소! 힘써 보겠소.

상인들 나간다. "아니, 넌 나를 안 들여보낼 수 없어! 난 그에게 너를 고소하겠어. 그렇게 아프게 툭툭 치지 말란 말야!"라는 여인의 목소리가 들린다.

흘레스타코프 거기 누구요? (창문에 다가간다.) 왜 그러시죠, 아주머니?

두 여인 목소리 각하, 주인님, 청원을 드립니다! 각하, 저희 말을 들어주세요!

흘레스타코프 (창문으로) 그녀를 들여보내.

제11장

흘레스타코프, 철물공 아내, 하사관 아내.

하사관 아내 (크게 절하며) 자비를 베풀어 주세요…….

흘레스타코프 당신들은 어떤 여인들인가요?

하사관 아내 하사관 아내 이바노브나입니다.

철물공 아내 철물공 아내이자 상인인 페브로니야 페트로브나 포실렙키나입니다, 주인님…….

흘레스타코프 잠깐, 한 사람씩 차례로 말해 보세요. 당신에게 필요한 건 뭔가요?

철물공 아내 자비를 베풀어 주세요. 시장에 대해 탄원합니다! 하느님, 그자에게 온갖 나쁜 일이 일어나게 하소서! 그 자식들에게도, 사기꾼 그에게도, 삼촌들에게도, 아주머니들에게도 아무 이득도 없게 하소서!

흘레스타코프 왜 그러세요?

철물공 아내 제 남편을 머리를 박박 깎아서 군대에 보냈어요. 하지만 우리 차례가 아니었어요. 사기꾼 같으니! 법으로는 그렇게 할 수 없어요. 그는 결혼했으니까요.

흘레스타코프 그가 어떻게 함부로 그런 짓을 할 수 있었단 말인가요?

철물공 아내 이 사기꾼이 그렇게 한 거예요. 하느님이 그를 이승에서나 저승에서나 두들겨 패 주시기를! 만일 아주머니가 있으면 그 아주머니에게도 온갖 불행이 닥치길, 아버지가 살아 있다면, 깡패 같은 그 아버지도 얼거나 목에 올가미가 걸려서 죽기를, 사기꾼 같으니! 원래 재봉사 아들을 징집하게 돼 있었고, 그 집 아들은 술주정뱅이예요. 하지만 그 부모가 값진 선물을 갖다 바치자, 그는 여자 상인 판텔레예바의 아들에게 징집 명령을 내렸어요. 그런데 판텔레예바도 그의 부인에게 포목을 세 필 갖다 바치자, 그놈이 제게 와선 "네게 남편이 무슨 소용이야? 그는 네게 아무 쓸모가 없어"라는 거예요. 소용이 있는지 없는지는 내가 알아요, 그건 제 일이라고요, 사기꾼 같으니! 그가 또 한다는 소리가, "네 남편은 도둑놈이야. 그놈이 지금은 훔치지 않았더라도, 어차피 마찬가지야. 그는 도둑질을 할 거야. 그게 아니어도 그는 내년에는 징집될 거야"라는 거예요. 남편 없이 제가 어떻게 살겠어요! 저는 연약한 사람이고, 그놈은 세상에 둘도 없는 비열한이에요! 네 친척은 모두 하느님 나라를 보지 못하게 되기를! 장모가 있다면 장모도…….

흘레스타코프 좋아요, 좋아요. 자, 당신은요? (노파를 데리고 나간다.)

철물공 아내 (나가면서) 잊지 마세요, 주인님! 자비를 베풀어 주세요!

하사관 아내 나리, 저도 시장을 고소하러 왔습니다…….

흘레스타코프 아니, 그가 어쨌는데요? 간단히 말해 봐요.

하사관 아내 채찍으로 저를 때렸어요, 나리!

흘레스타코프 정말이에요?

하사관 아내 실수로요, 주인님! 우리 여편네들이 시장에서 싸웠는데, 경찰이 제때 오지도 않고서 실수로 저를 체포한 거예요. 그렇게 보고하고는 제게 매질을 해서 이틀 동안 앉아 있을 수도 없었어요.

흘레스타코프 그걸 지금 와서 어떻게 하려고 하세요?

하사관 아내 그야 물론 어떻게 할 도리야 없지요. 하지만 실수에 대해 그가 벌금을 물게 해 주세요. 저는 굴러 들어오는 행운을 마다할 수 없고, 제게 지금은 돈이 필요하니까요.

흘레스타코프 좋아요, 좋아요. 가세요, 가세요! 제가 처리하지요.

창문으로 청원서를 든 손들이 나온다.

흘레스타코프 거기 또 누구요? (창문에 다가간다.) 싫어요, 싫어요! 필요 없어요, 필요 없어! (물러나며) 이제 진절머리가 나네, 제기랄! 들여보내지 마, 오시프!

오시프 (창문으로 외친다.) 저리 가요, 저리 가! 지금은 때가 아니에요, 내일 와요!

문이 열리면서 값싼 모직 외투 차림에 수염을 깎지 않고, 입술이 붓고 한쪽 뺨을 붕대로 감은 사람의 모습이 나타난다. 그 뒤로 멀리 몇 명이 더 보인다.

오시프 저리 가요, 저리 가! 왜 기어들어 오는 거요? (첫 사람의 배를 두 손으로 밀쳐 내고 그를 밀면서 그와 함께 현관으로 나가고 자기 뒤로 문을 쾅 닫는다.)

제12장

흘레스타코프와 마리야 안토노브나.

마리야 안토노브나 어머나!

흘레스타코프 아가씨, 왜 그리 놀라세요?

마리야 안토노브나 아니요, 저는 놀라지 않았어요.

흘레스타코프 (우쭐대면서) 아가씨, 당신이 저를 그런…… 사람으로 봐 주시니 여간 기쁘지 않습니다. 실례지만 당신이 어디로 가시는 길이었는지 여쭈어 봐도 될까요?

마리야 안토노브나 저는 아무 데도 가는 게 아니었어요.

흘레스타코프 왜 아무 데도 가는 게 아니었나요?

마리야 안토노브나 전 여기 어머니가 오시지 않았나 해서…….

흘레스타코프 아니, 어째서 아무 데도 가는 게 아니었는지 그걸 알고 싶은데요?

마리야 안토노브나 제가 당신을 방해한 것 같아요. 당신은 중요한 일을 보고 계시니까요.

흘레스타코프 (우쭐대면서) 어떤 중요한 일보다도 당신 눈이 훨씬 좋아요……. 당신은 결코 제게 방해되지 않을 겁니다. 아니, 반대로 당신은 제게 만족을 가져다주실 거예요.

마리야 안토노브나 당신은 정말 수도의 어투로 말씀하시는군요.

흘레스타코프 당신처럼 아리따운 아가씨에게는 그렇게 하지요. 제가 감히 당신에게 의자를 권하는 행복을 누릴 수 있을까요? 아니, 당신에게는 의자가 아니라 옥좌를 권해야 하는데요.

마리야 안토노브나 전 정말 모르겠어요…… 전 이제 가 봐야 할 것 같아요. (앉는다.)

흘레스타코프 당신 스카프는 어쩌면 그리도 아름다운가요!

마리야 안토노브나 당신은 절 놀리시는군요. 그저 어떻게든 시골뜨기들을 놀리시려는 거지요?

흘레스타코프 아가씨, 나는 당신의 백합꽃 같은 목을 끌어안기 위해서라면 그 스카프가 되고 싶을 정도예요.

마리야 안토노브나 무슨 말씀을 하시는지 조금도 알아들을 수가 없어요. 어떤 스카프를……. 오늘은 참 이상한 날씨예요!

흘레스타코프 아가씨, 어떤 날씨보다도 당신의 입술이 더 좋습니다.

마리야 안토노브나 당신은 매사에 그런 식으로 말씀하시는군요……. 당신이 제 앨범에 기념으로 무슨 시든 적어 주시길 부탁드려요. 아마 당신은 많이 알고 계시겠죠.

흘레스타코프 당신을 위해서라면, 아가씨, 원하시는 건 모두 써

드리지요. 당신에겐 어떤 시가 좋은지 알려 주시겠어요?

마리야 안토노브나 어떤 것이건 색다르고 멋진 시요.

흘레스타코프 네, 시는 전혀 문제도 안 돼요! 전 많이 알고 있으니까요.

마리야 안토노브나 그럼 제게 어떤 시를 써 주실 건지 말씀해 주시겠어요?

흘레스타코프 말해서 뭐 하겠습니까? 안 그래도 잘 아는데요.

마리야 안토노브나 저는 시를 정말 좋아해요…….

흘레스타코프 네, 제겐 온갖 시가 다 있어요. "오오, 그대, 슬픔 속에서 공연히 신을 원망하는구나, 인간이여……!"* 그리고 다른 시도……. 지금은 생각이 나질 않는군요. 하지만 이건 아무것도 아니에요. 그 대신 당신에게 저의 사랑을 바치겠습니다. 당신의 눈길에 반한……. (의자를 끌어당기며)

마리야 안토노브나 사랑이라고요! 전 사랑을 이해하지 못해요, 사랑이 무엇인지 결코 모르겠어요……. (의자를 멀찍이 옮기며)

흘레스타코프 (의자를 끌어당기며) 당신은 왜 의자를 멀리 밀치시지요? 우리가 서로 가까이 앉아 있는 게 훨씬 좋을 텐데요.

마리야 안토노브나 (멀리 떨어지며) 뭣 때문에 가까이 앉겠어요? 떨어져도 매한가진데요.

흘레스타코프 (가까이 다가가며) 어째서 멀찍이 앉아요? 가까이 있어도 매한가진데요.

마리야 안토노브나 (멀리 떨어지며) 왜 그래야 하는 거죠?

흘레스타코프 (가까이 다가가며) 당신이 가깝다고 느끼는 것뿐이에요, 우리가 멀리 있다고 상상해 보세요. 당신을 제 품에 안을 수 있다면, 아가씨, 전 얼마나 행복할까요!

마리야 안토노브나 (창문을 바라보며) 저기 뭔가 날아간 것 같은데 뭔가요? 까치인가요 아니면 어떤 다른 새인가요?

흘레스타코프 (그녀 어깨에 키스하고 창문을 바라본다.) 이건 까치입니다.

마리야 안토노브나 (불만에 차서 일어난다.) 아니, 이건 너무하시는 거예요…… 어쩜 그렇게 무례하세요!

흘레스타코프 (그녀를 붙잡고) 용서하세요, 아가씨, 사랑하는 마음에서 한 겁니다. 정말로 사랑 때문이에요.

마리야 안토노브나 당신은 저를 어리숙한 시골 처녀로 보시는군요……. (방을 나가려고 한다.)

흘레스타코프 (계속 그녀를 붙잡는다.) 사랑 때문에, 정말로 사랑 때문에 한 겁니다. 전 단지 장난을 치고 싶었을 뿐입니다, 마리야 안토노브나, 화내지 마세요! 전 무릎 꿇고 당신의 용서를 빌 각오가 되어 있어요. (무릎을 꿇는다.) 용서하세요, 용서하세요! 당신도 보고 계시죠, 제가 무릎 꿇은 것을.

제13장

그들과 안나 안드레예브나.

안나 안드레예브나 (흘레스타코프가 무릎 꿇고 있는 것을 보고)

어머나, 이게 웬일이야!

흘레스타코프 (일어서며) 이런, 젠장맞을!

안나 안드레예브나 (딸에게) 이게 무슨 의미죠, 아가씨? 이게 대체 무슨 행동거지냐고요?

마리야 안토노브나 어머니, 난…….

안나 안드레예브나 여기서 당장 꺼져! 들었어? 썩 꺼져, 썩! 다신 얼씬도 하지 마!

마리야 안토노브나, 눈물을 흘리며 나간다.

안나 안드레예브나 죄송해요, 솔직히 전 너무 당황한 나머지…….

흘레스타코프 (방백) 그녀도 매우 매력적인데, 아주 아름다워. (무릎을 꿇으며) 부인, 당신도 보시다시피 전 사랑에 불타고 있습니다.

안나 안드레예브나 아니, 당신이 무릎을 꿇으시다니! 에구머니, 어서 일어나세요, 일어나세요! 여긴 바닥이 전혀 깨끗하지 않아요.

흘레스타코프 아닙니다, 무릎을 꿇고, 반드시 무릎을 꿇고 있겠습니다! 저는 제게 어떤 운명이 정해졌는지, 삶인지 죽음인지 알고 싶습니다.

안나 안드레예브나 무슨 말씀을 하시는지 저는 전혀 모르겠네요. 제가 잘못 생각하는 것이 아니라면, 제 딸에 대해 선언하시는 거지요?

흘레스타코프 아닙니다, 저는 당신에게 반했습니다. 제 삶은 위험에 처해 있습니다. 당신이 저의 한결같은 사랑을 받아들이지 않으시면, 저는 이 땅에 존재할 가치가 없습니다. 가슴에 뜨거운 불길을 안고 당신에게 청혼합니다.

안나 안드레예브나 하지만 알아 두셔야 할 게 있어요, 저는 어떤 면에서…… 저는 결혼했어요.

흘레스타코프 그건 아무것도 아닙니다! 사랑엔 구별이 없습니다. 카람진도 말했지요. "법이 비난할 것이다"*라고요. 우리, 강물의 그늘 아래 숨읍시다……. 당신에게 청혼합니다, 청혼합니다!

제14장

그들과 마리야 안토노브나, 그녀가 갑자기 뛰어 들어온다.

마리야 안토노브나 어머니, 아버지가 어머니에게 전하래요……. (흘레스타코프가 무릎 꿇고 있는 것을 보고 소리를 지른다.) 어머나, 이게 웬일이야!

안나 안드레예브나 뭐야, 너는? 왜 그러는 거야? 왜 그렇게 경솔하니? 미친 고양이처럼 갑자기 뛰어드는 거니? 뭘 봤다고 그렇게 놀라는 거야? 무슨 상상을 하는 거야? 정말 세 살 먹은 어린애같이 굴고, 열여덟 살 먹은 처자다운 데가 하나도 없구나, 하나도 없어. 네가 언제쯤 철이 들고, 언제쯤 예의범절을 잘 갖춘 아가씨답게 행동할지, 언제쯤 의젓하고 점잖은 몸가

짐이 무언지 알게 될지 모르겠구나!

마리야 안토노브나 (눈물이 글썽글썽해져서) 어머니, 전 정말 모르고 그랬어요…….

안나 안드레예브나 네 머릿속에는 언제나 바람이 쌩쌩 지나가지. 네가 랍킨-탑킨네 딸들을 본받으려고 해서 그래. 넌 왜 그 애들을 눈여겨보는 거야? 넌 그 애들을 눈여겨볼 필요가 없어. 너에겐 다른 본들이 있잖아, 네 앞에 네 어머니가 있고. 그런 본을 따르란 말야.

흘레스타코프 (딸의 손을 잡으며) 안나 안드레예브나, 저희의 행복을 반대하지 말아 주세요. 영원한 사랑을 축복해 주세요!

안나 안드레예브나 (깜짝 놀라서) 그럼 당신은 이 애한테……?

흘레스타코프 삶인지 죽음인지, 결정해 주세요!

안나 안드레예브나 자 봐, 바보야, 자 봐. 너 같은 쓸모없는 계집애 때문에 손님이 무릎을 꿇고 있는데, 너는 미치광이처럼 갑자기 뛰어들고 말야. 그러니까 정말로 나도 하는 수 없이 거절해야 되잖니. 넌 그런 행복을 누릴 자격이 없는데 말야.

마리야 안토노브나 이젠 안 그럴게요, 어머니. 정말 앞으론 안 그럴게요.

제15장

그들과 시장, 그가 서둘러 들어온다.

시장 각하! 절 살려 주십시오! 살려 주세요!

흘레스타코프 무슨 일이세요?

시장 상인들이 각하에게 불만을 토로한 것 말입니다. 제 명예를 걸고 말씀드리는데, 그들의 말은 절반도 사실이 아닙니다. 그들이 거짓말로 사람들을 속이고 있습니다. 하사관 마누라는 마치 제가 자기를 채찍질한 것처럼 거짓말했지요. 하지만 그녀가 스스로 채찍질한 겁니다.

흘레스타코프 하사관 마누라 이야기는 하지도 마세요, 전 그녀까지 신경 쓸 여유가 없습니다!

시장 믿지 마세요, 믿지 마세요! 그자들은 대단한 거짓말쟁이들입니다……. 요만한 어린아이도 그들을 믿지 않습니다. 그들은 온 도시에 거짓말쟁이로 소문나 있습니다. 사기 행각으로 말하면, 감히 보고드리자면, 그자들은 세상에서 찾아보기 어려운 그런 사기꾼들입니다.

안나 안드레예브나 여보, 당신은 이반 알렉산드로비치가 우리들한테 얼마나 큰 영광을 주셨는지 알아요? 그가 우리 딸애에게 청혼을 했어요.

시장 말도 안 돼! 말도 안 돼……! 이봐, 정신이 나갔구먼! 각하, 노여워하지 마세요. 그녀에겐 약간 바보 같은 데가 있습니다, 그녀 어머니도 그랬습니다.

흘레스타코프 맞아요, 제가 정말 청혼을 했습니다. 전 사랑에 빠졌습니다.

시장 전 믿을 수가 없습니다, 각하!

안나 안드레예브나 얼마나 말해야 알아듣겠어요?

흘레스타코프 전 진지하게 말씀드리는 겁니다…… 전 사랑에 빠져서 정신이 나갈 지경입니다.

시장 전 믿을 수가 없습니다, 전 그런 영광을 받을 자격이 없습니다.

흘레스타코프 만일 당신이 마리야 안토노브나와 저의 결혼을 허락하지 않으신다면, 저는 무슨 짓을 할지 모릅니다…….

시장 전 믿을 수가 없습니다. 각하, 농담하시는 거지요!

안나 안드레예브나 에구, 저런 바보 멍청이가 있나! 얼마나 더 설명해야 알아듣겠어요?

시장 전 믿을 수가 없습니다.

흘레스타코프 허락해 주세요, 허락해 주세요! 전 절망에 빠진 사람이어서, 뭐든 할 결심입니다. 제가 자살한다면 당신은 재판을 받아야 할 겁니다!

시장 오, 맙소사! 저는 정말 마음으로도 몸으로도 잘못한 게 없습니다. 부디 노여워하지 마십시오! 당신의 한량없는 자비로 너그럽게 대해 주십시오! 전 지금 정말로 머리가……. 저 자신도 뭐가 어떻게 되는지 모르겠습니다. 지금처럼 바보가 된 적은 결코 없었습니다.

안나 안드레예브나 어서 축복하세요!

흘레스타코프가 마리야 안토노브나에게 다가간다.

시장 네, 신이 당신을 축복해 주시겠지요. 하지만 전 잘못이 없습니다.

흘레스타코프가 마리야 안토노브나와 키스한다. 시장이 두 사람을 바라본다.

시장 이게 웬일이야! 정말이네! (눈을 비빈다.) 키스를 했어! 아, 키스를 하다니! 정말 신랑이네! (기뻐서 펄쩍 뛰며 소리를 지른다.) 아, 장하다, 안톤! 잘했어, 안톤! 잘했어, 시장! 이렇게 일이 풀리다니!

제16장

그들과 오시프.

오시프 말들이 준비됐습니다.

흘레스타코프 아, 좋았어……. 곧 가지.

시장 무슨 말씀이세요, 가신다니요?

흘레스타코프 네, 갑니다.

시장 그럼 언제, 말하자면…… 당신이 결혼에 대해 직접 언급하신 것 같은데…….

흘레스타코프 이건…… 그저 잠깐만…… 하루만 삼촌에게 다녀오려고요. 부유한 노인이죠. 내일이면 돌아올 겁니다.

시장 그렇다면 저희는 붙잡을 수 없지요, 무사히 다녀오시길 바랍니다.

흘레스타코프 물론이죠, 물론이죠, 금방 돌아올 겁니다. 그럼 잘 있어요, 내 사랑……. 아니, 그냥 말로는 표현할 수가 없어요! 잘 있어요, 귀여운 내 여인! (그녀 손에 키스한다.)

시장 도중에 뭐든 필요한 건 없으신가요? 돈이 필요하신 것 같던데요?

흘레스타코프 오, 아니요, 뭐 하게요? (잠깐 생각하더니) 하지만 주실 의향이라면 고맙지요.

시장 얼마나 필요하신지요?

흘레스타코프 그때 당신이 2백 루블 주셨지요, 아니 2백 루블이 아니라 4백 루블을요. 저는 당신의 실수를 이용하고 싶지 않아요. 그러니 이번에도 그만큼 주십시오. 정확히 8백 루블이 되도록.

시장 바로 드리지요! (지갑에서 꺼낸다.) 게다가 마침 빳빳한 새 돈입니다.

흘레스타코프 네 그렇군요! (받아서 지폐를 살펴본다.) 좋군요. 새 돈을 받으면 새로운 행복이 찾아온다고 하지요.

시장 정말 그렇지요.

흘레스타코프 안녕히 계세요, 안톤 안토노비치! 당신의 손님 접대에 정말 감사합니다. 제가 진심으로 고백하는데, 전 어디서도 이렇게 좋은 접대를 받아 본 적이 없습니다. 안녕히 계십시오, 안나 안드레예브나! 안녕히 계세요, 내 귀여운 마리야 안토노브나!

나간다. 무대 뒤에서.

흘레스타코프 목소리 안녕히 계세요, 내 영혼의 수호천사 마리야 안토노브나!

시장 목소리 왜 이렇게 하신 겁니까? 정말 역마차로 가시는 겁니까?

흘레스타코프 목소리 네, 그게 습관이 돼서요. 용수철이 있으면 머리가 아픈걸요.

마부 목소리 워워…….

시장 목소리 그럼 적어도 뭐든 까셔야죠, 양탄자라도. 제가 양탄자를 가져오라고 명령해도 되겠습니까?

흘레스타코프 목소리 아니요, 뭐 하게요? 이건 쓸모없어요. 하지만 생각해 보니 양탄자를 가져오라고 하세요.

시장 목소리 어이, 아브도티야! 창고에 가서 가장 좋은 양탄자를 꺼내 와, 하늘색 페르시아산으로. 어서!

마부 목소리 워워…….

시장 목소리 언제쯤 돌아오실 예정인지요?

흘레스타코프 목소리 내일이나 모레요.

오시프 목소리 이런 게 양탄자라는 거구나! 그거 이리 줘. 여기에 깔아! 이제 이쪽으로 짚을 깔아.

마부 목소리 워워…….

오시프 목소리 이쪽으로 그렇게! 이리로! 더! 좋아. 잘될 거야. (손으로 양탄자를 친다.) 이제 앉으시지요, 각하!

흘레스타코프 목소리 안녕히 계세요, 안톤 안토노비치!

시장 목소리 안녕히 가십시오, 각하!

여자들 목소리 안녕히 가세요. 이반 알렉산드로비치!

흘레스타코프 목소리 안녕히 계세요, 어머니!

마부 목소리 자 너희들, 한번 달려 보자!

종소리가 들린다. 막이 내린다.

제5막

같은 방.

제1장

시장, 안나 안드레예브나와 마리야 안토노브나.

시장 어때요, 안나 안드레예브나? 응? 이런 일이 있을 거라고 생각이나 해 봤어요? 이렇게 큰 횡재를 하다니, 이렇게 좋을 수가! 솔직히 말해 봐요. 당신은 꿈도 못 꿨을 거요 ―기껏해야 시골 시장 부인으로 지내다가 갑자기…… 휴, 에구 좋아라! 그런 거물급과 친척이 되다니!

안나 안드레예브나 전혀 그렇지 않아요, 난 진작부터 이렇게 될 줄 알고 있었어요. 당신이야말로 뜻밖일 거예요. 당신은 평범한 양반이어서 여태 한 번도 훌륭한 사람을 만난 적이 없을 테니까요.

시장 여보, 이제 나 자신이 훌륭한 인간이오. 하지만 정말, 생각해 봐요, 안나 안드레예브나, 이제 우리가 어떤 날개를 갖게 됐는지! 응, 안나 안드레예브나? 높이 날게 될 거요, 제기랄! 가만있자, 이제 그 청원서니 고소장 내길 좋아하는 놈들을 모조리 혼쭐내야지! 이봐, 거기 누구 없나?

경찰이 들어온다.

시장 아, 자네군, 이반 카르포비치! 자네, 그 상인들을 이리 불러와. 나쁜 놈들, 맛 좀 보여 줘야지! 감히 나를 고소했겠다? 저주받을 유대인 놈들! 여보게, 잠깐만! 예전엔 콧수염까지만 너희를 배부르게 먹여 줬다면, 이젠 턱수염까지 실컷 먹여 줘야지. 나에 대해 탄원하러 온 놈들 이름과 무엇보다도 온갖 요설로 놈들에게 고소장을 써 준 빌어먹을 대서쟁이들 이름을 다 적어. 그리고 하느님께서 시장에게 어떤 영광을 주셨는지 모두 알 수 있도록 공표해. 즉 그가 자기 딸을 평범한 인물이 아니라, 뭐든지, 뭐든, 뭐든, 뭐든 할 수 있는, 세상에 둘도 없는 분에게 시집보내게 됐다고 전해! 모두 이 사실을 알도록 공표해! 온 도시에 소리쳐, 종을 울려, 제기랄! 축하할 일이 있으면 맘껏 축하해야지!

경찰이 나간다.

시장 자, 안나 안드레예브나? 이제 우리는 어디서 사는 게 좋을까요? 여기가 좋을까요 페테르부르크가 좋을까요?

안나 안드레예브나 당연히 페테르부르크에서 살아야지요. 어떻게 여기에 처박혀 있겠어요?

시장 페테르부르크가 좋다면 페테르부르크에서 삽시다. 하지만 여기서 사는 것도 나쁘지 않을 거요. 그럼 뭐야, 그렇게 되면 시장 자리는 집어치워야겠죠, 안나 안드레예브나?

안나 안드레예브나 당연하지요, 시장이라니 말도 안 돼요!

시장 그래서 말인데, 당신 생각은 어때요, 안나 안드레예브나, 이제 높은 관등은 따 놓은 당상이겠지요. 그가 모든 장관과 너나들이하는 사이이고 궁전에도 드나드니까, 그 덕에 시간이 지나면 나도 장군 대열에 들어갈 수 있을 거요. 당신 생각은 어떻소, 안나 안드레예브나? 내가 장군 대열에 들어갈 수 있을 것 같아요?

안나 안드레예브나 물론이죠! 충분히 가능하죠.

시장 제기랄! 장군이 되면 굉장할 거요! 어깨에 훈장의 술을 달겠지. 근데 어떤 술을 다는 게 더 좋을까요, 안나 안드레예브나, 붉은 게 좋을까요 푸른 게 좋을까요?*

안나 안드레예브나 그야 물론 푸른 술이 더 좋지요.

시장 뭐라고요? 대단한 걸 원하는군요? 붉은 것도 좋지요. 왜 장군이 되고 싶은가 하면, 어디든 갈 때마다 전령과 부관이 먼저 달려가서 "말을 준비해!"라고 외치니까. 그러면 역마다 다른 누구에게도 말을 안 내주고, 9등관이나 대위나 시장이나 모두 기다려야 해. 나는 그런 것에 신경 안 써도 돼. 식사는 어디서건 현지사 집에서 먹고, 거기서 시장은 기다리라고 해! 헤, 헤, 헤! (깔깔대며 배꼽을 잡고 웃는다.) 바로 그거야, 에구 좋아라, 정말 매력적이야!

안나 안드레예브나 당신은 항상 그런 점잖지 못한 걸 좋아해서 탈이에요. 이제 생활 방식을 완전히 바꿔야 해요. 당신의 교제 대상도 같이 토끼 사냥을 다니는, 개에 미친 판사나 제믈랴니카 따위여서는 안 된다는 걸 아셔야 해요. 반대로 당신의 교제 대상은 아주 섬세한 행동을 하는 백작과 온갖 사교계 사람이어야 해요……. 난 정말 당신이 걱정돼요. 이따금 상류 사회에서는 결코 들을 수 없는 그런 말을 내뱉곤 하니까 말예요.

시장 뭐라고요? 말은 아무 해도 미치지 않아요.

안나 안드레예브나 그야 당신이 시장이었을 땐 괜찮지요. 하지만 저기에서는 삶이 완전히 다르다고요.

시장 그건 그렇지. 그쪽에는 랴푸시카와 코류시카라는 두 종류의 생선만 있다더군요.* 그 생선들은 입에 넣기만 하면 침이 절로 흘러나온다고 하고요.

안나 안드레예브나 당신은 그저 생선 타령이군요! 난 말예요, 우리 집이 수도에서 제일 훌륭한 집이고, 내 방에는 이렇게 눈을 감지 않고는 들어갈 수 없을 만큼 용연향*이 물씬 풍기면 좋겠어요. (눈을 감고 향기를 맡는 시늉을 한다.) 아아, 얼마나 좋을까!

제2장

그들과 상인들.

시장 아! 건강하게 잘 지내나, 이놈들아!

상인들 (절을 하며) 건강하시길 바랍니다, 나리!

시장 그래, 자네들, 어떻게들 지내는가? 물건은 어떻게 나가고 있는가? 사모바르* 장수들, 포목 장수들, 네놈들이 날 고소했겠다? 최고의 사기꾼, 대악당, 협잡꾼들아! 고소를 해? 그래, 많이 얻었나? 나를 감옥에 처넣을 생각을 했겠지! 자네들 아나, 일곱 귀신에 한 명의 마녀가 자네들 입에 들어가서…….

안나 안드레예브나 에구, 맙소사, 당신, 안토샤, 무슨 말을 내뱉는 거예요!

시장 (불만에 차서) 지금 말에 신경 쓰게 됐어요? 자네들이 나를 고소한 그 관리가 내 딸과 결혼할 거라는 걸 아나? 뭐라고? 엉? 이제 할 말 있어? 이제 내가 네놈들을…… 혼쭐을 내주겠어! 사람을 속이고 말이지…… 국가와 납품 계약을 맺으면서 썩은 나사 천을 납품해 10만 루블의 국고를 가로채고 그다음 내게는 20아르신의 천을 바치고, 그 대가로 포상까지 받았지? 국가가 이 일을 알게 되면 너희는……. 배를 쑥 내밀고 다니는 건 그가 상인이니까 손대지 말라는 의미지. "우리는 귀족에게도 뒤지지 않습니다"라고들 하지. 귀족은 말야…… 에휴, 네놈의 상판대기를 봐! 귀족은 학문을 익혀. 그들은 학교에서 매도 맞지만 그건 유익한 일을 배우기 위해서야. 그런데 너희는 뭐야? 사기꾼으로 시작해서, 주인도 너희가 남을 속이지 못하는 것에 대해 매질을 하지. 아직 소년일 때 주기도문의 '우리 아버지'는 안 배우고, 속이는 법부터 배우고 말아. 네놈의 배가 불쑥 나오고 호주머니가 불룩해지면 잘난 척하고! 쳇, 너 같은 놈들이 지천에 널렸지! 너는 하루에 16개의 사모바르를 속여 판 것에 대해서 그렇게 잘난 척을 하는 거냐? 난 네놈의 머리에, 너의 거만함에 침을 뱉어 주겠어!

상인들 (절을 하며) 저희가 잘못했습니다, 안톤 안토노비치!

시장 고소를 해? 네놈들이 다리를 만들 때 2만 루블어치 목재를 쓴 것으로 적고 실제로는 1백 루블도 안 되는 목재를 쓸 때, 너희가 사기 치는 걸 도와준 게 누구야? 내가 너희를 도와준 거야, 염소수염아! 너흰 이걸 잊은 거야? 내가 네놈들을 고소하면 나 역시 네놈들을 시베리아로 보낼 수 있어. 이제 할 말 있나? 엉?

상인들 신 앞에 죄를 지었습니다, 안톤 안토노비치! 간악한 사탄의 꾀에 넘어갔습니다. 앞으로 고소는 절대로 하지 않겠습니다. 무엇이든 만족할 만큼 드릴 테니, 제발 노여워하지 마십시오.

시장 노여워하지 말라고! 네가 이제 내 발밑에서 기는구나. 뭣 때문에? 내가 이겼으니까. 만일 조금이라도 너희 편에 이로운 게 있었다면, 너희는 나를, 악당 놈, 진창에 처박고 그 위에 통나무를 쌓았겠지.

상인들 (크게 절하며) 제발 살려 주십시오, 안톤 안토노비치!

시장 살려 달라고! 이제 와서 살려 달라고! 근데 전에는 뭐라고 했지? 너희들을 당장……. (손을 내젓는다.) 그래, 신께서 용서하시길! 됐어! 나는 나쁜 기억을 오래 품지 않아. 하지만 이제는 귀를 쫑긋 세우고 지켜보겠어! 나는 딸을 여느 평범한 귀족에게 시집보내는 게 아냐. 축하하려면…… 알겠지? 철갑상어나 설탕 덩어리 같은 걸로 얼렁뚱땅 넘어가려고 해선 안 돼……. 이제, 가도 돼!

상인들, 나간다.

제3장

그들과 암모스 표도로비치, 아르테미 필리포비치, 나중에 라스타콥스키.

암모스 표도로비치 (문가에서) 소문을 믿어도 되겠습니까, 안톤 안토노비치? 당신에게 특별한 행운이 굴러 들어왔다던데요?

아르테미 필리포비치 특별한 행운을 축하드립니다. 저는 소식을 들었을 때 정말 온 마음으로 기뻤습니다. (안나 안드레예브나의 손에 입 맞춘다.) 안나 안드레예브나! (마리야 안토노브나의 손에 입 맞춘다.) 마리야 안토노브나!

라스타콥스키 (들어온다.) 안톤 안토노비치 축하드립니다. 하느님이 여러분과 새 부부가 장수하게 해 주시길, 당신에게 많은 손자 손녀와 증손자 증손녀를 주시길 바랍니다! 안나 안드레예브나! (안나 안드레예브나의 손에 입 맞춘다.) 마리야 안토노브나! (마리야 안토노브나의 손에 입 맞춘다.)

제4장

그들과 코롭킨과 아내, 률류코프.

코롭킨 안톤 안토노비치, 축하드립니다! 안나 안드레예브나! (안나 안드레예브나의 손에 입 맞춘다.) 마리야 안토노브나! (그녀의 손에 입 맞춘다.)

코롭킨의 아내 온 마음으로 안나 안드레예브나의 새로운 행복을 축하드려요!

률류코프 축하드립니다, 안나 안드레예브나! (손에 입 맞추고, 그다음 관객들에게 몸을 돌려 대담하게 혀를 튕겨 소리를 낸다.) 마리야 안토노브나! 축하드립니다. (그녀의 손에 입 맞추고, 관객들에게 똑같이 대담하게 행동한다.)

제5장

프록코트와 연미복을 입은 많은 손님들이 처음에는 "안나 안드레예브나!"라고 말하며 안나 안드레예브나의 손에 입 맞추고, 그다음 "마리야 안토노브나!"라고 말하며 마리야 안토노브나의 손에 입 맞춘다.

봅친스키와 돕친스키가 사람들을 밀치고 나아간다.

돕친스키 안톤 안토노비치! 축하드립니다!

봅친스키 경사스러운 일을 축하드립니다.

돕친스키 안나 안드레예브나!

봅친스키 안나 안드레예브나!

둘이 동시에 다가가다 이마를 부딪친다.

돕친스키 마리야 안토노브나! (그녀의 손에 입 맞춘다.) 축하드립니다. 당신은 엄청난 행복을 누리고 황금 드레스를 입고 다니면서 세련된 다양한 수프들을 드시겠지요. 매우 즐거운 마음으로 시간을 보내시겠지요.

봅친스키 (말을 끊으며). 마리야 안토노브나, 축하드립니다! 하느님이 당신에게 온갖 부와 돈과 어린 아들을, 이렇게 (손으로 보이면서) 손바닥에 놓을 만큼 작은 아들을 주시기를 바랍니다! 갓난아기는 내내 이렇게 울겠지요. "응아! 응아! 응아……!"

제6장

좀 더 많은 손님들이 손에 입맞춤을 하기 위해 다가간다. 루카 루키치와 아내.

루카 루키치 축하드립…….

루카 루키치의 아내 (앞으로 뛰어간다.) 축하드려요, 안나 안드레예브나!

서로 키스한다.

루카 루키치의 아내 전 정말 기뻤어요. 누군가가 내게 "안나 안드레예브나가 딸을 시집보낸데요"라고 했어요. 전 '어머나, 맙소사!'라고 생각하며 너무 기뻐서 남편에게 말했지요. "루칸치크,* 안나 안드레예브나에게 엄청난 행복이 찾아왔대요!" 그리고 생각했죠. '신에게 영광을!' 그리고 그에게 말했어요. "난 너무 기뻐서 안나 안드레예브나에게 직접 말하고 싶은 마음이 굴뚝같아요……." '아, 하느님 맙소사!' 혼자 생각했어요. '안나 안드레예브나는 자기 딸을 위해 훌륭한 배필을 기다려 왔는데, 이제야 이런 운명이 찾아오다니. 그녀가 원한 대로 딱 그렇게 된 거야.' 그리고 정말 기뻐서 아무 말도 할 수가 없었어요. 울고, 또 울고, 정말 흐느끼기까지 했어요. 그때 루카 루키치가 말했어요. "당신 왜 흐느끼는 거요, 나스텐카?" "루칸치크, 나도 잘 모르겠어요. 눈물이 강물처럼 흘러내려요."

시장 자 여러분, 모두 앉으세요! 어이, 미시카, 여기 의자 좀 더 가져와.

손님들, 앉는다.

제7장

그들, 경찰서장과 경찰들.

경찰서장 각하, 삼가 축하의 말씀을 드리며, 아울러 앞으로의 행복을 기원합니다.

시장 아아, 고맙소, 고맙소! 자, 여러분, 앉으십시오!

손님들이 자리를 잡고 앉는다.

암모스 표도로비치 그런데 안톤 안토노비치, 일이 어떻게 시작된 건지, 모든 경과를 차근차근 말씀해 주실 수 있겠습니까?

시장 일의 진행 과정이 아주 특별했소. 그분이 몸소 청혼을 하셨어요.

안나 안드레예브나 매우 정중하고 가장 섬세한 방식으로 이루어졌어요. 여간 훌륭하게 말씀하시는 게 아니었어요. 그분은 "안나 안드레예브나, 저는 오직 당신의 뛰어난 점을 존경하는 마음에서……"라고 말씀하셨어요. 그렇게 아름답고 교양 있고 아주 고상한 예의범절을 갖춘 분은 처음 봤답니다. "저를 믿어 주시겠습니까, 안나 안드레예브나, 제 삶은 1코페이카의 가치도 없습니다. 저는 오직 당신의 보기 드문 성격을 존경하기 때문입니다."

마리야 안토노브나 에이, 어머니, 그건 그가 제게 한 말이에요.

안나 안드레예브나 그만둬, 넌 아무것도 몰라, 자기 일이 아니면 끼어들지 마! "안나 안드레예브나, 저는 놀랐습니다……." 그런 매력적인 단어들이 계속 흘러나왔어요……. 제가 "저희는 결코 그런 영광을 바랄 수도 없습니다"라고 대답하려는데, 그분이 갑자기 무릎을 꿇더니 아주아주 고상한 태도로, "안나 안드레예브나! 저를 불행하게 만들지 말아 주세요! 제 마음을 받아들이는 데 동의해 주세요! 그렇지 않으면 저는 죽음으로 제 삶을 마치겠습니다"라는 거예요.

마리야 안토노브나 정말, 어머니, 그건 그가 제게 한 말이에요.

안나 안드레예브나 그래, 물론…… 너에 대해서도 그렇게 말했지. 난 이것을 전혀 반박하지 않아.

시장 그분은 우릴 너무 놀라게 했어요. 권총으로 자살하겠다고 하셨으니까요. "전 자살할 겁니다, 자살하겠어요!"라고 하셨어요.

손님 중 많은 이들 정말 그렇게 말씀하셨단 말이에요?

암모스 표도로비치 그런 일도 다 있군요!

루카 루키치 이건 그야말로 운명이 인도한 겁니다.

아르테미 필리포비치 운명이 아닙니다, 이봐요, 운명은 변덕스러운 거예요. 그보다는 시장님의 공적이 이런 결과를 낳은 겁니다. (방백) 이런 돼지 같은 놈에겐 언제나 호박이 덩굴째 들어온단 말이야!

암모스 표도로비치 안톤 안토노비치, 당신이 흥정하시던 그 수캐를 당신에게 팔겠습니다.

시장 아뇨, 지금 저는 수캐를 생각할 겨를이 없어요.

암모스 표도로비치 만일 그놈이 싫으시다면 다른 놈으로 말씀하십시오.

코롭킨의 아내 아, 안나 안드레예브나, 당신의 행복에 저도 기뻐요! 당신은 상상도 못 하실 거예요.

코롭킨 그런데 지금 그 고명하신 손님은 어디 계시는지 알 수 있을까요? 무슨 볼일이 있어 떠나셨다고 들었습니다.

시장 네, 지극히 중대한 용무 때문에 하루 일정으로 떠나셨습니다.

안나 안드레예브나 삼촌에게 결혼 축복을 받기 위해서요.

시장 축복을 받기 위해서요. 하지만 내일이면……. (재채기를 한다.)*

축하하는 소리가 한꺼번에 뒤섞여 쏟아진다.

시장 대단히 감사드립니다! 그러나 내일이면 다시……. (재채기를 한다.)

축하 소리가 웅웅거린다. 다른 이들의 목소리가 더 잘 들린다.

경찰서장의 목소리 건강을 빕니다, 각하!

봅친스키의 목소리 백 년까지 장수하시고 금화가 듬뿍 생기기를 바랍니다!

돕친스키의 목소리 40년을 40번 장수하시길 바랍니다!

아르테미 필리포비치 (방백) 뒈져 버렸으면!

코롭킨의 아내 (방백) 뒈져 버려라!

시장 대단히 감사합니다! 여러분도 그렇게 되기를 바랍니다.

안나 안드레예브나 우린 이제 페테르부르크에서 살 생각이에요. 여기는 솔직히 공기가…… 너무 촌스러워요! 솔직히 말해서 불쾌한 게 너무 많아요. 그래서 제 남편도…… 그는 거기에서 장군의 지위를 얻을 거예요.

시장 그렇소. 솔직히 여러분, 제기랄, 나는 몹시 장군이 되고 싶습니다.

루카 루키치 하느님이 그렇게 해 주시길 바랍니다!

라스타콥스키 인간의 힘으론 불가능하지만, 하느님이라면 모두 가능합니다.*

암모스 표도로비치 큰 배는 너른 바다로 나가야지요.

아르테미 필리포비치 공적에 따라 영광도 주어지게 마련이지요.

암모스 표도로비치 (방백) 장관이 되면 온갖 못된 짓을 하겠지! 저 자에게 장군 칭호가 주어진다면 그건 젖소에게 안장을 얹는 거나 다름없어. 이봐, 거기까지 나가기에는 너무 멀어. 너보다 더 깨끗한 사람들도 있지만 그들은 아직까지도 장군이 아닌걸.

아르테미 필리포비치 (방백) 제기랄, 이젠 장군 자리까지 넘보네! 뭔가 좋은 것이 있다면 장군이 될지도 모르지. 그에겐 거만을 떠는 기질이 있지. 사탄이 그를 데려가 버렸으면, 그럼 만족할 텐데. (그를 향하여) 그때는 안톤 안토노비치, 저희도 잊지 말아 주십시오.

암모스 표도로비치 만일 무슨 일이 일어난다면, 예를 들어 어떤 필요한 일들이 생긴다면 저희를 저버리지 말고 보호해 주십시오!

코롭킨 내년에 아들을 국가의 이익을 위하여 수도로 보내려 합니다. 부디 자비를 베풀어 주십시오. 그를 보호해 주시고, 그에게 아버지 역할을 해 주십시오.

시장 난 모든 면에서 준비됐소. 힘써 보겠소.

안나 안드레예브나 안토샤, 당신은 항상 무턱대고 약속해서 탈이에요. 첫째, 당신에겐 그런 생각을 할 여유가 없을 거예요. 왜 무슨 이유로 이런 약속들을 해서 스스로 무거운 짐을 지는 거예요?

시장 여보, 왜 그러오? 가끔은 할 수도 있지요.

안나 안드레예브나 그야 물론 할 수 있죠. 하지만 온갖 송사리들을 다 보호해 줄 수는 없잖아요.

코롭킨의 아내 저 여자가 우릴 뭐라고 부르는지 들으셨어요?

여자 손님 네, 저 여잔 언제나 저랬어요. 난 그녀를 잘 알아요. 테이블 앞에 앉히면, 그 위에 자기 발을 올리…….

제8장

그들과 우체국장. 그가 손에 개봉한 편지를 들고 허둥지둥 뛰어 들어온다.

우체국장 기가 막힌 일이에요, 여러분! 우리가 감찰관인 줄 알았던 관리는 감찰관이 아니었어요.

모두 감찰관이 아니라고요?

우체국장 감찰관이 아니에요. 전 편지를 보고 그걸 알았어요.

시장 당신, 그게 무슨 말이오? 그게 무슨 말이오? 어떤 편지에서요?

우체국장 네, 그자가 직접 쓴 편지에서요. 우리 우체국에 그의 편지를 가져왔더라고요. 수신인의 주소를 보니 '포츠탐스카야 거리로'라고 쓰여 있더군요. 전 몸이 얼어붙었어요. '아마도 우편 업무가 엉망인 걸 알고 상부에 보고하려는 거야'라고 생각했지요. 그래서 그걸 집어서 뜯어본 겁니다.

시장 당신이 어떻게 감히……?

우체국장 저도 모르겠어요, 초월적인 힘이 저를 충동질한 거예요. 편지를 릴레이식으로 보낼 생각으로 배달부까지 불렀지만, 아직까지 한 번도 느끼지 못한 그런 호기심이 저를 사로잡았어요. 안 돼, 안 돼! 마음속에서 안 된다는 말이 들리면서도, 끌려가는 거예요, 정말 끌려가는 거예요! 한쪽 귀에선 "에이, 뜯지 마! 뜯으면 닭처럼 망할 거야" 하는 소리가 들리고, 다른 쪽 귀에선 마치 마귀가 속삭이듯이 "뜯어, 뜯어, 뜯어!" 하지 않겠어요. 그래서 편지의 봉인을 뜯었는데, 순간 온몸에 불이 붙는 것 같았어요. 그리고 편지를 뜯었을 땐 간담이 서늘해졌어요. 정말 서늘해졌어요. 손이 부들부들 떨리고, 눈앞이 모두 뿌옇게 흐려졌지요.

시장 당신이 어떻게 감히 전권 대사의 편지를 함부로 뜯을 수 있단 말요?

우체국장 바로 그겁니다. 그는 전권을 부여받지도 않았고, 귀한 분도 아니라고요!

시장 그럼 당신 생각엔 그분이 누구라는 거요?

우체국장 이것도 저것도 아닌 놈이에요. 도무지 알 수 없는 놈이라고요!

시장 (열을 내면서) 이것도 저것도 아니라고? 어떻게 감히 그분을 이것도 저것도 아니라고 부를 수 있단 말이오? 게다가 도무지 알 수 없는 놈이라니? 당신을 체포하겠소…….

우체국장 누가요? 당신이오?

시장 그래요, 내가!

우체국장 당신은 어림도 없어요!

시장 당신은 그가 내 딸과 결혼할 거고, 나도 고명한 고관이 될 것이고, 내가 당신을 시베리아로 추방할 수도 있다는 걸 알고 있소?

우체국장 에흐, 안톤 안토노비치! 시베리아가 다 뭡니까? 시베리아는 멀어요. 제가 당신 앞에서 직접 읽어 드리는 게 낫겠어요. 여러분! 편지를 읽도록 허락해 주세요!

모두 읽어 보세요! 읽어 주세요!

우체국장 (읽는다.) "내 영혼의 벗 트랴피치킨, 내게 어떤 기이한 사건이 일어났는지 자네에게 급히 알리려고 해. 여행 도중에 어떤 보병 대위 놈에게 몽땅 털리는 바람에 여관 주인이 나를 감옥에 넣으려고까지 했어. 그런데 갑자기 나의 페테르부르크식 용모와 옷차림 덕분에 온 도시가 나를 총독으로 착각한 거야. 그래서 지금 나는 시장 집에서 지내며 맘껏 즐기고,* 그의 마누라와 딸을 되는대로 집적거리고 있는 중이야. 다만 어느 쪽부터 시작해야 할지 결정을 내리지 못했어. 우선 마누라부터 시작할까 싶어. 그쪽이 지금 당장 무슨 말이든 들어줄 것 같으니까. 자네, 우리들이 얼마나 궁핍하게 지내고, 남의 돈으로 점심을 먹었는지 기억해? 한번은 피로그를 먹고 영국 왕이 돈을 낼 거라고 해서 제과점 주인이 내 멱살을 잡았었지. 지금은 완전히 정반대야. 지금은 모두 달라는 대로 돈을 척척 빌려줘. 모두 엄청난 괴짜들이야. 자네는 배꼽 빠지게 웃을 거야. 자네가 기사 나부랭이를 쓰는 것으로 아는데, 이걸 한번 문학 작품에 넣어 봐. 첫째 시장은 늙어 빠진 말처럼 어리석고…….”

시장 그럴 리가 없어! 거기에 이건 없어.

우체국장 (편지를 보이면서) 그럼 직접 읽어 보시죠!

시장 (읽는다.) “늙어 빠진 말처럼.” 그럴 리 없어. 이건 당신이 써넣은 거요.

우체국장 제가 어떻게 써넣을 수 있겠어요?

아르테미 필리포비치 읽어 보세요!

루카 루키치 읽어 보세요!

우체국장 (계속해서 읽는다.) “시장은 늙어빠진 말처럼 어리석고…….”

시장 제기랄! 한 번 더 되풀이할 게 뭐야! 그러지 않으면 거기 쓰여 있는 말이 달아날까 봐 그러나?

우체국장 (계속 읽는다.) 음…… 음…… 음…… “늙어 빠진 말처럼 어리석어. 우체국장도 호인이고…….” (읽기를 멈추고) 음, 여기선 그놈이 나에 대해서도 불쾌한 말을 적었군요.

시장 아니, 읽어 봐요!

우체국장 뭣 때문에요……?

시장 아니, 제기랄, 읽기 시작했으면 끝까지 읽어야지요! 다 읽으세요!

아르테미 필리포비치 그럼 제가 읽지요. (안경을 끼고 읽는다.) “우체국장은 우리 중앙청 수위인 미헤예프와 정말로 똑같이 생겼어. 분명 이 비열한도 똑같이 독주를 즐길 거야.”

우체국장 (관객들에게) 추악한 풋내기, 그런 놈은 채찍으로 후려갈겨야 해요. 그 이상은 아무 필요 없어요!

아르테미 필리포비치 (계속 읽다가) “자선 병원…… 음…… 음…… 음.” (딸꾹질을 한다.)

코롭킨 당신은 왜 멈추시는 겁니까?

아르테미 필리포비치 글씨가 선명하지 않아서……. 하지만 그가 나쁜 놈이라는 건 알 수 있어요.

코롭킨 내게 주세요! 내 생각에 내 눈이 더 좋은 것 같소. (편지를 집는다.)

아르테미 필리포비치 (편지를 주지 않고) 아니요, 이 부분은 넘어가도 좋겠어요. 저기 더 뒤로 넘어가면 잘 보이네요.

코롭킨 자, 제게 주세요. 제가 알아서 할 테니.

아르테미 필리포비치 읽어야 한다면 제가 직접 읽겠습니다. 정말 더 뒤로 가면 다 잘 보여요.

우체국장 아니, 다 읽으세요! 이전 것은 다 읽었잖소.

모두 건네주세요, 아르테미 필리포비치, 편지를 건네주세요! (코롭킨에게) 읽어 보세요!

아르테미 필리포비치 잠깐만요. (편지를 건넨다.) 자, 읽으세요. (손가락으로 가린다.) 자, 여기서부터 읽으세요.

모두 코롭킨에게 다가간다.

우체국장 읽으세요, 읽으세요! 쓸데없는 소리, 다 읽으세요!

코롭킨 (읽으면서) "자선 병원장 제믈랴니카는 꼭 모자 쓴 돼지야."

아르테미 필리포비치 (관객들에게) 참 재치도 없군요! 모자 쓴 돼지라니! 모자 쓴 돼지가 세상에 어딨단 말입니까?

코롭킨 (계속 읽으며) "교육감은 썩은 양파 냄새를 풍기고 다녀."

루카 루키치 (관객들에게) 맙소사, 입에 양파를 넣어 본 적도 없어요.

암모스 표도로비치 (방백) 다행히 적어도 나에 대한 얘기는 없군!

코롭킨 (읽는다) "판사인……."

암모스 표도로비치 이런 맙소사! (큰 소리로) 여러분, 편지가 너무 긴 것 같군요. 그리고 추잡한 소리만 늘어놓았는데, 이런 쓰레기 같은 걸 읽다니요?

루카 루키치 안 돼요!

우체국장 안 돼요, 읽으세요!

아르테미 필리포비치 안 돼요, 어서 읽으세요!

코롭킨 (계속 읽는다) "판사 랍킨-탑킨은 최고의 '모베톤'*이야……." (멈추고) 이건 분명 프랑스 말일 겁니다.

암모스 표도로비치 제기랄, 이게 무슨 뜻이야! 그저 사기꾼이라면 오히려 다행이지, 그것보다 훨씬 더 나쁜 것 같아.

코롭킨 (계속 읽는다) "그렇지만 모두 손님 접대를 아주 잘하고 선량한 사람들*이야. 그럼 잘 있게, 친구 트랴피치킨. 나도 자네를 본받아 문학을 해 보고 싶어. 이렇게 사는 것도 이젠 싫증이 났어. 결국 마음의 양식을 원하게 되는 거지. 정말이지 어떤 일이건 고상한 일에 종사할 필요가 있는 거야. 사라토프 현의 우리 집으로 편지를 보내게. 거기에서 포드카틸롭카 마을로 말야. (편지를 뒤집어 주소를 읽는다.) 상트페테르부르크 포츠탐스카야 거리 97번지,* 마당 쪽으로 돌아서 3층 오른쪽 아파트, 이반 바실리예비치 트랴피치킨 각하님께."

부인 중 한 명 정말 뜻밖의 전환*이군요!

시장 당했어, 완전히 당했어! 망했어, 망했어, 완전히 망했어! 아무것도 안 보여! 사람의 얼굴 대신 돼지 낯짝들만 보이고, 그 밖엔 아무것도 안 보여……. 그놈을 잡아 와, 잡아 오란 말야! (손을 내젓는다.)

우체국장 어떻게 잡아 온단 말예요! 제가 일부러 역관지기에게 가장 좋은 트로이카를 내주라고 명령했는데요. 악마가 미리 그런 지령을 내리도록 부추긴 거예요.

코롭킨의 아내 정말 유례없는 소동이군요!

암모스 표도로비치 하지만 제기랄, 여러분! 그놈이 내게서 3백 루블을 빌려 갔어요.

아르테미 필리포비치 제게서도 3백 루블 받았어요.

우체국장 (한숨을 쉰다.) 이런! 제게서도 3백 루블 받았어요.

봅친스키 표트르 이바노비치와 우리에게서 지폐로 65루블 받았어요.

암모스 표도로비치 (믿지 못하겠다는 얼굴로 두 팔을 벌린다.) 이게 대체 어떻게 된 겁니까, 여러분? 우리가 정말로 이렇게 속은 건가요?

시장 (자기 이마를 친다.) 내가 어떻게 된 거야, 아냐, 내가 어떻게 늙어 빠진 등신이 된 건가? 이런 바보 멍청이, 늙어서 망령이 든 거야! 30년간 관리 생활을 하면서 어떤 상인도, 어떤 청부업자도 날 속일 수는 없었어. 날고 긴다는 사기꾼 놈들도 속이고, 온 세상 사람을 다 속여 넘긴다는 늙은 여우나 사기꾼들까지 내가 낚아채지 않았는가 말이야! 나는 세 명의 현지사도 속였어……! 현지사가 다 뭐야! (손을 젓는다.) 현지사 같은 건 문제도 아니었어!

안나 안드레예브나 하지만 그럴 리 없어요, 안토샤, 그는 마리야와 약혼을 했다고요…….

시장 (화를 내며) 약혼을 했다고! 젠장할, 약혼이라고! 지금 내 앞에서 약혼이란 말이 나와? (미친 듯이) 자, 보세요, 보세요, 세상 사람들, 모든 기독교인들, 이 시장이 얼마나 바보 취급을 당했는지 모두 보세요! 저는 바보 천치에 늙어 빠진 비열한이에요! (자기 자신을 주먹으로 위협하며) 에이, 이 말코 같은 녀석! 그런 고드름 같은 놈, 걸레 같은 놈을 중요한 인물로 잘못 보다니! 지금쯤 그놈은 말방울 소리를 요란하게 울리며 온 길을 달리고 있겠지! 온 세상에 이야기를 퍼뜨리겠지. 웃음거리가 되는 건 괜찮아……. 그런데 엉터리 문학가니 작가니 하는 놈들이 너를 희극 무대에 세우겠지. 바로 그게 수치스러운 거야! 그자들은 내 관등이나 신분을 무시하고, 이를드러내고 웃어 대며 손뼉을 치겠지……! 뭘 보고 웃는 거요? 자기 자신을 보고 웃으세요! 에잇, 네놈들! (악에 받쳐서 발로 마루를 친다.) 이놈의 엉터리 작가들! 우, 삼류 작가, 망할 놈의 자유주의자, 악마의 자식들, 네놈들을 모조리 묶은 다음 모두 가루로 만들어서 포대기와 모자에 넣고 확 뭉개 버릴 테다! (주먹을 쥐고 발로 마루를 친다. 잠깐 침묵하고) 아직도 정신을 차릴 수가 없어. 정말로 하느님이 벌하고자 하시면 우선 이성을 빼앗는다는 게 맞는 말이야. 사실 그 경박한 녀석의 어디가 감찰관과 비슷한가 말야? 아무것도 없었어. 새끼손가락만큼도 비슷한 데가 없었는데, 갑자기 모두가 "감찰관이다, 감찰관이야!"라고 떠들어 댔지. 누구야, 제일 먼저 그가 감찰관이라고 떠들어 댄 게? 대답해요!

아르테미 필리포비치 (팔을 벌리며) 어떻게 이런 일이 벌어진 건지 아무리 해도 설명할 수가 없어요. 정말 무슨 안개가 우리를 얼빠지게 하고, 악마가 홀린 겁니다.

암모스 표도로비치 누가 제일 먼저 떠들었느냐, 바로 이자들이 떠들어 댔지요, 이 잘난 놈들이오! (돕친스키와 봅친스키를 가리킨다.)

봅친스키 어어, 제가 아니에요! 전 생각도 안 했…….

돕친스키 전 아닙니다, 전혀 아니에요.

아르테미 필리포비치 아니, 당신들이오.

루카 루키치 정말이에요. 주막에서 미친 사람처럼 뛰어 들어와선 "왔어요, 왔어요, 돈은 내지도 않고……"라고 했죠. 참 대단한 인물을 발견했군!

시장 당연히 네놈들이지! 도시에 유언비어를 퍼뜨리는 놈들, 이 망할 놈의 거짓말쟁이들 같으니!

아르테미 필리포비치 그 감찰관 나리와 헛소리랑 같이 악마에게나 가 버려라!

시장 시내를 돌아다니면서 모두를 혼란스럽게 만들어 보시지, 이 망할 놈의 수다쟁이들아! 유언비어나 퍼뜨리고 다녀라, 이 꼬리 짧은 까치들아!

암모스 표도로비치 빌어먹을 등신 같은 놈들!

루카 루키치 모자 같은 놈들!

아르테미 필리포비치 오글쪼글 못생긴 난쟁이들!

모두 그들을 에워싼다.

봅친스키 맙소사, 이건 제가 아니에요, 그건 표트르 이바노비치였어요.

돕친스키 아니에요, 표트르 이바노비치, 당신이 맨 처음 그렇게…….

봅친스키 이런, 아니에요. 맨 처음 말한 사람은 당신이었어요.

마지막 장

같은 사람들과 헌병.

헌병 페테르부르크에서 칙명을 받고 오신 관리께서 여러분을 즉시 불러오라고 하십니다. 그는 지금 여관에 계십니다.

헌병이 발음한 단어들이 천둥처럼 모두를 질겁하게 한다. 당혹스러워 하는 소리가 부인들의 입에서 동시에 튀어나온다. 모든 인물들이 갑자기 자세를 바꾸고 돌처럼 굳어서 동작을 멈춘다.

무언의 장면

시장, 두 손을 벌린 채 머리를 뒤로 젖히고 돌기둥처럼 중앙에 서 있다. 오른편으로 그의 아내와 딸이 온몸을 앞으로 내밀고 그에게 달려갈 듯하다. 그 뒤로 우체국장이 관객들을 향해 온몸이 의문 부호로 변해 버린 자세를 취한다. 그 뒤로 루카 루키치가 기이할 만큼 순진한 얼굴로 정신을 잃고 서 있다. 그 뒤로 무대 한쪽 끝에 부인 손님

셋이 시장 가족을 노골적으로 비웃는 표정을 지으며 서로 몸을 기대고 서 있다. 시장 왼편으로는 제믈랴니카가 마치 무엇엔가 귀를 기울이듯 고개를 약간 옆으로 숙이고 있다. 그 뒤로는 판사가 양팔을 벌리고, 거의 땅에 닿을 만큼 상반신을 구부리고 입술을 움직이고 있다. 그것은 휘파람을 불려고 하는 것 같고 "할머니, 성 유리의 축일이 왔어요!"*라고 말하려는 것 같기도 하다. 그 뒤로 코롭킨이 관객들을 향해 한쪽 눈을 찡끗해 보이며 시장에게 신랄한 냉소를 보내고 있다. 그 뒤로 무대 맨 끝에는 돕친스키와 봅친스키가 서로 달려들 것처럼 손을 내밀고 마주 서서 입을 딱 벌린 채 눈을 부릅뜨고 있다. 그 밖의 손님들은 기둥처럼 서 있다. 거의 1분 30초 동안 모두 굳어 버린 듯 그 자세를 유지한다. 막이 내린다.

결혼

— 전혀 있을 법하지 않은 사건에 대한 2막극

등장인물

아가피아 티호노브나 상인의 딸, 신부
아리나 판텔레이모노브나 고모
표클라 이바노브나 중매쟁이
포드콜료신 현직 7등 문관
코치카료프 그의 친구
야이츠니차 회계 검사관
아누치킨 퇴역 보병
제바킨 퇴역 해군
두냐시카 하녀
스타리코프 시장 상인
스테판 포드콜료신의 하인

제1막

제1장

포드콜료신의 방. 그가 혼자 소파에 누워 파이프를 들고 있다.

포드콜료신 그래, 이렇게 혼자 한가롭게 생각에 잠기니까 보이는군. 반드시 결혼해야 한다는 걸. 실제로 어떻게 됐느냐 말야? 혼자 살다 보니 끝내 추잡한 꼴이 되고 말았어. 자 봐, 고기 먹을 수 있는 기간을 또 놓쳤잖아.* 벌써 준비는 다 된 것 같고, 중매쟁이도 3개월이나 다녀갔지. 정말 내가 다 창피해지네. 에이, 스테판!

제2장

포드콜료신, 스테판.

포드콜료신 중매쟁이는 안 왔나?

스테판 아뇨, 전혀.

포드콜료신 그래, 재단사에게는 다녀왔나?

스테판 네, 다녀왔어요.

포드콜료신 그래, 내 연미복을 만들고 있나?

스테판 만들고 있어요.

포드콜료신 이미 많이 지었나?

스테판 네 이미 충분히, 단춧구멍을 가봉하기 시작했대요.

포드콜료신 뭐라고 한 거야?

스테판 단춧구멍을 가봉하기 시작했대요.

포드콜료신 나리에게 연미복이 왜 필요한지 그가 묻지 않던가?

스테판 네, 안 물어봤어요.

포드콜료신 나리가 결혼하려 하는 것 아니냐고 그가 물어봤을 것 같은데?

스테판 아뇨, 아무 말도 안 했어요.

포드콜료신 그러나저러나 그에게 다른 연미복들도 있던가? 그가 다른 사람들을 위해서도 옷을 짓고 있더냐고?

스테판 네, 연미복이 많이 걸려 있었어요.

포드콜료신 그런데 그들 옷감이 내 것보다 못하지 않던가?

스테판 네, 나리 옷감이 더 좋아 보였어요.

포드콜료신 뭐라고 한 거야?

스테판 나리 옷감이 더 눈에 쏙 들어왔다고 말했어요.

포드콜료신 좋아. 그런데 나리가 무엇 때문에 그렇게 고운 천으로 된 연미복을 짓느냐고 묻지 않던가?

스테판 네.

포드콜료신 나리가 결혼하고 싶어 하는 건 아니냐고 말하지 않았다고?

스테판 네, 이것에 대해 전혀 말하지 않았어요.

포드콜료신 그런데 넌 내 직위가 뭔지, 어디에서 근무하는지 말한 거야?

스테판 말했어요.

포드콜료신 그랬더니 그가 뭐라고 하던가?

스테판 애써 보겠다고 했어요.

제3장

포드콜료신, 혼자 있다.

포드콜료신 내 생각엔 검은 연미복이 왠지 더 품위가 있어. 알록달록한 건 비서, 9등 문관, 별 볼 일 없는 풋내기한테나 어울리는 거야. 직급이 더 높은 사람들은 더 잘 지켜야 하는 법이지. 이걸 뭐라더라…… 단어를 까먹었네. 좋은 단어인데 까먹었어. 어쨌거나 7등 문관은 군대의 대대장급이야. 다만 제복에 견장이 없는 것뿐이라고. 에이, 스테판!

제4장

포드콜료신, 스테판.

포드콜료신 구두약은 샀어?

스테판 샀어요.

포드콜료신 어디서 샀어? 내가 말한 그 가게, 보스네센스키 대로에 있는 가게서 산 거지?

스테판 네.

포드콜료신 구두약은 좋던가?

스테판 좋던데요.

포드콜료신 그것으로 구두는 닦아 봤어?

스테판 닦아 봤어요.

포드콜료신 그래, 광이 나던가?

스테판 정말 광이 번쩍번쩍 나던데요.

포드콜료신 주인이 구두약을 주면서 나리가 어디에 쓰려고 이런 좋은 구두약을 필요로 하냐고 물어보지 않던가?

스테판 네.

포드콜료신 주인이 결혼할 생각을 하는 건 아니냐고 말했을 법한데?

스테판 아니요, 전혀 아무 말도 안 하던데요.

포드콜료신 그래, 됐어, 나가 봐!

제5장

포드콜료신. 혼자 있다.

포드콜료신 장화는 평범한 물건인 것 같지만, 조잡하게 짓고 붉은 구두약을 바르면 사교계에서 대접을 못 받지. 일이 잘 안 풀리고⋯⋯ 물집이 생기면 더 짜증이 나지. 물집만 안 생긴다면 뭐든 견딜 자신 있어. 이봐, 스테판!

제6장

포드콜료신, 스테판.

스테판 뭘 도와 드릴까요?

포드콜료신 구두장이에게 물집이 없게 하라고 말했지?

스테판 말했어요.

포드콜료신 그가 뭐라던가?

스테판 알았다고 했어요.

스테판, 나간다.

제7장

포드콜료신, 그다음 스테판.

포드콜료신 정말 손이 많이 가는군, 빌어먹을, 결혼도 일이네! 이것저것 신경 쓸 일이 너무 많아. 정상적으로 잘 돌아가야 되는데……. 아냐, 제기랄, 이게 사람들 말처럼 그렇게 쉽지가 않네. 그렇게 쉬운 일이 아니라는 말이 맞아. 에이, 스테판! (스테판, 들어온다.) 네게 더 말하고 싶은 게 있는데…….

스테판 노파가 왔어요.

포드콜료신 아, 왔구나. 그녀를 이리 불러. (스테판, 나간다). 그래, 이건 정말…… 생각처럼 쉽지 않아…… 어려운 일이야.

제8장

포드콜료신과 표클라.

포드콜료신 아, 잘 지냈나, 표클라 이바노브나! 그래, 어떤가? 어떻게 됐어? 의자 가져와서 여기 앉아 말해 봐. 자, 어떻게 됐어? 그녀 이름이 뭐였더라, 멜라니야였나?

표클라 아가피야 티호노브나.

포드콜료신 그래, 그래, 아가피야 티호노브나. 아마 마흔 살쯤 된 아가씨겠지?

표클라 오, 천만에, 전혀 아니에요. 결혼만 하면, 매일 나를 칭찬하고 감사하게 될 거요.

포드콜료신 거짓말 마, 표클라 이바노브나.

표클라 이봐요, 난 거짓말하기엔 늙었다고요. 풋내기나 거짓말을 하지.

포드콜료신 혼수, 혼수는 뭐였지? 다시 말해 봐.

표클라 아, 혼수요, 혼수는 모스크바의 석조 건물, 2층이에요. 그것만 해도 어디예요, 그것으로 대만족이죠. 게다가 곡물 가게 상인한테 7백 루블의 집세를 받아요. 맥주 창고에도 손님이 많고요. 목조 사랑채가 두 채 있는데, 한 채는 나무 집이고 또 한 채는 주춧돌에 세운 거예요. 각 사랑채에서 4백 루블의 수입을 거두고. 비보릑스카야 쪽에 텃밭이 있는데, 일꾼을 고용해서 3년째 양배추 재배를 한대요. 그 상인이 또 착실하고 입에 술 한 모금 안 대고, 아들 셋이 있는데 둘은 장가보내고, 그의 말인즉 "셋째는 아직 어린데 그 애를 가게에 앉혀서 장사 일을 더 쉽게 하려고 해. 난 이미 나이가 들어 아들을 가게에 앉혀서 장사 일을 더 쉽게 하려고 해"라는 거예요.

포드콜료신 그래 그녀는 어때, 어떤 여자야?

표클라 얼마나 세련됐다고요! 뽀오얀 피부에, 피에 우유를 탄 것처럼 홍조가 있고요. 살결은 뽀송뽀송해서, 말로 표현할 수조차 없을 정도예요. 이만큼이나 만족할 거예요. (손을 목에 대고) 친구건 원수건 아무나 붙잡고 이렇게 말할 거예요. 정말 대단해, 표클라 이바노브나는, 고마워.

포드콜료신 그래 봤자, 장군 딸은 아니잖아?

표클라 가장 부유한 3급 상인의 딸이에요. 장군에게도 손색없는 신붓감이라고요. 상인에 대해선 듣고 싶어 하지도 않아요. 그녀는 "어떤 남편이건 다 좋고, 아무리 볼품이 없어도 좋지만, 반드시 귀족이어야 해"라고 말해요. 어때요, 정말 세련됐죠! 일요일엔 실크 드레스를 입는데…… 맹세코 서걱서걱 소리가 나요. 정말 공작 부인이나 다름없다니까!

포드콜료신 내가 뭣 때문에 자네에게 부탁했겠나. 난 7등 문관이고, 내겐 이해하지…….

표클라 네. 어떻게 이해를 못 하겠어요. 우리에게 다른 7등 문관이 있었는데…… 마음에 안 든다며 거절했어요. 그의 성격이 아주 이상해서 말할 때마다 거짓말을 해 대는데, 생긴 건 얼마나 멋진지. 어쩌겠어요, 신이 그렇게 만드신걸. 자신도 기쁘지도 않으면서 거짓말을 안 하고는 못 배기니 말예요. 그게 하느님 뜻인 거지요.

포드콜료신 근데 이 아가씨 말고 다른 아가씬 없어?

표클라 아니, 다른 사람이 왜 필요해요? 이 아가씨보다 더 좋은 신붓감은 없어요.

포드콜료신 이 여자가 제일 좋다고?

표클라 세상천지 다 둘러봐도 그만한 처자는 못 찾을 거예요.

포드콜료신 그래, 한번 생각해 보자, 생각해 보자고. 내일 모레 와. 다시 이렇게 나누게. 나는 눕고, 자넨 얘기하고…….

표클라 이봐, 이 양반아. 석 달을 다녔는데 전혀 진척이 없잖아. 잠옷 바람으로 앉아서 파이프나 빨아 대고 말야.

포드콜료신 아니, 자넨 결혼이 "스테판, 구두 가져와!"라고 말하고 발에 신을 신고 다니는 것과 같다고 생각하는 거야? 요모조모 따져 보고 살펴볼 필요가 있다고.

표클라 그래서 뭐가 나와? 보고 싶으면 직접 봐야지. 볼 거면 물건을 봐야지. 자, 연미복 가져오라고 해. 지금이 아침 시간이니까 아주 좋네. 가 봐.

포드콜료신 지금? 이봐, 이렇게 우중충한데. 나갔다가 갑자기 비라도 오면 어쩌려고?

표클라 그게 뭐 그리 대수야? 저런, 머리에 새치 좀 봐, 조금만 있으면 장가갈 나이도 지나겠네. 참 이상한 7등 문관*을 다 보겠네! 우린 당신은 축에도 못 낄 만큼 멋진 신랑감들을 얻을 수 있다고.

포드콜료신 무슨 헛소리를 하고 그래? 어디서 갑자기 내게 새치가 있다는 생각이 든 거야? 새치가 어딨어? (머리카락을 더듬는다.)

표클라 새치가 왜 없겠어, 살다 보면 생기는 거지. 자기 꼴을 좀 봐! 이쪽도 마음에 안 든다, 저쪽도 마음에 안 든다. 내 마음에 드는 대위가 하나 있는데 자넨 그의 어깨에도 못 미칠 거야. 그는 나팔 소리처럼 우렁차게 말하고 해군성*에 근무해.

포드콜료신 거짓말이야. 거울을 봐야겠어. 어디서 새치 타령이야. 어이, 스테판, 거울 가져와! 아니, 아니, 가만있어, 내가 직접 가지. 오 하느님, 맙소사. 이건 곰보딱지보다 더 나쁜 거야. (다른 방으로 나간다.)

제9장

표클라와 코치카료프.

코치카료프 포드콜료신은? (표클라를 보고) 네가 여기 웬일이야? 야, 이것아! ……이봐, 뭐 하러 나를 장가보낸 거야?

표클라 뭐가 문제야? 법대로 한 건데.

코치카료프 법대로 한 거라고! 아내가 뭐 그리 대단한 거라고! 아내 없인 내가 살지도 못했을 거라는 말이야?

표클라 네가 직접 달라붙어서, "이봐, 장가보내 줘. 그거면 족해"라고 할 땐 언제고.

코치카료프 에이, 이런 늙은 여우! 근데 여기는 왜 온 거야? 정말 포드콜료신이 원하는 게…….

표클라 그게 어때서? 하느님이 축복을 베푸신 거지.

코치카료프 그런데 아니라고? 이런 비열한 놈, 내겐 한마디도 안 하고. 이런 나쁜 놈. 나 몰래 슬그머니 하다니, 어?

제10장

두 사람과 포드콜료신. 포드콜료신이 손에 거울을 들고 주의 깊게 거울을 들여다보고 있다.

코치카료프 (뒤에서 그를 놀래며) 야!

포드콜료신 (고함을 지르며 거울을 떨어뜨린다.) 정신 나갔어?

왜 그런 거야, 왜 그런 거냐고…… 멍청하게! 너무 놀라서 정신이 하나도 없네.

코치카료프 아무것도 아냐, 장난 좀 친 거야.

포드콜료신 무슨 장난이 그래. 아직도 정신을 못 차리겠네. 거울도 깨지고. 이건 공짜로 얻은 게 아니라, 영국 가게에서 산 거라고.

코치카료프 뭐, 됐어. 자네에게 다른 거울을 구해 주면 되잖아.

포드콜료신 흥, 구해 준다고? 다른 거울이 어떤 건지 내가 잘 알지. 10년은 더 늙어 보이고 낯짝이 튀어나올 거야.

코치카료프 이봐, 화는 내가 더 내야 할 판이야. 친구인 내게 다 숨겼잖아. 결혼할 생각을 하고서!

포드콜료신 무슨 헛소리, 생각도 해 본 적 없어.

코치카료프 저기 증거가 있잖아. (표클라를 가리킨다.) 저 여인이 누군지 모르는 사람이 없어. 뭐, 어쩌겠나, 괜찮아, 괜찮아. 문제 될 게 뭐 있어? 오히려 기독교적이고 국가에 꼭 필요한 일이지. 자, 이제부턴 전부 내게 맡겨. (표클라에게) 자, 있는 대로 전부 말해, 귀족이야, 관리 딸이야 아니면 상인 집안이야, 이름이 뭐야?

표클라 아가피야 티호노브나.

코치카료프 아가피야 티호노브나 브란다흘리스토바?

표클라 아니, 쿠페르댜기나.

코치카료프 셰스티라보치나야에 살지 않나?

표클라 아니, 아니야. 페스캄의 므일니 골목에 더 가까워.

코치카료프 그래, 좋아. 므일니 골목, 가게 바로 뒤에 있는 목조 건물?

표클라 아니, 가게 뒤가 아니라 맥주 창고 뒤.

코치카료프 맥주 창고 뒤라…… 그건 잘 모르겠네.

표클라 거기서 골목을 돌아 나오면 앞에 초소가 있고, 초소에서 왼쪽으로 돌면 눈앞에 있어. 즉 눈앞에 바로 목조 건물이 나올 거야. 전에 원로원 사무처장*과 함께 살았던 재봉사가 거기 살고 있지. 그 재봉사 집으로 가지 말고 그 뒤로 가면 돌로 된 두 번째 집이 나올 거야. 바로 그 집이야. 거기에 신붓감인 아가피야 티호노브나가 살아.

코치카료프 좋아, 좋아. 이제 내가 다 알아서 할 테니까 당신은 가 봐……. 당신은 이제 필요 없어.

표클라 뭐라고? 정말 자네가 직접 결혼을 성사시겠단 말야?

코치카료프 내가 직접, 직접 하겠어. 당신은 방해만 하지 마.

표클라 이런 파렴치한을 보게! 이건 남정네 일이 아니야. 제발 뒤로 물러나시죠!

코치카료프 가 봐, 가 보라고. 아무 생각 말고 방해하지 마. 당신 주제 파악이나 해. 어서 꺼져!

표클라 남의 몫을 이렇게 빼앗다니, 이런 불경한 놈! 그런 하찮은 일에 관여하다니. 진작 알았으면 말을 안 하는 건데. (화를 내며 나간다.)

제11장

포드콜료신과 코치카료프.

코치카료프 자, 친구, 이런 일은 미뤄선 안 되는 법이야. 가 보자.

포드콜료신 아니, 난 아직 괜찮아. 그냥 생각만 해 본 거야.

코치카료프 쓸데없는 소리, 쓸데없는 소리! 당황만 하지 마. 자네가 느끼지도 못할 정도로 쉽게 장가보내 줄게. 지금 당장 신붓감에게 가 보자. 그럼 금세 전부 알게 될 거야.

포드콜료신 싫어. 지금 가다니 말도 안 돼!

코치카료프 아니 왜, 뭐가 문제야? 직접 한번 보라고, 결혼을 안 하면 어떻게 되는지. 자네 방을 봐! 자, 방이 어때? 저기 닦지도 않은 구두가 있고, 저긴 세숫대야, 저긴 탁자 위에 담배 부스러기, 자넨 하루 종일 겨울잠을 자는 마멋*처럼 옆으로 누워만 있고.

포드콜료신 그래, 맞아. 내 방이 정리 정돈이 안 된 건 나도 잘 알고 있어.

코치카료프 자네에게 아내가 생기면, 자네도, 방도 전부 몰라보게 달라질 거야. 방 여기엔 소파, 개, 새장 속의 새, 수공예품이 있을 거야. 상상해 봐. 자넨 소파에 누워 있고…… 갑자기 아주 사랑스러운 여인이 다가와서 자네 손을 잡고…….

포드콜료신 아, 제기랄, 정말로 세상에 얼마나 예쁜 손들이 있는가 말야. 정말, 이봐, 꼭 우유 같아.

코치카료프 환상적이지! 사랑하는 사람들이 그저 손만 잡겠어?

이봐, 그러니까…… 더 말할 필요가 뭐 있어, 부부 사이에 뭔들 없겠나.

포드콜료신 솔직히 말해서 난 옆에 아름다운 여인이 있으면 정말 좋겠어.

코치카료프 자, 보이지, 잘 생각했어. 이제 일만 잘 처리하면 돼. 자넨 조금도 신경 쓸 거 없어. 결혼식 피로연 등은 모두 내가……. 이봐, 샴페인도 한 상자 밑으론 안 돼. 자네도 바라듯이 말야. 마데이라 포도주도 꼭 여섯 병은 있어야 하고. 신부에겐 아저씨 아주머니들이 많을 거고, 이들은 대충 넘어가는 걸 좋아하지 않으니까. 제길, 라인 포도주도 있어야겠지? 피로연으로는, 이봐, 내게 웨이터로 일하던 친구가 있어. 그래, 그놈이 엄청 먹여 대서 일어나지도 못하게 될 거야.

포드콜료신 진정해, 자네, 왜 그렇게 열을 내고 그러나, 당장 결혼식이라도 있을 것처럼.

코치카료프 아니, 왜 안 된다는 거야? 미룰 이유가 뭐야? 자네도 동의했잖아?

포드콜료신 나? 글쎄, 아냐…… 난 아직 완전히 동의 안 했어.

코치카료프 이게 뭐야? 자네 지금 하고 싶다고 말했잖아.

포드콜료신 난 그저 나쁘지 않겠다고 말한 것뿐이야.

코치카료프 이봐, 제발! 이미 다 된 일을……. 뭐야? 정말 결혼 생활이 마음에 안 든다는 거야 뭐야?

포드콜료신 아니…… 마음에 들어.

코치카료프 그럼 뭐야? 뭐가 문제야?

포드콜료신 아무 문제 없어. 다만 어색해서…….

코치카료프 뭐가 어색한데?

포드콜료신 어떻게 어색하지 않겠어. 여태껏 가만있다가 갑자기 결혼하는 게.

코치카료프 자, 자, 자, 넌 창피하지도 않아? 아니, 이제 보니 자네하곤 진지하게 얘기해야겠어. 아버지가 아들과 이야기하듯이 솔직히 말하겠어. 자, 봐 봐. 지금 나를 뚫어지게 보는 것처럼 자신을 주의 깊게 들여다봐. 넌 지금 뭔 것 같아? 정말 넌 바보 멍청이에, 아무 가치도 없어. 넌 뭘 위해 사는 거야? 거울 좀 봐, 뭐가 보여? 어리석은 얼굴, 그 이상 아무것도 아냐. 자, 상상해 봐. 네 주위에 애들이 생길 거야. 두 명 혹은 세 명, 아니 여섯 명일 수도 있어. 그런데 모두 붕어빵처럼 널 닮은 거야……. 자, 넌 지금 혼자고, 7등 문관이거나 과장이거나 국장이지? 자, 상상해 봐. 네 주위에 너의 2세들이 있고, 어린 말썽꾸러기들이 고사리손을 내밀어 네 수염을 잡아당기고, 넌 그 애들에게 강아지처럼 "멍멍멍!" 하고 짖어 댈 거야. 이보다 더 기쁜 일이 있으면, 어디 한번 말해 봐…….

포드콜료신 정말 고놈들, 참 대단한 개구쟁이들이군. 서류란 서류는 모두 엉망진창으로 만들겠어.

코치카료프 그렇게 장난치라고 내버려 둬야지. 모두 자넬 쏙 빼닮았으니까……. 삶이란 이런 거야.

포드콜료신 그거 정말 재밌겠어. 제길, 얼마나 통통할까, 얼마나 강아지 같을까, 나를 쏙 빼닮고…….

코치카료프 왜 안 웃기겠어, 당연히 재밌지. 그러니 가자.

포드콜료신 그래, 가자.

코치카료프 어이, 스테판! 나리에게 옷을 입혀 드려.

포드콜료신 (거울 앞에서 옷을 입으며) 하지만 흰 조끼를 입고 가는 게 좋을 것 같은데.

코치카료프 허튼소리. 다 괜찮아.

포드콜료신 (옷깃을 매만지며) 망할 놈의 세탁부, 깃에 풀을 엉망으로 먹였네…… 전혀 빳빳하게 서질 않잖아. 스테판, 가서 말해. 어리석은 것이 속옷을 이딴 식으로 다림질할 거면 다른 애를 찾겠다고. 고것이 연인들과 시간 보내느라 다림질을 제대로 안 하는 거야.

코치카료프 자, 이봐, 서둘러! 뭘 그리 꾸물거려?

포드콜료신 다 됐어, 다 됐어. (옷을 입고 앉는다.) 근데 이반 포미치…… 자네 아나? 자네가 직접 가게.

코치카료프 이건 또 뭐야. 자네 정말 정신 나갔어? 나보고 가라니! 우리 중에 누가 결혼하는 거야, 너야 나야?

포드콜료신 사실, 마음이 안 내켜. 내일로 하자. 그게 더 낫겠어.

코치카료프 너, 정말 머리가 있는 거야? 저, 너 바보 아냐? 다 준비해 놓고…… 갑자기 갈 필요가 없다니! 자, 말해 봐. 네가 이러고도 돼지가 아냐, 비열한이 아냐?

포드콜료신 허, 왜 그렇게 욕을 해 대고 그래? 무슨 이유로? 내가 너한테 뭘 어쨌다고?

코치카료프 멍청이, 진짜 멍청이야. 누구나 그렇게 말할 거야. 관청 문관이래도, 어리석어, 완전히 어리석어. 내가 뭘 위해 이렇게 애쓰겠어? 자네 이득을 위해서라고. 실컷 먹여 놨더니 다시 뱉어 내고 말야. 제기랄, 총각은 누워 자빠져 있고! 제발, 말 좀 해 봐, 자네가 뭐와 같은지? 자, 자, 쓰레기, 멍텅구리, 너는 이런 말을 들어도 싸…… 정말 예의가 없어. 계집애! 계집애보다도 못해!

포드콜료신 자네 말이 맞아. (낮은 목소리로) 근데 자네 제정신인가? 여기 하인 녀석이 있는데, 그 녀석 앞에서 날 욕하다니, 그것도 그런 말로. 다른 곳이면 몰라도.

코치카료프 자네한테 욕 안 하게 생겼어? 누가 자네 욕을 안 하겠어? 누가 자네에게 욕할 생각을 안 하겠어? 버젓한 인간으로, 결혼할 마음을 먹었으면, 분별 있게 행동해야지, 갑자기…… 멍청해져 가지고, 마취 약을 먹은 건지, 나무토막이야…….

포드콜료신 그만해, 갈게…… 왜 그리 고함을 치고 그래?

코치카료프 간다고! 당연하지. 가는 것 빼고 할 일이 뭐 있겠어! (스테판에게) 그에게 모자와 외투를 갖다줘.

제12장

아가피야 티호노브나 집의 방. 아가피야 티호노브나가 카드를 펼치고, 그녀의 고모 아리나 판텔레이모노브나가 어깨 너머로 바라본다.

아가피야 티호노브나 고모, 다시 길이 나왔어! 다이아몬드 왕이 관심을 보이네. 눈물, 연애편지. 왼쪽의 클럽 킹이 내 삶에 깊이 관여하는데, 어떤 나쁜 년이 방해를 하네.

아리나 판텔레이모노브나 넌 클럽 킹이 누구일 거라고 생각해?

아가피야 티호노브나 몰라요.

아리나 판텔레이모노브나 난 누군지 알아.

아가피야 티호노브나 누군데요?

아리나 판텔레이모노브나 훌륭한 상인이지. 포목점 골목에 있는 알렉세이 드미트리예비치 스타리코프 말야.

아가피야 티호노브나 그는 절대로 아니에요. 장담하건대 그는 아니에요.

아리나 판텔레이모노브나 내 말이 맞아, 아가피야 티호노브나, 머리칼이 똑같은 아마색이야. 다른 클럽 킹은 없어.

아가피야 티호노브나 절대 아니라니까요. 여기서 클럽 킹은 귀족을 의미해요. 상인은 클럽 킹과는 한참 멀어요.

아리나 판텔레이모노브나 에흐, 아가피야 티호노브나, 돌아가신 네 아버지 티혼 판텔레이모노비치가 살아 계시다면 넌 그런 말을 할 수 없을 거야. 그는 온 손바닥으로 테이블을 내려치고 큰 소리로 말했지. "상인인 걸 부끄러워하는 자에겐 침을 뱉어 줄 테다. 장교에게는 딸을 시집보내지 않을 테다. 다른 자들이나 그러라고 해! 아들도 관청에는 보내지 않겠다. 상인은 다른 사람들처럼 국가에 봉사하지 않는단 말야?" 그는 온 손바닥으로 엄청 세게 테이블을 내려쳤어. 손이 양동이 크기만 했지……. 열정이 얼마나 대단했는지! 솔직히 말해 그가 네 엄마한테 조금만 살갑게 해 줬어도 엄마는 더 오래 살았을 거야.

아가피야 티호노브나 내게 그런 악독한 남편이 없기를!* 난 절대로 상인에겐 시집가지 않을 거예요!

아리나 판텔레이모노브나 알렉세이 드미트리예비치는 전혀 그런 사람이 아니야.

아가피야 티호노브나 싫어요, 싫어. 그에겐 턱수염이 있어서 음식을 먹을 때 온통 턱수염에 낄 거야. 아냐, 아냐, 싫어요.

아리나 판텔레이모노브나 어디서 훌륭한 귀족을 찾는다는 거야? 거리에서 눈을 씻고 찾아도 못 찾을 거야.

아가피야 티호노브나 표클라 이바노브나가 찾아 줄 거예요. 그녀가 가장 좋은 신랑감을 찾아 준다고 약속했어요.

아리나 판텔레이모노브나 그녀는 거짓말쟁이야, 장담해.

제13장

그들과 표클라.

표클라 아, 아니에요. 아리나 판텔레이모노브나. 쓸데없이 남을 중상모략하는 건 죄예요.

아가피야 티호노브나 아, 표클라 이바노브나! 자, 말해 봐, 말해 봐, 있어?

표클라 있어요, 있어. 잠시 숨만 좀 돌리게 해 줘. 너무 애를 써서 파김치가 됐어! 너를 위해서 온 집을 다 돌아다니고, 관청마다, 정부 부서마다 찾아다니고, 경비실에서 빈둥거릴 만큼 애썼어. 이봐, 알기나 해, 하마터면 맞아 죽을 뻔했어, 맙소사! 아페로비를 중매 서 준 중매쟁이가 내게 와서 이렇게 말하는 거야. "넌 그렇고 그런 밥벌레야. 내 구역을 침범하지 마!" ……그래서 바로 말해 줬지. "뭐가 어때서. 화내지 마, 내 아가씨를 위해서라면 난 뭐든 할 거야." 그 덕에 네게 어떤 신랑감들을 모았는지 봐! 이 세상이 생긴 이래 그런 신랑감은 없었어. 오늘 몇 명이 오기도 할 거야. 네게 미리 알려 주려고 한달음에 달려왔어.

아가피야 티호노브나 오늘이라고? 이봐, 표클라 이바노브나, 난 무서워.

표클라 이봐, 당황하지 마! 다 그렇게 하는 거야. 그냥 와서 보는 것뿐이야. 너도 그들을 잘 봐. 네 마음에 안 들면 그들을 보내면 돼.

아리나 판텔레이모노브나 흥, 좋은 신랑감들을 끌어모았단 말이지!

아가피야 티호노브나 그럼 몇 명이야? 많아?

표클라 응, 여섯 명이야.

아가피야 티호노브나 (고함을 치며) 으악!

표클라 이봐, 아가씨, 왜 그렇게 펄쩍 뛰어? 고르기가 더 좋잖아. 한 명이 맘에 안 들면 다른 사람을 고르면 되잖아.

아가피야 티호노브나 그들이 누군데, 귀족이야?

표클라 모두 고르고 골라서 모은 사람들이야. 그렇게 멋진 귀족들은 아직까지 없었어.

아가피야 티호노브나 그럼 어떤 사람들이야?

표클라 모두 훌륭하고, 멋있고, 빈틈없는 사람들이야. 먼저 발타자르 발타자로비치 제바킨, 아주 훌륭하고, 해군에서 일했어. 네게 딱 맞는 사람이야. 그는 비쩍 마른 사람보다는 통통한 각시를 원해. 그리고 야이츠니차, 회계 감사원으로 일하고, 위엄이 있어서 웬만한 사람은 다가가기도 어려워. 아주잘생겼고 뚱뚱해. 그가 내게 이렇게 소리치더군. "나한테 신붓감이 어쩌고저쩌고하는 허튼소리 말고 바로 말해. 그녀의 동산과 부동산은 얼마야?" "이만큼 저만큼 있어요!" "거짓말이야, 나쁜 년!" 그러고는 너한테 들려주기엔 예의에 어긋나는 말을 덧붙이더군. 그 순간 난 딱 알아봤지, 이분은 진짜 신사라는 걸.

아가피야 티호노브나 그럼, 또 누가 있어?

표클라 니카노르 이바노비치 아누치킨. 굉장히 예의 바른 사람이야! 입술로 말하면 산딸기, 완전히 산딸기야. 그만큼 훌륭한 사람이야. 그의 말로, "내 신붓감은 예쁘고 교육을 잘 받아서 프랑스어도 할 줄 알아야 해." 그래, 섬세한 행동거지에 독일인이고, 아주 호리호리해. 다리도 아주 좁고 가늘어.

아가피야 티호노브나 아냐, 비쩍 마른 사람은 내 타입이 아냐……. 모르겠어…… 난 그런 사람은 별로야…….

표클라 좀 더 통통한 사람을 원하면 이반 파블로비치를 골라. 그보다 더 좋은 사람은 없을 거야. 그는 두말할 나위 없이 귀족 중의 귀족이야. 이 좁은 문으론 들어오지도 못할 거야. 그만큼 훌륭해.

아가피야 티호노브나 그는 몇 살이야?

표클라 아직 젊어. 쉰 살쯤, 쉰 살이 아직 안 됐어.

아가피야 티호노브나 그럼 성은 뭐야?

표클라 이반 파블로비치 야이츠니차.*

아가피야 티호노브나 그게 그의 성이라고?

표클라 성이야.

아가피야 티호노브나 에구머니나, 무슨 성이 그래? 표클라, 만일 내가 그에게 시집가면, 나도 갑자기 아가피야 티호노브나 야이츠니차로 불리는 거야? 맙소사, 이게 무슨 일이래!

표클라 이봐 아가씨. 고대 러시아에는 누구나 듣기만 하면 침을 뱉고 성호를 그어 대는 모욕적인 별명들도 있었어. 만일 그 성이 마음에 안 들면, 발타자르 발타자로비치 제바킨을 골라. 아주 훌륭한 신랑감이야.

아가피야 티호노브나 그의 머리칼은 어때?

표클라 머리칼은 아주 좋아.

아가피야 티호노브나 그럼 코는?

표클라 음…… 코도 좋아. 모두 제자리에 있어. 사람 자체가 아주 훌륭해. 다만 화내지 마, 그 사람 집엔 담배 파이프 빼고는 아무것도 없어. 가구가 하나도 없어.

아가피야 티호노브나 그럼 또 누가 있죠?

표클라 아킨프 스테파노비치 판텔레예프. 관리, 9등 문관이고,

말을 조금 더듬지만 아주 겸손한 사람이야.

아리나 판텔레이모노브나 모두 관리, 관리 하는데, 그가 술을 좋아하진 않는지 말해 봐.

표클라 응 마셔, 부정하지 않아, 마셔. 뭐 어쩌겠어, 그는 9등 문관이니까. 대신 비단처럼 조용해.

아가피야 티호노브나 아냐, 술주정뱅이 남편은 절대 싫어.

표클라 아가씨 뜻대로 해! 이 사람이 싫으면 다른 사람을 골라. 하지만 어쩌다 고주망태로 취하는 게 뭐 어때서. 그렇다고 매주 취하는 건 아니고 때로는 말짱한 날도 있을 텐데 뭐.

아가피야 티호노브나 그래, 또 누가 있지?

표클라 그래 한 명 더 있어. 다만 그는 정말이지…… 내버려 둬. 이자들이 더 깨끗할 거야.

아가피야 티호노브나 아니, 그가 누군데?

표클라 그에 대해선 말도 하기 싫어. 그는 7등 문관이고 훈장을 달고 있어. 하지만 엉덩이가 너무 무거워서 집 밖으로 끌어낼 수가 없어.

아가피야 티호노브나 그리고 또 누가 있어? 전부 다섯인데, 여섯 명이라고 했잖아?

표클라 아니, 그걸로도 부족하다는 거야? 왜 그렇게 갑자기 욕심이 많아졌데? 방금 전엔 깜짝 놀라 놓고.

아리나 판텔레이모노브나 너의 신랑감들은 모두 귀족이랬지? 네가 모은 신랑감이 여섯 명이라고 해도, 상인 한 명이 그들을 모두 합한 것보다 나아.

표클라 아니야, 아리나 판텔레이모노브나, 귀족이 더 존경받을 거야.

아리나 판텔레이모노브나 존경은 무슨? 알렉세이 드미트리예비치를 보라고. 담비 모자에 썰매를 타고 다녀…….

표클라 어깨 장식을 단 귀족*이 맞은편에서 이렇게 말할걸. "뭐야, 너는? 상인, 물러서!" 혹은 "상인, 제일 좋은 벨벳 천을 보여 줘!" 그러면 상인은 "물론입죠, 나리!"라고 하지. 그러면 귀족은 이렇게 말할 거야. "무식한 놈아, 모자를 벗어!"라고.

아리나 판텔레이모노브나 하지만 상인이 마음먹으면 옷감을 안 줄 수도 있어. 그러면 귀족이라도 발가벗고 다녀야 해. 귀족이 입고 다닐 옷이 없을 테니까.

표클라 그럼 귀족은 상인을 베어 죽일 거야.

아리나 판텔레이모노브나 그럼 상인은 경찰에 고소하러 가지.

표클라 그럼 귀족은 원로원에 갈 거야.

아리나 판텔레이모노브나 그럼 상인은 현지사에게 가지.

표클라 그럼 귀족은…….

아리나 판텔레이모노브나 거짓말, 거짓말이야, 귀족은…… 현지사가 원로원 의원보다 더 높아!* 귀족을 끌고 다니고, 귀족은 그럴 경우 모자를 벗어야 할걸……. (문에서 초인종이 울린다.) 이게 뭐야, 누가 왔잖아.

표클라 에구 이런, 그들이 왔어!

아리나 판텔레이모노브나 그들이 누군데?

표클라 그들…… 신랑감 중 하나.

아리나 판텔레이모노브나 성인이여, 우리 죄인에게 자비를 베푸소서. 방이 전혀 정리가 안 됐어. (탁자에 있는 것을 모두 집어 들고 방 안을 뛰어다닌다.) 테이블보가, 탁자에 테이블보가 완전히 새카매. 두냐시카, 두냐시카! (두냐시카가 나타난다.) 어서 깨끗한 테이블보 가져와! (테이블보를 집어 들고 방 안을 허둥지둥 돌아다닌다.)

아가피야 티호노브나 에구, 고모, 난 어떡해요? 난 거의 셔츠 바람이에요.

아리나 판텔레이모노브나 이런, 얘야, 빨리 가서 옷 입어! (방 안을 허둥지둥 다닌다. 두냐시카가 테이블보를 가지고 온다. 문에서 초인종이 울린다.) 뛰어가서 말해, 곧 간다고!

두냐시카, 멀리서 말한다. "잠깐만요!"

아가피야 티호노브나 고모, 드레스를 다리질 않았네.

아리나 판텔레이모노브나 이런, 자비로운 주여, 굽어살피소서! 다른 거 입어.

표클라 (뛰어 들어오며) 왜 이리 미적거리는 거야? 아가피야 티호노브나, 서둘러, 아가씨! (초인종이 울린다.) 이런 참 나! 그가 계속 기다리잖아.

아리나 판텔레이모노브나 두냐시카, 그를 모셔 오고 잠시 기다리라고 해.

두냐시카가 현관으로 달려가서 문을 연다. 목소리가 들린다. "집에 있나?" "집에 있어요. 방으로 들어가세요." 모두 호기심에 차서 열쇠 구멍으로 들여다보려고 애쓴다.

아가피야 티호노브나 (소리를 지르며) 히야, 정말 뚱뚱하네!

표클라 온다, 와! (모두 부리나케 뛰어간다.)

제14장

야이츠니차 야이츠니차와 두냐시카.

두냐시카 여기서 기다리세요.

야이츠니차 그럼 기다리지. 하지만 너무 꾸물거리면 안 돼. 근무 중에 잠시 짬을 내서 나온 거니까. 장군님이 갑자기 "회계 감사관은 어디 갔나?"라고 찾으면 "신붓감을 보러 갔습니다. 그가 나쁜 신부를 얻지 않기 위해서요……"라고 하겠지. 그건 그렇고, 어디 혼수 목록이나 한 번 더 볼까? (읽는다.) "돌로 만든 이층집……." (눈을 위로 들어 올려 방을 둘러본다.) 있어! (계속 읽는다.) "사랑채 둘, 석조 기단에 지은 사랑채와 목조 사랑채……." 목조 사랑채는 썩 좋지 않군. "마차, 대형과 소형 카펫 밑으로 조각이 새겨진 썰매 한 쌍." 고물로나 쓸모가 있는 건지도 몰라. 하지만 할망구가 일등품이라고 장담했으니까, 좋아, 일등품이라고 해 두지. "은수저 두 벌……." 물론 집에 은수저는 필요하지. "여우털 외투 두 벌……." 흠. "큰 깃털 이불 네 벌과 작은 깃털 이불 두 벌." (의미심장하게 입술을 문다.) "실크 드레스 여섯 벌과 옥양목 드레스 여섯 벌, 두 벌의 실내복과 두 벌의……." 뭐 이런 시시한 목록이 다 있어! "이불에 냅킨……." 이건 그녀가 원하는 대로 하면 되는 거지. 그래도 전부 직접 살펴보긴 해야지. 요즘 흔히들 집도 마차도 약속하지만, 결혼하고 나면 깃털 이불과 요만 주니까.

종소리가 들린다. 두냐시카가 문을 열려고 방을 가로질러 황급히 달려간다. 목소리가 들린다. "집에 계신가?" "집에 계세요."

제15장

야이츠니차와 아누치킨.

두냐시카 여기서 기다리세요. 그들이 나올 거예요. (나간다. 아누치킨이 야이츠니차와 인사를 나눈다.)

야이츠니차 안녕하십니까?

아누치킨 외람되지만 이 집의 매력적인 여주인의 아버지가 아니십니까?

야이츠니차 무슨 말씀을, 아버지라뇨. 전 아직 자식도 없습니다.

아누치킨 아, 죄송합니다! 죄송합니다!

야이츠니차 (혼잣말로) 이자의 외모는 뭔가 수상해. 그도 나와 같은 목적으로 이곳에 왔을 거야. (큰 소리로) 여주인에게 무슨 볼일이라도 있으신지요?

아누치킨 아닙니다, 무슨……. 아무 볼 일도 없어요. 다만 산책하다 잠시 들른 겁니다.

야이츠니차 (혼잣말로) 거짓말이야, 거짓말. 산책 중에 들렀다고? 비열한 놈. 장가가고 싶은 거야!

종이 울린다. 두냐시카가 문을 열려고 방을 가로질러 뛰어간다. 현관에서 목소리가 들린다. "집에 계신가?" "네, 계세요."

제16장

그들과 제바킨. 하녀의 안내를 받으며 들어온다.

제바킨 (하녀에게). 실례지만, 아가씨, 내 몸 좀 털어 줘……. 거리에서 먼지가 얼마나 달라붙었는지. 그래, 거기 솜털 좀 털어 줘. (몸을 돌린다.) 그래! 고마워, 아가씨. 다시 한번 봐 봐. 거기에 거미가 기어가는 것 같아! 옷자락 뒤에는 아무것도 없나? 고마워, 상냥한 아가씨! 여기도 있는 것 같아. (손으로 연미복의 소매를 다듬고 아누치킨과 이반 파블로비치를 바라본다.) 이 옷감은 영국제지요! 옷감이 얼마나 훌륭한지! 1795년 우리 부대가 시칠리아에 있을 때, 저는 해병 소위 후보생이었는데 이 천을 사다가 제복을 맞추었죠. 1801년 파벨 페트로비치 치세 때 제가 중위가 되었을 때도 천은 완전히 새것이었어요! 1814년 제가 세계를 돌며 탐사할 때도 솔기 부위만 약간 닳았지요. 1815년 퇴직했을 때 안감만 바꾸었어요. 이후 10년을 입었는데도 지금까지 거의 새것이나 다름없어요. 고마워요, 이쁜 아가씨! (그녀에게 손으로 인사를 하고 거울에 다가가서 가볍게 머리를 매만진다.)

아누치킨 저, 시칠리아는 어떤 곳인지 알고 싶군요……. 이야기를 해 줄 수 있을까요, 시칠리아에 대해서. 시칠리아는 살기 좋은 땅인가요?

제바킨 아름다운 곳이지요! 우리는 그곳에 34일 머물렀는데, 경치로 말하자면 정말 매혹적이에요. 산들, 석류나무 그리고 도처에 장미꽃 같은 이탈리아 처녀들이 즐비했는데, 얼마나 입 맞추고 싶었는지 몰라요.

아누치킨 그들은 교육을 잘 받습니까?

제바킨 아주 높은 수준으로요! 정말 그들은 우리 나라에서는 백작 부인들이나 받을 만한 교육을 받아요. 가끔 거리에 나갈 때면…… 사실 러시아 중위가…… 당연히 여기엔 견장이 있고, (어깨를 가리키며) 금실로 수를 놓았죠. 그러면 까무잡잡한 미녀들이…… 그들은 집집마다 발코니와 마룻바닥처럼 평평한 지붕이 있어요. 그래서 이렇게 바라보면 장미꽃 같은 아가씨가 앉아 있곤 하죠……. 당연히 얼굴에 먹칠을 해선 안 되지요……. (절을 하고 팔을 휘두른다.) 그러면 그녀는 딱 이러는 거예요. (손으로 답례하는 시늉을 한다.) 옷도 잘 갖춰 입어요. 거기선 얼마나 부드러운 옷에 어깨끈에 다양한 부인용 귀걸이를 하는지……. 한마디로, 얼마나 달콤한지 몰라요…….

아누치킨 저, 질문을 하나 더 하고 싶은데요, 시칠리아에서는 어떤 언어로 의사 표현을 하는가요?

제바킨 당연히 모두 프랑스어를 쓰죠.*

아누치킨 그러니까 모든 아가씨들이 프랑스어만 쓴다고요?

제바킨 완전히요. 아마 제 말을 믿지 못할 거예요. 하지만 우리가 34일 지내는 동안 전 그들에게서 러시아어를 한마디도 들어 본 적이 없어요.

아누치킨 한마디도요?

제바킨 단 한마디도요. 귀족과 나리들, 즉 다양한 장교들은 말할 것도 없고요. 목에 온갖 넝마를 두르고 다니는 평범한 남자를 일부러 붙잡고 러시아어로 "이봐, 빵 좀 줘(Day, bratets, khleba)"라고 해 보세요. 못 알아들어요, 전혀 못 알아들어요. 그런데 프랑스어로 "dateci del pane" 혹은 "portate vino!"라고 말해 보세요.* 단번에 알아듣고 달려가서는 정확히 갖다준다니까요.

야이츠니차 보아하니 시칠리아는 참으로 흥미로운 땅임에 틀림없는 것 같군요. 당신은 농민에 대해 말씀하셨는데, 그곳 농부는 어떤 사람인가요? 어떤가요? 러시아 농부처럼 어깨가 아주 넓고, 땅을 경작하는가요, 아닌가요?

제바킨 전 그들이 경작을 하는지 안 하는지 보질 못해서 뭐라고 할 말이 없군요. 다만 담배 냄새를 맡는 것에 관해서라면,

그들은 냄새를 맡을 뿐만 아니라, 입술 뒤로 입 안에 넣기까지 하더군요. 교통비도 얼마나 싼지 몰라요. 사방이 거의 다 바다이고, 사방에 곤돌라가 있어요……. 당연히, 장미꽃처럼 아름다운 이탈리아 아가씨가 앉아 있지요. 가슴받이와 손수건……. 우리는 영국 장교들과 함께 있었는데 우리와 같은 해군들이었죠. 처음엔 정말 아주 어색했어요. 서로 이해를 못 하니까요. 하지만 인사를 나눈 다음에는 서로를 어려움 없이 이해하게 됐어요. 이렇게 술병이나 잔을 가리키면, 즉시 술 마시자는 의미란 걸 알아채고요. 이렇게 주먹을 입에 갖다 대고 입술로만 "푸후, 푸후"라고 말하면 파이프를 빨자는 의미란 걸 알아챘지요. 전반적으로 말씀드리면, 가벼운 언어로도 충분해요. 우리 해군들은 3일 만에 서로를 완전히 이해하게 되었으니까요.

야이츠니차 보아하니 다른 나라 사람들의 삶은 매우 흥미롭군요. 세상 물정에 밝은 사람과 교제를 나누게 되어 매우 유쾌합니다. 존함이 어떻게 되는지 알 수 있을까요?

제바킨 제바킨이라고 합니다. 해군 중위로 퇴역했죠. 저도 댁의 존함이 어떻게 되는지 알 수 있을까요?

야이츠니차 회계 감사관 직을 맡고 있는 이반 파블로비치 야이츠니차입니다.

제바킨 (다 듣지 않고) 저도 좀 먹고 왔죠. 상당히 먼 길이고, 날도 춥고 해서, 청어를 빵에 곁들여 먹었죠.

야이츠니차 아니, 제 말을 잘못 알아들으신 것 같군요. 제 성이

야이츠니차입니다.

제바킨 아이고, 죄송합니다. 제 귀가 조금 어두워서요. 정말 저는 당신이 달걀 프라이를 드셨다고 말씀하시는 줄 알았습니다.

야이츠니차 어쩌겠습니까. 전 이미 장군님에게 저를 야이치니친이라고 불러 달라고 요청했는데, 사람들이 만류하더군요. 그러면 '개의 새끼'*처럼 들린다고요.

제바킨 그런 일은 자주 있죠. 우리 제3대 함대의 장교와 선원들에게는 온갖 괴상한 성들이 있었어요. 포모이킨, 야리시킨, 페레프레예프 장교, 한 해군 장교 후보생은 아주 멋졌는데 성이 디르카였어요.* (표클라가 들어온다.).

야이츠니차 아, 아주머니, 안녕하셨소!

제바킨 안녕하신가, 어떻게 지냈소?

아누치킨 안녕하세요, 아주머니, 표클라 이바노브나.

표클라 (황급히 뛰어간다.) 여러분, 고마워요. 덕분에 건강해요, 건강해. (문을 연다. 현관에서 "집에 있으신가?"라는 목소리가 들린다. "집에 있어요." 이윽고 거의 들리지 않는 몇 단어가 들리고 이 말에 표클라가 화가 나서 대답한다. "네 꼴 좀 봐!")

제17장

그들과 코치카료프, 포드콜료신, 표클라.

코치카료프 (포드콜료신에게) 기억해. 용기만 가져, 다른 건 더 이상 필요 없어. (주위를 둘러보고 약간 당황해하며 인사한다. 혼잣말로) 제길, 정말 많이도 모였군. 이건 무슨 의미지? 신랑감들 아냐? (표클라를 툭 치며 조용히 그녀에게 말한다.) 까마귀들을 많이도 끌어모았군, 엉?

표클라 (낮은 소리로) 여기에 까마귀는 없어. 모두 명예로운 사람들이지.

코치카료프 (그녀에게) 손님 수는 많지만, 외투에 보풀이 일었어.

표클라 꼴값하네. 너는 자랑할 게 뭐 있나? 모자는 1루블짜리고, 곡물도 안 들어간 수프를 먹는 주제에.

코치카료프 흥, 네 신랑감들은 어떻고, 호주머니에 구멍이 나 있구먼. (큰 소리로) 그녀는 지금 뭐 하고 있나? 아마도 이 문이 그녀 침실 문인 것 같군. (문에 다가간다.)

표클라 이 불한당! 말했잖아, 옷 입는 중이라고.

코치카료프 그게 뭐 대수야? 이게 뭐가 어때서? 들여다만 볼게, 그것뿐이야. (열쇠 구멍으로 들여다본다.)

제바킨 나도 좀 보게 해 주세요.

야이츠니차 저도 한 번만 보게 해 주세요.

코치카료프 (계속 들여다보면서) 아무것도 안 보여요, 여러분. 뭔가 흰 게 어른거리는데 알아볼 수가 없어요, 여인인지 베개인지. (하지만 모두 문을 에워싸고 서로 밀치며 들여다보려고 한다.)

코치카료프 쉬…… 누가 와요. (모두 뒤로 물러선다.)

제18장

그들과 아리나 판텔레이모노브나, 아가피야 티호노브나. 모두 인사를 나눈다.

아리나 판텔레이모노브나 무슨 일로 이렇듯 귀한 방문을 해 주셨는지요?

야이츠니차 신문을 보고 원목과 장작의 판매에 대한 계약을 체결하려 하신다는 걸 알게 됐습니다. 저는 정부 기관에서 회계감사관 직책을 맡고 있는 관계로 어떤 종류의 숲인지, 규모는 얼마나 되고, 언제쯤 원목을 판매할 것인지 알아보기 위해 이렇게 들렀습니다.

아리나 판텔레이모노브나 저흰 어떤 계약도 체결할 생각이 없지만, 와 주셔서 기쁩니다. 성이 어떻게 되시는지요?

야이츠니차 8등 문관, 이반 파블로비치 야이츠니차입니다.

아리나 판텔레이모노브나 부디 편히 앉으시길 바랍니다. (돌아서서 제바킨을 바라본다.) 무슨 일로 방문을……?

제바킨 저 역시 신문에서 공고가 난 것을 보고, '가 보자'라고 생각했지요. 날씨도 좋은 것 같고, 길가에 풀도 무성하고…….

아리나 판텔레이모노브나 성이 어떻게 되시는지요?

제바킨 해군 중위로 퇴역한 발타자르 발타자로비치 제바킨 주니어입니다. 우리 대대에는 또 다른 제바킨이 있었는데, 무릎 아래에 총을 맞아서 저보다 먼저 퇴역했지요. 저는 무릎 아래를 맞았어요. 총알이 이상하게도 무릎을 정통으로 안

맞히고, 바늘로 꿰맨 듯 혈관을 지나갔어요. 그와 나란히 서 있으면 그가 무릎으로 뒤에서 치고 싶어 하는 것처럼 느껴졌지요.

아리나 판텔레이모노브나 부디 편히 앉으시길 바랍니다. (아누치킨을 향한다.) 무슨 일로 방문하셨는지 알 수 있을까요?

아누치킨 이웃이어서요. 아주 가까운 이웃이지요.

아리나 판텔레이모노브나 맞은편에 있는 상인 부인 툴루보바야의 집에 사시나 봐요?

아누치킨 아닙니다. 지금은 페스카호에 살지만, 시간이 지나면 이곳으로 이사 와서 이웃이 되고픈 마음이 있습니다.

아리나 판텔레이모노브나 부디 편히 앉으시길 바랍니다. (코치카료프에게 향한다.) 무슨 일로 방문을……?

코치카료프 정말 절 못 알아보시겠어요? (아가피야 티호노브나를 향해) 당신도요, 아가씨?

아가피야 티호노브나 제 기억에는 당신을 본 적이 없는데요.

코치카료프 잘 생각해 보세요. 틀림없이 저를 어디선가 보셨을 텐데요.

아가피야 티호노브나 정말 모르겠어요. 어쩌면 비류시킨 씨 집에서가 아닌가요?

코치카료프 바로 비류시킨 씨 집에서지요.

아가피야 티호노브나 어머, 당신은 그녀에게 무슨 일이 생겼는지 정말 모르시나요?

코치카료프 모르긴요, 시집갔잖아요.

아가피야 티호노브나 아뇨, 차라리 그러면 낫게요. 다리가 부러졌어요.

아리나 판텔레이모노브나 아주 심하게 부러졌지요. 마차를 타고 아주 늦게 집에 돌아오던 길에 마부가 술에 취해 마차에서 떨어진 거예요.

코치카료프 아, 맞다, 뭔가가 있었던 게 생각나요. 혹은 결혼을 했거나 혹은 다리가 부러졌거나.

아리나 판텔레이모노브나 성이 어떻게 되시는지요?

코치카료프 이런, 일리야 포미치 코치카료프이고, 우린 친척이지요. 제 아내가 늘 말하는 게…… 잠시만요, 잠시만요. (포드콜료신의 손을 잡고 끌고 온다.) 제 친구 포드콜료신. 이반 쿠지미치입니다. 7등 문관이고 과장으로 근무하는데 모든 일을 혼자 도맡아 하고 자기 역할을 아주 훌륭하게 완수한 바 있습니다.

아리나 판텔레이모노브나 성이 어떻게 되시는지요?

코치카료프 포드콜료신. 이반 쿠지미치 포드콜료신. 상사는 직책뿐이고, 일은 그가 다 하지요. 이반 쿠지미치 포드콜료신입니다.

아리나 판텔레이모노브나 그렇군요. 부디 편히 앉으세요.

제19장

이들과 상인 스타리코프.

스타리코프 (활기차게 급히 절을 하면서, 상인식으로 가볍게 팔을 옆구리를 대고) 안녕하신가요, 아리나 판텔레예브나. 국영 상점의 아이들 말로, 당신이 질 좋은 털옷을 판다고 해서요!

아가피야 티호노브나 (경멸하는 태도로 돌아서면서 낮은 목소리로, 하지만 그에게 들릴 정도로) 여긴 상점이 아니에요.

스타리코프 이런! 때를 잘못 맞춰 왔군요? 우리 없이 중요한 얘길 하시던 중인가요?

아리나 판텔레이모노브나 어서 오세요, 알렉세이 드미트리예비치, 비록 털옷은 안 팔지만 오셔서 기쁩니다. 편히 앉으시길 바랍니다.

모두 자리를 잡고 앉는다. 침묵.

야이츠니차 요즘 날씨가 참 이상하더군요. 아침엔 한바탕 비가 쏟아질 것 같더니 이젠 다 지나간 것 같아요.

아가피야 티호노브나 네. 정말 날씨가 완전히 달라졌어요. 가끔은 화창하다가, 어떤 때는 비가 엄청나게 오고. 정말 불쾌한 일이에요.

제바킨 시칠리아에선 말이죠, 저희 함대가 봄에 원정을 갔는데, 날씨가 우리 나라의 2월과 비슷했어요. 집을 나설 땐 화창하다가, 비가 좀 올 것 같다 싶으면 진짜 비가 오더라고요.

야이츠니차 무엇보다 불쾌한 것은 그런 날씨에 혼자 지내는 겁니다. 결혼한 사람은 전혀 그렇지 않습니다. 따분하지 않지요. 그러나 혼자 있으면, 이건 그저…….

제바킨 오, 죽음, 완전 죽음이지요.

아누치킨 맞아요. 그렇다고 할 수 있지요…….

코치카료프 얼마나 가슴이 찢어질 듯 아픈지요! 삶이 기쁘지 않을 겁니다. 제발 그런 상황에 놓이지 않기를!

야이츠니차 자 아가씨, 당신이 물건을 골라야 한다면 어떻게 하시겠습니까? 당신의 취향을 알고 싶습니다. 제가 너무 직설적인 것을 용서하십시오. 당신은 어떤 일을 하는 남편이 더 적합하다고 생각하십니까?

제바킨 아가씨, 당신은 거센 파도에 익숙한 사람을 남편으로 얻고 싶지 않으신가요?

코치카료프 아니, 아니에요. 제 견해로 가장 좋은 남편은 혼자 부서 전체를 거의 다 관리하는 사람입니다.

아누치킨 왜 그런 편견을 갖고 계십니까? 왜 당신은, 비록 보병으로 근무했지만 상류 사회의 예의범절을 높이 평가할 줄 아는 사람을 무시하십니까?

야이츠니차 아가씨, 당신이 결정해 주십시오!

아가피야 티호노브나는 침묵한다.

표클라 아가씨, 대답해야지, 그들에게 무슨 말이라도 해.

야이츠니차 어떻습니까, 아가씨?

코치카료프 아가피야 티호노브나, 당신 의견은 어떻습니까?

표클라 (그녀에게 조용히) 말 좀 해, 말 좀. "감사해요"라든가 "매우 만족스러워요"라든가. 그렇게 가만히 앉아만 있는 건 좋지 않아.

아가피야 티호노브나 (조용히) 부끄러워, 정말 부끄러워. 난 나가겠어, 정말 나가겠어. 고모, 나 대신 앉아 줘요.

표클라 아서라, 그렇게 망신스러운 일은 하지 마. 나가지 마. 크게 망신당할 거야. 그들이 뭐라고 생각하겠어.

아가피야 티호노브나 (마찬가지로) 아니, 정말 나갈래. 나갈 거야, 나갈 거야. (뛰쳐나간다. 표클라와 아리나 판텔레이모노브나가 그녀를 따라 나간다.)

제20장

야이츠니차 이게 뭐야, 모두 나가 버렸잖아! 이게 무슨 의미지?

코치카료프 무슨 일이 생겼나 보네요.

제바킨 귀부인의 몸치장에 관한 거라면 뭐든…… 뭐든 바로잡아야 하는 거라면…… 가슴받이에…… 핀을 꽂아야 한다든가.

표클라, 들어온다. 모두 그녀에게 질문한다. "뭐야, 무슨 일이야?"

코치카료프 무슨 일이 생긴 건가?

표클라 무슨 일은요? 아무 일도 안 생겼어요.

코치카료프 그럼 대체 왜 나간 거야?

표클라 그녀를 야단쳐서 그녀가 나간 거예요. 여러분이 완전히 혼을 빼 버리는 바람에 그녀가 자리에 앉아 있을 수가 없었던 거예요. 죄송하지만 저녁에 차를 드시러 와 주세요. (나간다.)

야이츠니차 (혼잣말로) 차는 무슨 차! 바로 이래서 내가 중매를 안 좋아하는 거야. 온갖 난리 법석에, "오늘은 안 되고, 내일 오세요"라고 했다가 다시 모레는 차 마시러 오라고 하니……. 더 생각해 봐야겠어. 이건 쉬운 일이고 머리 싸맬 일이 아니야. 제기랄, 난 공무를 수행하는 몸이라 그럴 시간이 없어.

코치카료프 (포드콜료신에게) 여주인이 전혀 밉상이 아니지, 응?

포드콜료신 그래, 밉상이 아니야.

제바킨 이제 보니 여주인이 아주 예쁘군.

코치카료프 (혼잣말로). 제기랄! 이 바보가 사랑에 빠졌네. 어쩌면 저놈이 훼방을 놓을지도 몰라. (큰 소리로) 전혀 예쁘지 않아, 전혀 예쁘지 않아요.

야이츠니차 코가 커.

제바킨 아뇨, 전 코에서 특별한 것 못 봤어요. 그녀는…… 정말 장미꽃 같아요.

아누치킨 나도 그들과 같은 의견이에요. 아니야, 영 아니야, 영 아니야……. 난 그녀가 상류 사회의 에티켓을 아는지조차 의심스러워요. 게다가 그녀는 프랑스어도 모르는 것 같아요.

제바킨 그럼 외람되지만 당신은 왜 그녀와 프랑스어로 대화를 해 보지 않았습니까? 그녀가 알고 있을지도 모르잖아요?

아누치킨 당신은 제가 프랑스어를 할 줄 안다고 생각하세요? 아니요, 저는 그런 교육을 받을 기회가 없었어요. 제 아버지는 망할 놈의 비열한이었어요. 그는 내게 프랑스어를 가르칠 생각조차 안 했습니다. 저는 그때 아주 어렸고, 배우기가 쉬웠을 텐데. 저를 회초리로 잘만 다스렸다면, 저도 알고 있을 텐데 말이에요, 분명히 알고 있을 텐데 말입니다.

제바킨 당신이 모른다면 그녀가 안다고 해서 그게 당신에게 무슨 소용인가요?

아누치킨 아니, 아니에요. 여자는 전혀 다른 문제예요. 여자는 그걸 알아야 해요. 그렇지 않으면 이도 저도 아니에요…….

야이츠니차 (혼잣말로) 이것에 대해선 그들이나 신경 쓰라고 해. 난 나가서 마당에서부터 사랑채까지 집을 둘러봐야겠어. 모든 게 제대로 되어 있으면, 오늘 저녁에 일을 끝내야지. 이런 어중이떠중이들은 전혀 내 상대가 안 돼. 이자들은 뭐가 아픈 거 아냐? 저런 신붓감을 마다하다니.

제바킨 나가서 파이프나 빨아 볼까. 저, 같이 가지 않으시겠어요? 당신이 어디 사시는지 여쭈어 봐도 될까요?

아누치킨 페스카흐에 있는 페트롭스키 골목입니다.

제바킨 네, 일행이 되겠군요. 전 섬*의 18번가에 사는데, 그래도 당신을 바래다 드리죠.

스타리코프 아니, 음, 뭔가 거만한 데가 있군. 나중에 우리도 기억해 주세요, 아가피야 티호노브나. 여러분, 저는 물러가겠습니다. (절을 하고 나간다.)

제21장

포드콜료신과 코치카료프.

포드콜료신 자, 우리도 가자.

코치카료프 이봐, 정말 여주인이 상냥하지?

포드콜료신 무슨 소리! 솔직히 맘에 안 들어.

코치카료프 제길! 이게 뭐야? 자네도 그녀가 예쁘다고 했잖아.

포드콜료신 그렇긴 한데, 그렇지 않은 것도 같아. 코도 길고, 프랑스어도 못 하잖아.

코치카료프 이건 또 뭔 소리래? 자네에게 프랑스어가 무슨 소용이야?

포드콜료신 그래도 신부라면 프랑스어를 알고 있어야지.

코치카료프 도대체 왜?

포드콜료신 왜냐면…… 나도 왜 그런지는 몰라. 그녀의 모든 게 뭔가 아닌 것 같아서…….

코치카료프 바로 이거군. 방금 바보가 한 말을 곧이곧대로 받아들인 거군. 그녀는 미녀야, 완전한 미녀야. 그런 처자는 어디서도 찾지 못할 거야.

포드콜료신 그래, 처음엔 그녀가 마음에 드는 듯했는데, 사람들이 긴 코, 긴 코라고 말하니까, 내 눈에도 코가 길어 보이는 거야.

코치카료프 에구, 이렇게 둔해 가지곤. 자넨 상황이 어떤지 전혀 모르는 거야. 그들이 자넬 따돌리려고 일부러 트집을 잡은 거라고. 그래서 나도 칭찬하지 않은 거고, 그렇게 된 거야. 자 봐, 얼마나 멋진 처자인가! 자넨 그녀 눈만 살펴봐. 이게 어떤 눈이냐, 눈이 살아 숨 쉬고 말하는 것 같지 않아? 또 코는? 그녀 코에 무슨 문제가 있는지 난 모르겠어. 하얀 피부는 거의 석고 같아! 어떤 석고도 비교가 안 돼. 자네 눈으로 똑똑히 보라고.

포드콜료신 (웃으면서) 이제 다시 보니 그녀가 예쁜 것 같아.

코치카료프 당연히 아름답지. 잘 들어. 이제 그들이 모두 나갔으니까 그녀에게 가서 잘 설명하고 일을 끝내자.

포드콜료신 저, 난 그렇게는 못 해.

코치카료프 왜?

포드콜료신 그런 뻔뻔한 일이 어딨어? 우리는 수가 많으니까, 그녀가 스스로 고르게 해야지.

코치카료프 자네가 그들 걱정을 왜 해? 경쟁이 걱정되는 거 아냐? 내가 단숨에 그들을 전부 쫓아 버리길 바라는 거 아냐?

포드콜료신 자네가 그들을 어떻게 내쫓는단 말야?

코치카료프 그건 내게 맡겨. 다만 내게 약속해. 다시는 발뺌하지 않겠다고.

포드콜료신 왜 약속을 안 하겠어? 좋아. 난 거부하지 않아. 난 결혼하고 싶어.

코치카료프 손 줘!

포드콜료신 (손을 내밀며) 잡아.

코치카료프 자, 내게 필요한 건 바로 이거야.

둘 다 나간다.

제2막

아가피야 티호노브나 집의 방.

제1장

아가피야 티호노브나 혼자 있고, 나중에 코치카료프가 들어온다.

아가피야 티호노브나 정말 선택하기가 이렇게 어려울 줄이야! 한 두 명이면 몰라. 그런데 넷이나 되니…… 내 마음대로 선택해야지. 니카노르 이바노비치는 나쁘지 않아, 물론 빼빼하기는 해도. 이반 쿠지미치도 나쁘지 않아. 사실을 말하자면, 이반 파블로비치 역시 뚱뚱하기는 해도 아주 풍채가 좋은 남자야. 어떻게 하면 좋을까? 발타자르 발타자로비치도 장점이 많은 남자야. 정말 결정하기가 어려워, 얼마나 어려운지 말로 설명하기도 어려워. 만일 니카노르 이바노비치의 입술을 이반 쿠지미치의 코에 붙이고, 발타자르 발타자로비치의 스스럼없는 태도를 조금 붙이고, 여기에 이반 파블로비치의 뚱뚱한 몸을 붙이면 바로 결정할 수 있을 것 같은데. 생각해 보자! 머리가 지끈거리기까지 하네. 제비를 뽑는 것이 가장 좋겠어. 신의 뜻에 모두 맡겨서, 뽑히는 사람이 남편이 되는 거야. 그들 이름을 모두 종이쪽지에 적고 쪽지를 말아야지. 운명에 맡기는 거야. (계속 이야기하면서 작은 테이블에 다가가 거기에서 가위와 종이를 꺼내 종이를 자른 뒤 표를 만들고 둘둘 만다.) 처자에게 이런 불행이 닥치다니, 특히 사랑에 빠진 처자에게 말이야. 남자 중엔 이런 고통을 당하는 사람이 아무도 없지. 그래서 그들은 이걸 이해할 생각도 안 하는 거야. 자, 전부 됐다. 다 됐어! 이제 그것들을 통에 넣고 눈을 감고, 나오는 대로 하는 거야. (표를 핸드백에 넣고 그것을 손으로 뒤섞는다.) 무서워…… 하느님이 만약 니카노르 이바노비치가 나오게 하시면, 아니, 하필 왜 그 사람이야? 이반 쿠지미치가 더 나아. 하필 왜 이반 쿠지미치야? 다른 사람들이 뭐가 못해서? ……아냐, 아냐, 싫어…… 나오는 사람으로 하는 거야. (손으로 핸드백 안을 젓다가 하나가 아니라 모두 다 뽑는다.) 어머나! 다네! 전부 나왔어! 심장이 다 벌렁거리네! 아냐, 한 명만! 한 명만! 반드시 한 명만이야. (표를 핸드백에 넣고 섞는다. 이때 코치카료프가 조용히 들어와 뒤에 선다.) 어휴, 발타자르를 뽑으면……. 이런! 니카노르 이바노비치라고 말한다는 게…… 아냐, 싫어, 싫어. 운명이 누군가를 점지해 주겠지.

코치카료프 이반 쿠지미치를 택하세요. 그가 제일 나아요.

아가피야 티호노브나 어머나! (소리를 지르고 뒤돌아보기를 두려워하면서 두 손으로 얼굴을 감싼다.)

코치카료프 뭘 그리 놀라고 그래요? 놀라지 말아요, 나예요. 정말 이반 쿠지미치를 뽑으세요.

아가피야 티호노브나 어머나, 부끄러워요, 당신이 엿듣다니.

코치카료프 괜찮아요, 괜찮아! 난 당신 친척이니까 내 앞에서는 부끄러워할 거 없어요. 얼굴을 드세요.

아가피야 티호노브나 (반쯤 얼굴을 들고) 정말 부끄러워요.

코치카료프 자, 이반 쿠지미치를 선택하세요.

아가피야 티호노브나 어머나! (소리를 지르고 다시 손으로 얼굴을 감싼다.)

코치카료프 경이로운 사람이고, 자기 일을 완벽하게 해요……. 정말 놀라운 사람이에요.

아가피야 티호노브나 (살짝 얼굴을 들고) 그럼 다른 사람은요? 니카노르 이바노비치는요, 그도 좋은 사람인데요.

코치카료프 그는 이반 쿠지미치에 비하면 쓰레기예요.

아가피야 티호노브나 왜죠?

코치카료프 왜인지는 분명해요. 이반 쿠지미치는 사람이…… 그야말로…… 어디서도 찾아볼 수 없는 사람이니까요.

아가피야 티호노브나 그럼 이반 파블로비치는요?

코치카료프 이반 파블로비치도 쓰레기이고, 그들 모두 쓰레기예요.

아가피야 티호노브나 정말 모두 그렇다고요?

코치카료프 당신이 한번 판단해 보세요, 직접 비교해 보라고요. 여기 이반 쿠지미치가 있어요. 그에 비하면 이반 파블로비치, 니카노르 이바노비치 등은 아무것도 아니에요.

아가피야 티호노브나 하지만 그들은…… 겸손하던데요.

코치카료프 그들이 겸손하다고요! 멍청이들에 가장 난폭한 놈들이죠. 당신은 결혼 다음 날 죽고 싶을 거예요.

아가피야 티호노브나 에구머니, 어떻게 그럴 수가! 그거야말로 불행한 일이죠. 그보다 더 큰 불행은 없을 거예요.

코치카료프 두말하면 잔소리죠! 이보다 나쁜 것은 생각해 낼 수도 없을 거예요…….

아가피야 티호노브나 그럼 당신의 조언대로 이반 쿠지미치를 선택하는 게 가장 나을까요?

코치카료프 이반 쿠지미치, 당연히 이반 쿠지미치지요. (혼잣말로) 일이 잘 풀리는 것 같군. 포드콜료신은 제과점에 앉아 있으니 서둘러 그를 데리러 가야지.

아가피야 티호노브나 그럼 당신 생각에는…… 이반 쿠지미치인가요?

코치카료프 반드시 이반 쿠지미치죠.

아가피야 티호노브나 그럼 다른 분들은 거절해야 하는 건가요?

코치카료프 당연히 거절해야죠.

아가피야 티호노브나 어떻게 그럴 수 있죠? 조금 창피해서요.

코치카료프 그게 왜 창피한 일이에요? 아직 너무 어려서 결혼하기 싫다고 하세요.

아가피야 티호노브나 그들이 믿지 않고 물어보기 시작하면요. 왜 그러느냐, 어떻게 그럴 수가 있냐고요?

코치카료프 당신이 한 번에 일을 끝내고 싶다면, 그냥 이렇게 말하세요. "어서 꺼져, 바보들아!"

아가피야 티호노브나 어떻게 그렇게 말할 수가 있죠?

코치카료프 자, 한번 해 보세요. 그러면 확신하건대 다들 멀리 도망갈 거예요.

아가피야 티호노브나 그건 정말 그들에게 매우 모욕적일 거예요.

코치카료프 당신은 더 이상 그들을 보지 않을 거잖아요, 그럼 상관없는 거잖아요?

아가피야 티호노브나 그래도 뭔가 좋지 않아요. 그들이 정말 화를 낼 거예요.

코치카료프 그들이 화내는 게 뭐 그리 대수예요? 이것 때문에 다른 일이 일어난다면, 그땐 다른 문제지만요. 여기서 무엇보다 중요한 건, 그들 중 누군가가 얼굴에 침을 뱉는다 해도, 그게 전부라는 거예요.

아가피야 티호노브나 그것 보세요!

코치카료프 그게 뭐 그리 대수예요? 실제로 다른 사람들에게 침을 몇 번 뱉은 사람들도 있어요. 제가 아는 한 남자는 아주 잘생기고 뺨이 불그스레한데요, 그가 상사에게 급료를 인상해 달라고 요구하면서 그를 귀찮게 했어요. 그러자 상사가 마침내 참지 못하고 청년의 얼굴에 침을 뱉었어요. "이거나 먹고 떨어져라. 임금 인상 좋아하시네, 사탄 같으니!"라면서요. 그런데 그의 급료가 정말 인상된 거예요. 그러니 침을 뱉는다고 해서 뭐가 어때요? 손수건이 멀리 있으면 문제지만, 그건 늘 호주머니에 있잖아요. 그러니 꺼내서 닦으면 그만인 거예요. (현관 벨이 울린다.) 문을 두드리는군. 그들 중 누구일 거야. 틀림없어. 지금은 그들과 마주치기 싫군요. 당신 집에 다른 문은 없나요?

아가피야 티호노브나 왜요, 뒷문으로 가세요. 하지만 저는 온몸이 부들부들 떨려요.

코치카료프 아무것도 아니에요, 다만 용기를 내세요. 안녕히 계세요. (혼잣말로) 어서 포드콜료신을 데려와야지.

제2장

아가피야 티호노브나와 야이츠니차.

야이츠니차 아가씨, 저는 한가할 때 단둘이 얘기하려고 일부러 조금 일찍 왔습니다. 아가씨, 제 직위로 말할 것 같으면, 당신도 이미 알고 있으리라 생각합니다만, 8등 문관으로 근무하고 상사의 총애를 받고 부하들은 잘 복종하고 있는데, 단 하나가 부족합니다. 바로 삶의 반려자지요.

아가피야 티호노브나 그러시군요.

야이츠니차 이제 저는 삶의 반려자를 찾았어요. 그 반려자는 당신입니다. 바로 말씀해 주십시오, 예입니까 아닙니까? (그녀의 어깨를 바라본다. 혼잣말로) 오, 그녀는 빼빼 마른 독일 여자들하곤 달라, 살집이 좋아.

아가피야 티호노브나 저는 아직 너무 어려서요…… 아직 결혼할 생각이 없어요…….

야이츠니차 이보세요, 그럼 중매쟁이가 뭣 땜에 수고를 하겠어요? 하지만 당신은 뭔가 다른 말씀을 하고 싶어 하는 것 같군요. 설명해 보세요……. (종소리가 들린다.) 제기랄, 일을 하게 내버려 두질 않는군.

제3장

그들과 제바킨.

제바킨 죄송합니다만, 아가씨, 제가 너무 일찍 온 건 아닌지요. (몸을 돌리다가 야이츠니차를 알아본다.) 이런 이미……. 이반 파블로비치, 안녕하신가요.

야이츠니차 (혼잣말로) 안녕이고 뭐고 뒈져 버려라! (소리를 내어) 어떻게 하시겠어요, 아가씨? 한마디만 해 주세요. 예입니까 아닙니까……? (종소리가 들리고, 야이츠니차가 화를 내며 침을 뱉는다.) 또 벨 소리야!

제바킨 예입니까 아니면 아닙니까……?

야이츠니차 예입니까 아니면 아닙니까……? (문을 열고 아누치킨이 들어온다.)

제4장

그들과 아누치킨.

아누치킨 아가씨, 전 예의범절상 허용되는 것보다 조금 일찍 왔습니다. (다른 이들을 보자 외마디 소리를 지르고 절을 한다.) 안녕하십니까?

야이츠니차 (혼잣말로) 안녕은 너나 먹어라! 악마가 널 데려온 거야, 네 가날픈 다리나 부러져라! (큰 소리로) 아가씨, 어떻게 하시겠어요. 저는 공직에 있는 사람이라 시간이 별로 없어요. 예입니까 아닙니까?

아가피야 티호노브나 (당혹스러워하며) 필요 없어요…… 필요 없어요……. (혼잣말로) 내가 무슨 말을 하는지 나도 모르겠네.

야이츠니차 뭐가 필요 없다는 겁니까? 어떤 의미에서 필요 없다는 겁니까?

아가피야 티호노브나 아무것도 아니에요, 아무것도…… 전 아무것도……. (용기를 내서) 썩 꺼져……! (혼잣말로, 손뼉을 치면서) 에구머니나! 내가 어떻게 그런 말을 했지?

야이츠니차 어떻게 썩 꺼지라는 겁니까? 이게 무슨 의미인가요, 썩 꺼지라는 게? 당신이 무슨 의미로 이 말씀을 한 건지 알고 싶군요. (팔을 옆구리에 대고 그녀에게 무섭게 다가간다.)

아가피야 티호노브나 (그의 얼굴을 보고 소리친다.) 으악, 사람 살려, 사람 살려!

그녀가 뛰쳐나간다. 야이츠니차가 입을 벌리고 서 있다. 아리나 판텔레이모노브나가 고함 소리를 듣고 뛰어나왔다가, 그의 얼굴을 보고 역시 "으악, 사람 살려!"라며 고함치고 뛰쳐나간다.

야이츠니차 이 여자가 도대체 어떻게 된 거야! 희한한 일일세!

문에서 종소리가 울리고 목소리가 들린다.

코치카료프 목소리 자, 들어와, 들어와. 뭘 그리 망설이는 거야?

포드콜료신 목소리 네가 먼저 들어가. 난 잠깐 옷을 단정하게 할게. 바지 끝의 끈이 풀렸어.

코치카료프 목소리 또 빠져나가려는 거지.

포드콜료신 목소리 아니, 안 빠져나가! 아니야, 안 빠져나가!

제5장

그들과 코치카료프.

코치카료프 저, 친구가 바지 끈을 바로 매야 해서요.

야이츠니차 (그를 향해서) 말씀 좀 해 보세요. 신부가 바보 아닌가요?

코치카료프 무슨 일이죠? 무슨 일이 있었나요?

야이츠니차 네, 이해할 수 없는 행동을 하는군요. 급히 뛰쳐나가면서, "사람 살려, 사람 살려!"라며 고함을 질렀어요! 도무지 영문을 모르겠군요.

코치카료프 네, 이건 그녀에게 흔히 있는 일입니다. 그녀는 바보예요.

야이츠니차 말씀해 보세요. 당신은 그녀의 친척인가요?

코치카료프 네, 친척이지요.

야이츠니차 어떤 관계인지 알 수 있을까요?

코치카료프 사실, 전 잘 몰라요. 제 어머니의 이모가 그녀 아버지에게 무슨 뻘이 되거나, 그녀 아버지가 우리 이모의 무슨 뻘이 되거나……. 그 관계에 대해선 내 아내가 잘 알아요. 이건 그들의 일이니까요.

야이츠니차 그녀가 바보짓을 한 지 오래됐소?

코치카료프 아주 어릴 때부터 그랬어요.

야이츠니차 물론 그녀가 똑똑하면 더 좋겠지요. 그러나 바보도 좋아요. 재산 목록이 제대로만 돼 있으면.

코치카료프 하지만 그녀 소유는 하나도 없습니다.

야이츠니차 어떻게 그럴 수가 있죠? 그럼 석조 건물은요?

코치카료프 모두 겉만 번지르르한 거예요. 돌로 지었다지만 어떻게 지었는지 알 수가 없어요. 벽은 벽돌 한 장씩만 쌓아 올리고 그 속엔 온갖 쓰레기, 나뭇조각, 대팻밥 등으로 가득하지요.

야이츠니차 뭐라고요?

코치카료프 정말입니다. 요즘 집을 어떻게 짓는지 잘 모르시나

보군요? 이 집은 짓자마자 저당 잡힌 겁니다.

야이츠니차 하지만 집은 저당이 안 잡혀 있던데요?

코치카료프 누가 그렇게 말하던가요? 문제는 바로 이겁니다. 저당 잡혀 있을 뿐 아니라 2년간 이자도 갚지 못했다는 거예요. 원로원에 아직 이 집에 눈독을 들이는 형제가 있는데, 세상에 그런 파렴치한도 없을 겁니다. 생모에게서 마지막 치마까지 벗긴 저주받을 놈이지요.

야이츠니차 이 중매쟁이 할망구가 어떻게 나한테……. 이런 나쁜 년, 인간 말종 같으니라고……. (혼잣말로) 하지만 그가 거짓말하는 건지도 몰라. 노파에게 꼬치꼬치 캐물어 봐야겠어! 만일 그게 사실이면…… 인정사정없이 두들겨 패 줄 테다.

아누치킨 이런 질문으로 괴롭혀서 죄송합니다. 솔직히 저도 프랑스어를 몰라서 여자가 프랑스어를 하는지 못하는지 판단하기가 아주 어려워서요. 이 집 여주인이 프랑스어를 아는가요……?

코치카료프 하나도 몰라요.

아누치킨 무슨 말씀을?

코치카료프 어떻게 아냐고요? 전 아주 잘 압니다. 그녀는 제 아내와 함께 중학교를 다녔는데, 알아주는 게으름뱅이에다가, 매일 바보 같은 모자를 쓰고 다녔어요. 프랑스어 선생님도 그녀를 회초리로 때렸고요.

아누치킨 생각해 보면, 그녀를 처음 보는 순간 저도 그녀가 프랑스어를 모를 거라는 예감이 들었어요.

야이츠니차 무슨 얼어 죽을 놈의 프랑스어! 에이, 망할 놈의 중매쟁이……. 에휴, 이런 악마, 마녀! 그녀를 무슨 말로 묘사해야 할지 모르겠네! 화가, 완전히 화가야! "돌 기단에 있는 집, 사랑채." 또 뭐랬지, "은수저, 썰매." 썰매를 즐겁게 타라고 했겠다? 한마디로 소설에서도 그렇게 멋진 페이지는 찾아보기 어려울 거야. 이런 늙은 구두창 같은 년! 내 눈에 걸리기만 해 봐라…….

제6장

그들과 표클라. 그녀를 보자 모두 다음과 같이 말하면서 그녀에게 향한다.

야이츠니차 아! 저기 있군! 이리 와, 이 늙은 사기꾼아! 썩 이리 오라니까!

아누치킨 당신이 날 속였지요, 표클라 이바노브나?

코치카료프 썩 나와, 바르바라, 재판소로 가자!

표클라 한마디도 못 알아듣겠네. 귀청 떨어지겠어.

야이츠니차 벽돌 한 장으로 지은 집을 갖고, 늙은 구두창아, 네가 거짓말을 한 거지. 다락방도 있다더니, 무슨 얼어 죽을 다락방이야.

표클라 난 몰라요, 내가 지은 게 아니니까요. 벽돌 한 장으로 지었다면 그럴 만하니까 그랬겠죠.

야이츠니차 게다가 저당도 잡혔다며! 저주받을 마녀 같으니, 악마들이 널 잡아먹기를! (발을 구르며)

표클라 그러는 넌 뭔데! 고마워하진 못할망정 욕을 퍼붓고. 자길 위해 수고한 것에 만족하고 감사해야 할 판에.

아누치킨 자, 표클라 이바노브나, 당신이 내게 그녀가 프랑스어를 할 줄 안다고 했지.

표클라 알아, 다 안다고. 독일어건, 어떤 언어건. 기본적인 예의범절도 뭐든 다 잘 안다고.

아누치킨 아니, 그녀는 러시아어만 하는 것 같던데.

표클라 그게 뭐가 나빠요? 러시아어로 하면 더 이해가 잘되니까 러시아어로 하는 거지요. 그녀가 바수르만*어로 말하면 당신에겐 그게 더 나쁜 거예요, 하나도 이해하지 못할 테니까. 러시아어에 대해선 해석을 할 필요도 없어요, 익히 잘 아는 말이니까. 많은 성자들이 러시아어로 말하기도 했고요.

야이츠니차 이리 와, 저주받을 년, 이리 오라니까!

표클라 (문 가까이에 숨으면서) 안 가. 내가 모를 줄 알고. 넌 덩치가 커서 아무 이유 없이 날 박살 내고 말 거야.

야이츠니차 두고 보자, 그냥 두지 않겠어. 너를 경찰에 고소할 테다. 명예로운 사람들을 속이면 어떻게 되는지 똑똑히 알게 될 거야. 두고 봐! 신부에게 말해. 그녀는 비열한이라고! 들었어? 꼭 말해. (나간다.)

표클라 이놈 좀 보게! 저렇게 무섭게 화를 내다니! 저렇게 뚱뚱한 놈은 찾아보기도 어려울 거야. 너야말로 비열한이야, 바로 너라고!

아누치킨 솔직히, 이봐요, 난 당신이 그렇게 사람을 속일 거라고는 생각도 못 했어요. 대단한 교육을 받은 신붓감인 줄 알았는데, 난…… 내 다리로 여기 오지도 않았을 거요. 그렇다는 거예요. (나간다.)

표클라 이자들이 이상한 걸 처먹었거나 술에 취한 거야. 멍청한 것들이 잔뜩 나타났어! 멍청한 교육으로 정신이 나간 거야!

제7장

표클라, 코치카료프, 제바킨.

코치카료프가 표클라를 보고 손가락으로 그녀를 가리키면서 배꼽을 잡고 웃는다.

표클라 (화를 내며) 왜 그렇게 소리를 내는 거야?

코치카료프, 계속 웃는다.

표클라 제길, 정신이 나갔군!

코치카료프 중매쟁이 봐라! 중매쟁이 봐라! 중매의 달인이라면 일을 어떻게 하는지 알아야지! (계속 웃는다.)

표클라 왜 이렇게 웃어 대? 죽은 네 어미가 널 낳을 때 정신이 나갔었나 보군. (화를 내며 나간다.)

제8장

코치카료프, 제바킨.

코치카료프 (계속 웃으면서). 어휴, 배꼽 빠지게 웃느라 힘이 다 빠졌네. 더 웃다가는 배가 터질 것 같아. (계속 웃는다.)

제바킨, 그를 바라보며 같이 웃기 시작한다.

코치카료프 (피곤한 듯 의자에 털썩 주저앉으며) 에휴, 정말 힘이 다 빠졌네. 더 웃다가는 배꼽이 빠지겠어.

제바킨 저는 당신의 유쾌한 성격이 마음에 듭니다. 우리 볼디레프 대위의 대대에는 안톤 이바노비치 페트로프라는 해군 소위 후보생이 있었는데 그도 당신처럼 유쾌한 성격이었지요. 심지어 그에게 손가락 하나만 이렇게 까딱해도 그는 갑자기 웃기 시작해서 한밤중까지 웃어 댔어요. 그를 보다 보면 저도 우스워져서, 마침내, 저도 덩달아 웃게 됐지요.

코치카료프 (숨을 가다듬고). 휴우, 하느님, 우리 죄인을 용서하소서! 그 바보가 무슨 생각을 한 거야? 그녀가 장가를 보내 주기나 하겠어! 바로 내가 장가보내 주겠어, 내가!

제바킨 아니겠죠? 당신이 진짜로 장가보내 줄 수 있어요?

코치카료프 두말하면 잔소리죠. 누구든 누구에게든.

제바킨 그렇다면 나를 이 집 안주인에게 장가보내 주세요.

코치카료프 당신을요? 당신은 왜 장가들려고 하는 건가요?

제바킨 아니, 왜라니요? 질문이 조금 이상하다고 말하고 싶군요. 왜인지는 이미 잘 알고 계실 텐데요.

코치카료프 이봐요, 그녀에게 혼수가 전혀 없다는 말을 들으셨잖아요.

제바킨 물론 이건 바보 같은 짓이죠, 물론 이건 어리석죠. 하지만 이렇게 사랑스러운 처자라면, 그녀의 행동거지라면 혼수 없이도 지낼 수 있어요. 작은 방……. (손으로 모양을 그리면서) 이렇게 여기 작은 현관, 크지 않은 가리개나 이런 종류의 칸막이를 치면…….

코치카료프 그녀의 뭐가 마음에 든 거죠?

제바킨 솔직히 말하면 그녀가 통통한 게 마음에 들어요. 저는 통통한 여성을 아주 좋아하거든요.

코치카료프 (그를 곁눈질로 보면서 혼잣말로) 자기는 완전히 꼴불견이구먼. 담배를 털어 낸 담뱃갑 같아 가지곤. (큰 소리로) 아니, 당신은 절대 결혼할 수 없어요.

제바킨 왜 그렇죠?

코치카료프 그저 그래요. 당신 체구가 어떤지 보세요, 우리끼리 이야긴데, 새 다리란 말예요…….

제바킨 새 다리요?

코치카료프 물론이에요. 자기 모습을 한번 잘 보세요!

제바킨 하지만 어째서 새 다리라는 거지요?

코치카료프 그냥 새 다리니까요.

제바킨 하지만 이건 제 인격을 두고 하시는 말씀 같군요…….

코치카료프 정말이지, 제가 이렇게 얘기하는 건 당신이 분별 있는 분이란 걸 알기 때문이에요. 다른 사람에게는 그런 말을 하지도 않아요. 당신을 다른 여인에게 장가보내 드리죠.

제바킨 아뇨, 절 다른 여인에게 장가보내 달라고 부탁하는 게 아닌데요. 제발 이 여인에게 장가가게 해 주세요.

코치카료프 좋아요. 결혼시켜 드리죠. 단, 조건이 있어요. 당신은 절대로 방해하지 말고, 신부 눈에도 띄지 말아야 해요. 당신 없이 제가 다 알아서 할게요.

제바킨 하지만 어떻게 저 없이 모든 걸 다 하시겠단 말인가요? 하다못해 제가 그녀의 눈에 뜨이기라도 해야 될 것 같은데요.

코치카료프 전혀 필요 없어요. 집에 가서 기다리세요. 오늘 저녁에 전부 결정될 거예요.

제바킨 (손을 비벼 대며) 거 좋군요. 그런데 신상명세서나 근무 경력이 필요하지 않을까요? 아마도 신부가 흥미를 보일 것 같은데요. 한달음에 그걸 갖고 올게요.

코치카료프 아무것도 필요 없어요. 그냥 집에 가 계세요. 제가 오늘 당신에게 알려 드릴 테니까요. (그를 배웅한다.) 절대로 그렇게는 안 될 거야! 그런데 이건 뭐야? 포드콜료신은 왜 안 오는 거야? 하지만 이상하네. 정말 그가 여태 바지 끈을 매고 있는 거야? 그를 데리러 뛰어갔다 와야 하지 않을까?

제9장

코치카료프와 아가피야 티호노브나.

아가피야 티호노브나 (안을 살피면서) 갔어요? 아무도 없어요?

코치카료프 갔어요, 갔어. 아무도 없어요.

아가피야 티호노브나 휴우, 제가 얼마나 벌벌 떨었는지 당신이 아신다면! 이런 일은 제게 결코 없었어요. 하지만 야이츠니차는 얼마나 무서운 사람인가요! 그는 아내에게 엄청난 폭군이 될 거예요. 근데 왠지 그가 지금 돌아올 것만 같아요.

코치카료프 오, 절대 안 돌아올 거예요. 그들 중 누구든지 여기에 다시 코를 들이밀면, 내 손에 장을 지지겠어요.

아가피야 티호노브나 그런데 세 번째는요?

코치카료프 세 번째라니요?

제바킨 (고개를 문으로 내밀면서) 그녀가 나에 대해 그 작은 입으로 뭐라고 말을 할지 알고 싶어 미치겠어……. 정말 장미꽃 같아!

아가피야 티호노브나 저 발타자르 발타자로비치 씨는요?

제바킨 바로 그거야! 바로 그거야! (손을 비빈다.)

코치카료프 쳇, 당신 정신이 나갔군요! 당신이 누구 얘길 하는 건가 생각했어요. 그잔 영락없이 앞뒤가 꽉 막힌 멍텅구리예요.

제바킨 아니, 이게 뭐야? 솔직히 전혀 이해가 안 돼.

아가피야 티호노브나 하지만 보기에 매우 좋은 사람 같던데요.

코치카료프 술주정뱅이예요!

제바킨 맙소사, 이해할 수 없어.

아가피야 티호노브나 정말 그가 술주정뱅이란 말예요?

코치카료프 그럼요, 온 세상이 다 아는 비열한이에요.

제바킨 (큰 소리로) 아냐, 제발, 난 당신에게 그렇게 말해 달라고 부탁한 게 아니에요. 내게 유리하게 말해 주고 칭찬을 하면 몰라, 이런 식으로 이런 말로 다른 사람에 대해 설명한다면 몰라. 하지만 난 유순한 하인이란 말예요.

코치카료프 (혼잣말로) 그가 어쩌자고 돌아온 거야? (아가피야 티호노브나에게 작은 소리로) 저봐요, 저봐. 다리로 몸을 가누지도 못하잖아요. 그는 날마다 이렇게 휘청거릴 거예요. 그를 쫓아 버려요. 흔적도 없이 사라지게! (혼잣말로) 근데 포드콜료신은 왜 이렇게 안 오는 거야? 이런 비열한 놈! 그에게 복수하겠어. (나간다.) 이반 쿠지미치! 이반 쿠지미치!

제10장

아가피야 티호노브나와 제바킨.

제바킨 (혼잣말로) 나를 칭찬해 주겠다고 약속하고서 나를 욕하다니! 아주 이상한 사람이야! (큰 소리로) 아가씨, 그 말을 믿지 마세요…….

아가피야 티호노브나 죄송합니다, 제가 몸이 안 좋아서요…… 머리가 아프네요. (나가고 싶어 한다.)

제바킨 하지만 저의 뭔가가 당신 마음에 들지 않는 건 아닌가요? (머리를 가리키며) 여기 머리털이 조금 빠지긴 했지만 신경 쓰지 마세요. 이건 아무것도 아니에요, 이건 열병 때문이고, 지금 머리카락이 자라고 있어요.

아가피야 티호노브나 제겐 당신 머리에 뭐가 있건 상관없어요.

제바킨 아가씨, 만일 제가…… 검은 연미복을 입는다면 얼굴색도 더 하얘질 거예요.

아가피야 티호노브나 그게 당신에겐 더 낫겠네요. 안녕히 가세요! (나간다.)

제11장

제바킨 혼자 그녀에게 뒤에서 말한다.

제바킨 아가씨, 제발 이유를 말해 주세요. 뭣 때문이죠? 왜 그런 거죠? 아니면 제게 어떤 본질적인 결함이 있는 건 아닌가요……? 나갔어! 아주 이상한 일이야! 벌써 열일곱 번째야, 그것도 거의 같은 방식으로. 처음에는 잘되는 듯하다가, 최후에 결말을 지을 때가 되면 퇴짜를 맞는 게. (생각에 잠겨 방을 거닌다.) 그래…… 이게 벌써 열일곱 번째 신붓감이야! 하지만 그녀는 뭘 원하는 걸까? 그녀가 무슨 이유로 이러는 걸까? (잠시 생각에 잠겨) 막막해, 정말로 막막해! 내 외모가 못났으면 이해라도 해. (자기 몸을 둘러본다.) 내가 못난 건 아닌 것 같은데. 다행히, 내 외모는 못나지 않았어. 그러면 집에 가서 상자를 뒤져 보는 게 어떨까? 거기에 시집이 있고, 그 시에 안 넘어가는 여자가 없을 테니까……. 정말, 머리론 이해가 안 돼. 처음엔 다 잘되는 것 같았는데…… 내가 포기하는 게 낫겠어. 안타깝구나, 정말 안타까워. (나간다.)

제12장

포드콜료신과 코치카료프.

코치카료프 그는 우릴 알아보지 못했어. 그자가 코가 석 자나 빠져서 나가는 것 봤지?

포드콜료신 그도 정말 다른 사람들처럼 같은 방식으로 거절당했단 말이야?

코치카료프 단칼에.

포드콜료신 (자기만족의 웃음을 지으며) 하지만 거절당하면 엄청 당혹스럽겠어.

코치카료프 두말하면 잔소리지!

포드콜료신 난 아직도 못 믿겠어. 그녀가 다른 구혼자보다 나를 더 좋아한다고 바로 말했다니.

코치카료프 더 좋다고 말했다 뿐인가! 그녀는 자네를 미치도록 좋아해. 그런 사랑에는 어떤 이름이든 붙일 수 있고, 그런 열정은 그냥 끓어오르는 거야.

포드콜료신 (자기만족을 느끼며 웃는다.) 정말이지 여자란 눈에 콩깍지가 씌면 아무 말이나 늘어놓는다니까. 평생 나는 그런 말은 생각도 못 할 거야. '강아지, 애벌레, 귀염둥이, 검둥이…….'

코치카료프 이 말들이 전부가 아냐! 결혼하고 나면, 처음 두 달간은 어떤 말들이 나오는지 자네도 알게 될 거야. 이봐, 그저 모든 게 사르르 녹을 거야.

포드콜료신 (웃는다.) 정말인가?

코치카료프 명예를 걸고! 잘 들어. 이제 본론으로 들어가자. 그녀에게 설명하고 바로 마음을 열어 보이고 청혼해.

포드콜료신 아니, 어떻게 지금 당장? 자네 어떻게 된 건가!

코치카료프 반드시 바로 이 순간……. 마침 그녀가 직접 나오는군.

제13장

코치카료프 아가씨, 보시다시피 한 연약한 인간을 당신에게 데려왔습니다. 이제껏 그토록 사랑에 빠진 사람을 본 적이 없어요. 하느님, 이렇게 강렬한 사랑은 보내지 마소서, 적에게도 바라지 않아요…….

포드콜료신 (그의 손을 치면서 조용히) 이봐, 자네, 너무 심한 것 같아.

코치카료프 (그에게) 괜찮아, 괜찮아. (그녀에게 조용히) 좀 더 용기를 내요. 그는 너무 순진하니까, 최대한 스스럼없이 대해 봐요. 어떻게 눈썹을 움직이든가 눈을 내리뜨고 갑자기 그의 혼이 나가게 해 봐요, 아니면 그에게 어떻게든 어깨를 보여 봐요. 이 비열한 놈이 그걸 볼 수 있게! 그런데 당신은 왜 짧은 소매 옷을 입지 않은 거예요? 하지만 이것도 좋아요. (큰 소리로) 자, 난 당신들이 유쾌한 교제를 나누도록 나가 있을게요! 난 잠깐 당신 식당과 부엌으로 가서 다음 일이 잘 처리되고 있는지 살펴보겠어요. 이제 저녁을 주문한 웨이터가 올 거예요. 포도주도 와 있을 거예요…… 안녕! (포드콜료신에게) 더 용기를 내, 더 용기를 내! (나간다.)

제14장

포드콜료신과 아가피야 티호노브나.

아가피야 티호노브나 부디 편하게 앉으세요.

둘이 앉고, 침묵한다.

포드콜료신 아가씨, 당신은 타는 걸 좋아하시나요?

아가피야 티호노브나 타는 거라니요?

포드콜료신 별장에서 여름에 배를 타는 건 참 유쾌하거든요.

아가피야 티호노브나 네, 가끔 아는 분들과 산책을 해요.

포드콜료신 올해 여름은 어떨지 모르겠습니다.

아가피야 티호노브나 네 좋은 여름이기를 바라요.

둘 다 침묵한다.

포드콜료신 아가씨, 당신은 어떤 꽃을 가장 좋아하시나요?

아가피야 티호노브나 향이 짙은 것요, 특히 패랭이꽃요.

포드콜료신 여인에겐 꽃이 참 잘 어울립니다.

아가피야 티호노브나 네, 보기에 유쾌하죠.

침묵.

아가피야 티호노브나 지난 주일엔 어느 교회에 가셨는지요?

포드콜료신 보스네센스키 교회에 갔습니다. 그전 주일에는 카잔 사원에 갔고요. 하지만 어느 교회에 가든 기도하는 것은 똑같습니다. 다만 카잔 사원 장식이 더 훌륭하기는 하지요.

둘 다 침묵한다. 포드콜료신이 손가락으로 탁자를 두드린다.

포드콜료신 이제 곧 예카테린고프* 축제가 다가오겠군요.

아가피야 티호노브나 네, 한 달 뒤인 것 같아요.

포드콜료신 한 달도 안 될 겁니다.

아가피야 티호노브나 틀림없이 산책이 재밌을 거예요.

포드콜료신 오늘이 8일이지요. (손가락으로 셈을 한다.) 9일, 10일, 11일…… 12일 뒤입니다.

아가피야 티호노브나 정말 곧 오겠네요!

포드콜료신 전 오늘은 세지도 않았습니다.

침묵.

포드콜료신 러시아인은 얼마나 용감한 민족인가요!

아가피야 티호노브나 어떻게요?

포드콜료신 노동자들 말입니다. 꼭대기에 서 있더라고요……. 제가 건물을 지나가는데, 미장이가 높은 곳에서 미장일을 하면서 조금도 두려워하지 않더군요.

아가피야 티호노브나 네. 그건 어느 곳에 있죠?

포드콜료신 제가 날마다 부서에 출근할 때 다니는 길에 있습니다. 저는 매일 아침 근무지로 걸어가거든요.

침묵. 포드콜료신이 다시 손가락으로 두드리기 시작하다가 마침내 모자를 쥐고 작별 인사를 한다.

아가피야 티호노브나 벌써 가시게요……?

포드콜료신 네, 당신을 따분하게 해 드린 것 같아서 죄송합니다.

아가피야 티호노브나 무슨 말씀을! 오히려 이렇게 시간을 보낸 것에 대해 제가 감사를 드려야죠.

포드콜료신 (웃으면서) 정말로, 제가 따분하게 해 드린 것 같습니다.

아가피야 티호노브나 아, 정말, 아니에요!

포드콜료신 아니라고요?

아가피야 티호노브나 아니에요!

포드콜료신 저, 만일 아니라면, 제가 언제든지 저녁에 들러도 될까요……?

아가피야 티호노브나 저는 정말 좋아요.

서로 인사하고, 포드콜료신 나간다.

제15장

아가피야 티호노브나 혼자 남는다.

아가피야 티호노브나 얼마나 훌륭한 분이야! 나는 이제야 그를 알게 됐어. 정말 사랑하지 않을 수가 없어, 겸손하기도 하고 분별도 있으셔. 그의 친구가 지금까지 한 말이 다 맞아. 다만 이렇게 빨리 떠나신 게 마음이 아프네, 그분 이야기를 좀 더 듣고 싶었는데. 그분과 얘기하는 게 얼마나 유쾌한가 말야! 가장 중요한 건 절대로 쓸데없는 말을 하지 않으신다는 거야. 나도 그에게 몇 마디 더 하고 싶었는데, 그래, 솔직히, 내가 부끄러워져서, 가슴이 뛰기 시작했어. 얼마나 뛰어난 분인가 말야! 가서 고모에게 얘기해야지. (나간다.)

제16장

포드콜료신과 코치카료프, 들어온다.

코치카료프 왜 집에 가는 거야? 무슨 헛소리! 집에 왜 가는 거야?

포드콜료신 내가 왜 여기 남아 있어야 하나? 난 가야 한다고 이미 말하지 않았나.

코치카료프 그녀에게 자네 마음을 열어 보였어?

포드콜료신 아니,아직 마음을 열어 보이지 못했어.

코치카료프 이게 무슨 일이래? 왜 안 보여 준 거야?

포드콜료신 한마디 말도 없다가 갑자기 뜬금없이 "아가씨, 당신과 결혼하게 해 주세요!"라고 말하라니, 자네는 어떻게 그런 걸 바랄 수 있는가?

코치카료프 그럼, 너희들은 뭐에 대해, 어떤 헛소리를 30분이나 나눈 거야?

포드콜료신 우린 모든 것에 대해 얘기를 나눴고, 솔직히 난 아주 만족했어. 대단히 만족스럽게 시간을 보냈어.

코치카료프 자, 들어 봐. 그러고 나서 이 일을 어떻게 성사시킬 것인지 자네가 직접 판단해. 한 시간 뒤 교회에 가서 결혼식을 해야 해.

포드콜료신 자네, 정신 나갔나? 오늘 결혼식을 하다니!

코치카료프 왜 안 되나?

포드콜료신 오늘 결혼식을 하다니!

코치카료프 자네가 직접 약속하지 않았나. 신랑감들을 모두 내쫓으면 바로 장가갈 준비가 됐다고 했잖아.

포드콜료신 뭐, 이제 와서 말을 뒤집진 않겠어. 다만 지금 당장은 아냐. 적어도 한 달은 여유를 줘야지.

코치카료프 한 달이라고!

포드콜료신 그래, 물론.

코치카료프 자네 정신 나간 거 아냐?

포드콜료신 한 달 이하로는 절대 안 돼.

코치카료프 난 웨이터에게 저녁을 주문했다고, 이 먹통아! 자, 들어 봐, 이반 쿠지미치, 고집 피우지 마, 귀여운 친구야, 지금 결혼해.

포드콜료신 제발, 자네 무슨 소리를 하는 거야? 지금 어떻게 한단 말야?

코치카료프 이반 쿠지미치, 부탁해. 자신을 위해 원하지 않는다면, 적어도 나를 위해서라도 해 줘.

포드콜료신 정말 안 돼.

코치카료프 가능해. 이봐, 모두 가능해. 자, 제발 변덕 부리지 마, 귀염둥이야!

포드콜료신 정말, 안 돼. 마음이 불편해, 아주 불편해.

코치카료프 뭐가 불편한데? 누가 자네에게 그런 말을 하던가?

자네 스스로 판단해 봐. 자넨 똑똑한 친구야. 자네에게 아첨하려고 이 말을 하는 게 아냐, 자네가 관청 문관이어서가 아니야. 다만 사랑하는 마음에서 얘기하는 거야……. 자, 이제 충분해, 귀염둥이야. 결정해, 분별 있는 사람의 눈으로 보라고.

포드콜료신 그렇게 할 수 있다면, 나도…….

코치카료프 이반 쿠지미치! 사랑스러운 친구, 상냥한 친구! 내가 자네 앞에 무릎 꿇기를 바라는 거야?

포드콜료신 제발, 왜 그러나……?

코치카료프 (무릎을 꿇으며) 자 봐, 내가 무릎을 꿇었지! 직접 봐 봐. 자네에게 부탁해. 자네의 배려는 영원히 잊지 않을게, 고집 피우지 마, 귀염둥이야!

포드콜료신 아니, 안 돼. 이봐, 정말 안 돼.

코치카료프 (화를 내며 일어선다.) 돼지 같은 놈!

포드콜료신 그럼 욕하고 싶은 대로 해.

코치카료프 어리석은 놈! 세상에 자네 같은 바보는 절대 없을 거야!

포드콜료신 욕하게, 욕해.

코치카료프 내가 지금까지 누굴 위해 애쓴 거야, 무엇 때문에 싸운 건데? 모두 자네를 위해서라고, 바보야. 이게 내게 무슨 상관이야? 난 이제 자네에게서 손 떼겠어. 나와 무슨 상관이야?

포드콜료신 누가 자네에게 신경 써 달라고 부탁이나 했나? 제발 손 떼게.

코치카료프 자넨 실패할 거야. 나 없인 아무것도 못 할 거야. 널 결혼시켜 주지 않으면 넌 평생 바보 천치로 남을 거야.

포드콜료신 자네에게 그게 무슨 상관이야?

코치카료프 난 널 위해 애를 쓰는 거야, 이 닭대가리 같은 놈아.

포드콜료신 난 자네 도움을 원하지 않아.

코치카료프 그럼 악마한테나 꺼져!

포드콜료신 좋아, 그럼 가겠어.

코치카료프 그게 네가 갈 길이야!

포드콜료신 그럼 갈게.

코치카료프 꺼져, 꺼져. 가다가 다리나 콱 부러져라. 술 취한 마부가 수레째로 네 목구멍을 조이기를 온 마음으로 바라겠어! 이건 쓰레기지 관리가 아냐! 이제 우리 사이는 모두 끝났다고 맹세해. 다시는 내 눈앞에 나타나지 마!

포드콜료신 그래 안 나타날게. (나간다.)

코치카료프 마귀에게, 네 오랜 친구에게나 가라. (문을 열고 그를 향해 뒤에서 소리친다.) 바보 천치!

제17장

코치카료프 혼자, 심하게 흥분해서 방 안을 오간다.

코치카료프 원 세상에 어떻게 저런 녀석이 다 있지? 에라이 바보 천치야! 솔직히 말하면 나도 잘한 게 없지. 자, 말씀해 보세요, 여러분이 하는 말을 그대로 전할게요. 제가 바보 아닌가요, 어리석지 않냐고요? 제가 뭣 때문에 싸우고 고함치면서 목이 탈 정도로 애쓴 거죠? 그가 제게 뭔지 말해 보세요? 친척인가요? 제가 그에게 뭔데, 유모, 이모, 시어머니, 대모라도 되나요? 왜 하필이면, 뭣 때문에, 뭣 때문에 제가 그를 위해 애쓰고, 마음 졸이는 거죠. 마귀가 그를 데려가 버렸으면! 왜 그러는지 도무지 알 수가 없어요! 가서 아무나 잡고 물어보세요, 그가 무엇이건 그걸 왜 하는지! 에라이, 비열한 놈! 얼마나 추하고 비열한 낯짝이냐 말야! 너같이 멍청한 녀석을 잡으면 네 코, 귀, 입, 이, 어느 곳 할 것 없이 쥐어박아야 해. (화를 내며 허공에 대고 몇 번 쥐어박는다.) 제일 화나는 건 그가 밖으로 나가면서 별로 고통스러워하지도 않을 거라는 거야. 그에겐 이게 거위가 몸에서 물을 터는 일밖에 안 될 거라는 거야. 바로 그걸 못 참겠어. 그는 제 집 침대에 누워서 파이프나 뿜어 대겠지? 이런 역겨운 놈! 이보다 더 역겨운 낯짝은 생각할 수도 없어, 이보다 더 추한 낯짝은 상상할 수도 없어. 정말이지, 상상할 수도 없어. 안 되겠다. 가서 억지라도 그를 돌려세워야지. 게으른 놈! 못 빠져나가게 할 거야. 비열한 놈을 끌어오고 말 테다! (뛰어나간다.)

제18장

아가피야 티호노브나, 들어온다.

아가피야 티호노브나 정말 이렇게 가슴이 뛰다니, 말로 설명하기가 어려워. 어디로 돌아서건 사방에 이반 쿠지미치가 있어. 그래 맞아, 운명은 결코 피할 수 없는 거야. 지금까지 완전히 다른 것을 생각하려고 해도, 뭐든 해 보려고 해도, 뜨개질실을 감으려고 해도, 핸드백을 실로 뜨려고 해도 이반 쿠지미치가 계속 눈앞에 어른거려. (침묵하다가) 결국 이렇게 내 삶에 변화가 오겠구나. 나를 교회로 데리고 가겠지……. 그다음엔 남자와 단둘이 남겨지겠지……. 이크! 온몸이 다 떨리네. 안녕, 나의 처녀 시절아. (운다.) 얼마나 많은 해를 편안히 보냈던가……. 그렇게 살았지, 그렇게 살았어……. 이제 결혼을 해야 하는구나! 얼마나 걱정 근심이 많아질까. 아이들, 사내애들은 싸움을 해 댈 거고, 계집애들도 생기겠지. 계집애들이 자라면 시집을 보내야지. 좋은 사람에게 시집보내면 좋은 일이지만, 술주정뱅이나 가진 건 뭐든 당장 카드에 걸려는 사람에게 가면 큰일이야! (점차 다시 흐느끼기 시작한다.) 처녀 시절을 제대로 즐기지도 못하고 처녀로 27년을 다 채우지도 못하고……. (목소리를 바꾸어) 그런데 이반 쿠지미치는 왜 이리 오래 미적거리시는 걸까?

제19장

아가피야 티호노브나와 포드콜료신. 코치카료프가 두 손으로 포드콜료신을 문에서 밀친다.

포드콜료신 (말을 더듬거리면서) 제가 당신에게 온 것은 아가씨, 한 가지 설명할 일이 있어서입니다……. 그런데 먼저, 이런 모습이 당신에게 이상해 보이지 않을지 미리 알고 싶습니다.

아가피야 티호노브나 (눈을 내리뜨고서) 그게 뭔가요?

포드콜료신 아닙니다, 아가씨, 먼저 말씀해 주세요. 당신에게 이상해 보이진 않나요?

아가피야 티호노브나 (마찬가지로 눈을 내리뜨고서) 그게 뭔지, 알 수가 없군요.

포드콜료신 하지만 솔직히 말해 주세요. 제가 말하는 것이 당신에게 이상해 보이겠지요?

아가피야 티호노브나 이상할 게 뭐 있나요, 절대로 아니에요. 당신 말씀을 듣는 건 아주 유쾌해요.

포드콜료신 하지만 당신은 이런 얘길 결코 들어 보지 못했을 겁니다. (아가피야 티호노브나가 눈을 더 낮게 내리뜬다.) 그게 뭐냐면……. 아니, 다음에 당신에게 말씀드리는 편이 더 낫겠어요.

아가피야 티호노브나 저, 도대체 그게 뭔가요?

포드콜료신 저, 이건…… 솔직히 제가 지금 당신에게 말씀드리고 싶은 게 있는데, 그것을 말씀드려도 될지 아직 모르겠습니다.

코치카료프 혼자 팔짱을 끼면서

코치카료프 오 하느님 맙소사, 이건 도대체 어떻게 생긴 인간입니까! 이건 늙은 할망구 같은 인간 말종이지 인간이 아니야, 인간에 대한 조롱이고 인간에 대한 풍자야.

아가피야 티호노브나 당신은 뭣 때문에 망설이시는 건가요?

포드콜료신 그저 왠지 망설이게 됩니다.

코치카료프 (소리 내어) 이건 바보 같은 짓이야, 바보 같은 짓이야! 자, 아가씨, 보세요. 그는 당신에게 청혼하고 있는 거예요. 그는 당신 없이는 살 수가 없고 존재할 수도 없다고 말하고 싶은 거예요. 당신이 그를 행복하게 해 주는 데 동의하냐고 묻고 있는 거라고요.

포드콜료신 (거의 당황해서, 그를 툭 치며 조용히 말한다.) 이봐, 자네 뭐라고 하는 거야!

코치카료프 아가씨, 어떠세요? 당신은 이 연약한 인간에게 행복을 주기로 결정하시겠어요?

아가피야 티호노브나 제가 행복을 줄 수 있을 거라고 감히 생각하기는 어려워요……. 하지만 전 동의해요.

코치카료프 당연하죠, 당연하죠. 오래전에 그랬어야죠! 여러분, 손을 주세요.

포드콜료신 잠깐만. (그의 귀에 대고 뭔가 말하려고 한다. 코치카료프가 그에게 주먹을 보이고 인상을 찌푸린다. 포드콜료신이 손을 내민다.)

코치카료프 (두 사람의 손을 모으고) 자, 신이 그대들을 축복하시길! 나는 동의하고, 여러분의 결합을 승인합니다. 결혼이란 무슨 일인고 하니…… 이건 마부를 불러서 어디로 가는 것 같은 일이 아닙니다. 이건 전혀 다른 종류의 의무이고, 이건 의무입니다……. 다만 지금은 내게 시간이 없으니까, 그게 어떤 의무인지는 나중에 자네에게 말해 주지. 자, 이반 쿠지미치, 신부에게 입 맞추게. 자넨 이제 이걸 할 수 있어. 자넨 이걸 해야만 해. (아가피야 티호노브나가 눈을 내리뜬다.) 괜찮아, 괜찮아, 아가씨. 이건 그렇게 해야 하는 거예요. 입맞춤하게 해 줘요.

포드콜료신 아니, 아가씨, 잠시만요, 잠시만요. (그녀에게 입맞춤하고 그녀의 손을 잡는다.) 얼마나 아름다운 손인가! 아가씨, 당신의 손은 어쩜 그리도 아름다운가요……! 아가씨만 괜찮다면, 전 당장 결혼식을 올리고 싶어요, 지금 당장.

아가피야 티호노브나 지금이라고요? 이건 너무 빠른 것 같은데요.

포드콜료신 듣고 싶지도 않아요. 당장, 최대한 빨리 결혼식을 치르고 싶어요.

코치카료프 브라보! 좋았어! 고상한 친구야! 솔직히 난 언제나 자네 미래에 대해 많은 걸 기대하고 있었어! 아가씨, 정말 서둘러서 지금 빨리 옷을 입으세요. 솔직히 말하면 이미 사륜마차를 부르고 손님들도 초대했어요. 그들 모두 지금 곧장 교회로 갔어요. 당신은 결혼식 예복을 준비해 뒀지요, 잘 알아요.

아가피야 티호노브나 물론이죠, 진작 준비했지요. 금방 갈아입을게요.

제20장

코치카료프와 포드콜료신.

포드콜료신 이봐, 정말 고마워! 이제야 자네의 수고가 보이는군. 내 아버지도 자네만큼은 나를 위해 이렇게 해 주지는 못할 거야. 자네가 우정에서 힘써 준 게 보여. 이봐, 고마워, 자네 수고는 영원히 기억하겠어. (감동에 차서) 다음 봄에는 반드시 자네 부친의 산소를 찾아가겠어.

코치카료프 괜찮아, 이봐, 나도 기뻐. 자, 가만있어 봐, 키스할게. (그의 한쪽 뺨에 키스하고, 또 다른 뺨에도 키스한다.) 신의 은혜로 만사형통하길. (서로 키스한다.) 만족하며 번영을 누리기를. 아이도 많이 낳고…….

포드콜료신 이봐, 정말 고마워. 정말, 마침내, 이제야 삶이 무언지 알았어. 내 앞에 완전히 새로운 세상이 펼쳐진 거야. 이제 보니 모든 것이 약동하고 살아가고 느끼고 이렇게 불타오르고, 이렇게, 뭐가 어떻게 된 건지 나도 잘 모르겠어. 예전에는 이걸 전혀 보지 못했고, 전혀 이해하지 못했어. 난 어떤 지식도 없는 인간이었어. 분별하지 않고, 깊게 생각하지 않고, 그저 다른 사람들이 사는 것처럼 산 거야.

코치카료프 기쁘네, 기뻐. 난 이제 가서 식탁을 어떻게 차렸는지 살펴만 보고 곧 돌아올게. (혼잣말로) 만일의 경우를 대비해 모자를 숨기는 편이 낫겠어. (모자를 집어 들고 간다.)

제21장

포드콜료신 혼자.

포드콜료신 정말, 난 지금까지 뭐였지? 삶의 의미를 이해하고는 있었나? 이해하지 못했어, 전혀 이해하지 못했어. 그래서 내 독신 생활은 어땠지? 난 무엇에 의미를 두고 뭘 해 온 거지? 그냥 생활하고, 관청을 오가며 근무하고, 먹고 자고……. 한마디로 이 세상에서 아주아주 공허하고 평범한 사람이었어. 이제야 결혼하지 않은 사람들이 얼마나 어리석은지 내 눈에 보여. 자세히 보면 정말 얼마나 많은 사람들이 그런 눈먼 상태에 있는지……. 내가 어디서든 왕이 된다면 난 모두에게 결혼하라고 명령하겠어. 완전히 모두에게 명령해서 내 국가에는 독신이 한 사람도 없게 하겠어……. 정말, 생각해 보니, 몇 분 후면 결혼한 몸이 되는 거야. 정말 동화에나 나오고 말로 표현할 수도, 표현할 말을 찾을 수도 없는 그런 행복을 갑자기 맛보게 되겠지. (약간 침묵한 후) 그런데 이것에 대해 잘 생각해 보니, 왠지 무서워지는군. 평생을, 영원토록 어떻게든 자신을 얽어매고, 그다음엔 물릴 수도, 후회할 수도, 아무것도, 아무것도 할 수 없게 되면, 모든 게 결정되고, 모든 게 끝나는 거야. 심지어 이제는 뒤로 물러설 수도 없게 돼. 몇 분 후 결혼식장에 서면, 떠나는 건 불가능해지지. 거기엔 사두 사륜마차도 있고, 모든 게 준비돼 있어. 근데 정말 떠날 수는 없는 걸까? 무슨 소리, 당연히 안 되지. 저기 문과 도처에 사람들이 있고, 그들이 물어볼 거야. 왜 그러냐고? 결코, 안 돼. 그런데 저기 창문이 열려 있군. 창문 밖으로라면 어떨까? 아냐, 불가능해. 무슨 소릴, 예의가 아니야, 그리고 높기도 해. (창문으로 다가간다.) 그렇게 높진 않군. 그저 기단(基壇) 하나 높이에, 그것도 낮아……. 아니야, 무슨 소릴, 내겐 챙 모자도 없잖아. 모자가 없는데 어떻게 해? 예의가 아니지. 하지만 정말 모자 없이는 안 되는 걸까? 한번 시도해 보는 건 어떨까, 응? 한번 시도해 보면 안 될까? (창문에 서서, "신이여, 축복해 주소서!"라고 말하고는 거리로 뛰어내린다. 무대 밖으로 '오우' 하는 신음 소리가 들린다.) 오우! 하지만 높구나! 어이, 마부!

마부 목소리 어디로 모실까요?

포드콜료신 목소리 세묘놉스키 다리 근처에 있는 카나프카로.

마부 목소리 네, 에누리 없이 10코페이카입니다요.

포드콜료신 목소리 좋아! 가자! (멀리 떠나가는 마차 소리가 들린다.)

제22장

아가피야 티호노브나 (결혼식 드레스 차림으로 수줍어하며, 고개를 숙이고 들어온다.) 내 마음이 어떻게 되는 건지 나도 잘 모르겠어. 다시 부끄러워지고, 온몸이 떨리네. 아이 참! 그가 잠시라도 지금 방에 없었으면, 그가 뭔가를 위해 밖으로 나갔으면! (수줍어하며 주위를 둘러본다.) 그런데 그는 어딨지? 아무도 없네. 그가 어디로 간 거지? (입구 쪽 문을 열고 그쪽에 대고 말한다.) 표클라, 이반 쿠지미치가 어디 갔어?

표클라 목소리 거기 있잖아.

아가피야 티호노브나 거기가 어디야?

표클라 (들어오면서) 여기 이 방에 있었는데.

아가피야 티호노브나 그는 여기 없어, 자네도 보다시피.

표클라 그는 방에서 나가지도 않았어. 내가 입구에 계속 앉아 있었다고.

아가피야 티호노브나 그럼 그가 어딨는 거지?

표클라 나도 어딨는지 몰라. 다른 출구를 통해 뒷문으로 나갔거나 아니면 아리나 판텔레이모노브나 방에 가 있는 거 아닐까?

아가피야 티호노브나 고모! 고모!

제23장

같은 곳, 아리나 판텔레이모노브나.

아리나 판텔레이모노브나 (옷을 곱게 차려입고) 무슨 일이야?

아가피야 티호노브나 이반 쿠지미치랑 함께 있지 않아요?

아리나 판텔레이모노브나 아니, 그는 여기 있어야 맞지만, 내게 오지 않았어.

표클라 글쎄, 그는 입구에도 없었어. 내가 계속 앉아 있었다고.

아가피야 티호노브나 그는 여기에도 없어요, 다들 보듯이.

제24장

그들과 코치카료프.

코치카료프 무슨 일이에요?

아가피야 티호노브나 이반 쿠지미치가 없어요.

코치카료프 없다니? 나갔어요?

아가피야 티호노브나 아니요, 나가지도 않았어요.

코치카료프 어떻게 된 거야? 여기도 없고, 나간 것도 아니라니?

표클라 그가 어떻게 없어졌는지 아무리 생각해도 모르겠어. 난 입구에 내내 앉아 있었고, 자리를 뜨지 않았다고.

아리나 판텔레이모노브나 그는 뒷계단으로도 갈 수 없었어.

코치카료프 어떻게 된 일이야, 제기랄! 방에서 나가지 않고서는 사라질 수가 없는데. 어디 숨은 건 아닐까? 이반 쿠지미치? 자네 어딨는 거야? 장난 그만 쳐, 이제 됐어. 당장 나와! 장난이 너무 지나치지 않아? 교회 갈 시간이 이미 지났다고! (책장 뒤를 살펴보고, 눈으로 힐끔 의자 밑도 살펴본다.) 이해가 안 되네! 아냐, 그는 나갈 수도 없었어. 결코 그럴 수 없었어. 그는 여기 있어. 이 방에 모자도 있잖아. 내가 그걸 일부러 저기 뒀는걸.

아리나 판텔레이모노브나 그럼 하녀에게 물어봐야겠군. 그녀가 내내 길거리에 있었으니까 뭘 알지도 몰라……. 두냐시카! 두냐시카!

제25장

그들과 두냐시카.

아리나 판텔레이모노브나 이반 쿠지미치 씨가 어디 계신지 보지 못했어?

두냐시카 네, 그가 창문으로 뛰어내렸어요…….

아가피야 티호노브나가 소리를 지르고 손을 부딪친다.

세 명이 같이 창문으로?

두냐시카 네, 뛰어내린 뒤에는 마부를 불러서 떠났어요.

아리나 판텔레이모노브나 너, 있는 그대로 말하는 거야?

코치카료프 거짓말이야, 그럴 리 없어!

두냐시카 정말이에요, 뛰어내렸어요! 저기 잡화점 상인도 봤어요. 마부에게 10코페이카를 지불하기로 하고 떠났다고요.

아리나 판텔레이모노브나 (코치카료프에게 다가가며) 이봐요, 우릴 조롱하려는 거예요, 뭐예요? 내 60 평생을 살면서 이런 수치는 처음이라고요. 당신이 정직한 사람이라면, 이번 일로 당신 얼굴에 침을 뱉어도 할 말이 없을 거예요. 당신이 정직한 사람이라면, 이 일 이후에 당신을 비열한이라고 불러도 할 말이 없을 거예요. 온 세상 앞에서 아가씨를 망신시켜도 유분수지! 내가 남자라면 이렇게는 안 할 거예요. 게다가 꼴에 귀족이라니! 당신네 귀족이란 부도덕하고 사기 치는 일에만 명수라니까! (화를 내며 신부를 데려간다. 코치카료프는 넋이 나간 듯 서 있다.)

표클라 뭐라고? 이러고도 일을 제대로 할 줄 안다고? 중매쟁이 없이 결혼식을 올릴 수 있다고? 내게 옷이 너덜너덜해진 어중이떠중이 신랑감은 있어도, 창문으로 뛰어내리는 그런 놈은 없어. 이만 가겠어.

코치카료프 이건 헛소리야, 이게 아냐. 내가 뛰어가서 그를 다시 데려오겠어! (나간다.)

표클라 네가 가서 데려온다고? 중매란 게 뭔지 잘 모르나 보지? 그가 문으로 뛰어나갔다면 그건 다른 문제지. 하지만 신랑이 창문으로 뛰쳐나갔다면, 그냥 "안녕히 가세요"인 거라고!

도박꾼*

— 아주 오래전에 있었던 일

도시 주막의 방.

제1장

이하레프가 자신의 하인 가브류시카와 주막집 하인 알렉세이와 함께 들어온다.

알렉세이 어서 오십시오, 어서 오세요! 바로 이게 묵으실 방입니다! 가장 편안한 방이고, 소음도 전혀 없습니다.

이하레프 소음이 없다니, 기마 부대나 준마가 내는 것 같은 소음이 없다는 거겠지.

알렉세이 벼룩에 대해 말씀드려도 될까요? 안심하십시오. 벼룩과 빈대가 손님을 문다면, 그건 저희의 불찰입니다. 저희가 책임지겠습니다.

이하레프 (가브류시카에게) 마차에서 짐 가져와.

가브류시카, 나간다.

이하레프 (알렉세이에게) 자네 이름이 뭔가?

알렉세이 알렉세이입죠.

이하레프 그래 잘 들어. (의미심장한 표정으로) 주막에 지금 누가 묵고 있는지 말해 봐.

알렉세이 네, 지금 많이 묵고 있습죠. 방이 거의 다 찼으니까요.

이하레프 정확히 누가 있지?

알렉세이 표트르 이바노비치 시보흐네프, 크루겔 대령, 스테판 이바노비치 우테시텔니.

이하레프 카드 치나?

알렉세이 네, 벌써 6일 내내 카드를 치고 있습죠.

이하레프 2루블 받아! (그에게 준다.)

알렉세이 (절하면서) 정말 감사합니다.

이하레프 나중에 더 줄 거야.

알렉세이 정말 감사합니다.

이하레프 그들은 자기들끼리 카드 치나?

알렉세이 아니요. 최근에 아르투놉스키 중위를 탈탈 털었고, 셴킨 공작에게서는 3만 6천 루블을 땄습지요.

이하레프 10루블 한 장 더 주지! 정직하게 일해 주면 더 받을 거야. 솔직히 말해 봐. 자네가 카드를 샀나?

알렉세이 아니요, 그들이 직접 같이 구했습죠.

이하레프 누구한테서?

알렉세이 네, 여기 상인 바흐라메이킨에게서요.

이하레프 거짓말, 거짓말이야, 사기꾼 같으니!

알렉세이 에구, 맙소사.

이하레프 좋아. 나중에 더 얘기하지.

가브류시카가 작은 상자를 들고 온다.

이하레프 그거 여기 둬. 이제 가서 내가 씻고 면도할 수 있게 준비해.

하인들 나간다.

제2장

이하레프 혼자 남고, 카드 세트가 가득 든 작은 상자를 연다.

이하레프 생긴 게 어때, 응? 카드 세트 하나하나가 금덩이야. 하나하나 땀 흘리고 수고해서 얻은 거라고. 말이야 쉽지, 아직도 눈에 망할 놈의 반점이 있어. 하지만 이거야말로 자본이야. 아이들에게 유산으로 물려줄 수 있고! 바로 이거야, 소중한 카드 세트, 진주나 다름없어! 그래서 그녀에게 이름도 붙여 줬지, 아델라이다 이바노브나. 귀여운 아가씨, 내게 일을 잘해 줘. 네 언니가 해 준 것처럼, 다시 내게 8만 루블을 벌어 줘. 그럼 시골에 도착했을 때 모스크바에 주문해서 너의 대리석 기념비를 세워 줄게.

소음을 듣고 서둘러 작은 상자를 닫는다.

제3장

알렉세이와 가브류시카가 대야, 세면대, 수건을 가지고 온다.

이하레프 이 신사들은 지금 어디 있나? 집 안에 있나?

알렉세이 넵, 그들은 지금 홀에 있습지요.

이하레프 홀에 가서 그들이 어떤 작자들인지 살펴봐야겠군. (나간다.)

제4장

알렉세이와 가브류시카.

알렉세이 저, 먼 곳에서 왔나?

가브류시카 랴잔에서.

알렉세이 그럼 그 지역 출신인가?

가브류시카 아니, 스몰렌스크현 출신이야.

알렉세이 그렇군. 그럼 영지는 스몰렌스크현에 있는가?

가브류시카 아니. 스몰렌스크에 없어. 스몰렌스크에 농노 100명하고 칼루가에 80명 있어.

알렉세이 알았어. 즉 두 현에 영지가 있는 거군.

가브류시카 그래, 두 현에. 우리는 하인만 해도 식당에서 일하는 이그나티, 전에 나리와 함께 다닌 파블루시카, 하인 게라심, 역시 하인인 이반, 개지기 이반, 음악가 이반, 그리고 요리사 그리고리, 요리사 세묜, 정원사 바루흐, 마부 데멘티가 있어. 우리에겐 그만큼 있어.

제5장

하인들, 크루겔, 시보흐네프. 조심스럽게 들어온다.

크루겔 그가 여기서 우리를 발견하지나 않을까 정말 겁나는군.

시보흐네프 괜찮아. 스테판 이바노비치가 그를 붙잡고 있으니까. (알렉세이에게) 자넨 가 봐, 자넬 불러!

알렉세이, 나간다. 시보흐네프, 서둘러 가브류시카에게 다가간다.

시보흐네프 나리는 어디에서 온 건가?

가브류시카 네, 이번에는 랴잔에서죠.

시보흐네프 지주인가?

가브류시카 지주지요.

시보호네프 카드 치나?

가브류시카 카드 치지요.

시보호네프 여기 10루블 지폐를 주지. (그에게 지폐를 준다.) 다 말해 봐!

가브류시카 저, 나리에겐 말하지 않으시는 거죠?

두 사람 아니, 전혀. 겁내지 말게!

시보호네프 그는 어떤가? 카드에서 이기는가? 엉?

가브류시카 네, 체보타료프 대령을 모르시나요?

시보호네프 몰라, 왜?

가브류시카 3주 전에 그에게서 현금으로 8만 루블 따고, 바르샤바제 마차, 작은 상자, 또 양탄자를 따고, 또 그놈에게서 딴 금견장을 팔아 6백 루블을 벌었지요.

시보호네프 (크루겔을 의미심장하게 바라보며) 뭐? 8만 루블이라고?

크루겔이 고개를 흔든다.

시보호네프 그가 사기 쳤다고 생각해? 이제 우리가 알아보지. (가브류시카에게) 말해 봐. 나리가 집에 혼자 있을 때, 뭘 하시는가?

가브류시카 뭘 어떻게 하겠어요? 뭘 하는지 뻔하지요. 그는 나리니까 아주 점잖게 지내지요. 아무것도 안 하세요.

시보호네프 거짓말이야. 손에서 카드를 놓지 않고 있을 거야.

가브류시카 전 모르겠어요. 저는 나리와 함께 지낸 지 2주일밖에 안 돼서요. 그전에는 파블루시카가 늘 같이 다녔지요. 우리에겐 하인 게라심, 다시 하인 이반, 사냥개지기 이반, 음악가 이반, 마부 데멘티가 있고, 최근에 시골에서 한 명을 데려왔어요.

시보흐네프 (크루겔에게) 그가 사기 도박꾼이라고 생각하나?

크루겔 거의 그런 것 같아.

시보흐네프 어쨌든 시험해 봐야지.

두 사람 나간다.

제6장

가브류시카 혼자 있다.

가브류시카 민첩한 신사들이야! 돈을 줘서 감사합니다. 마트료나에게 머리 장식을 사 주고, 망나니들에겐 과자를 돌려야지. 아, 길을 따라 돌아다니며 사는 게 마음에 들어! 항상 뭔가를 얻거든. 나리가 뭘 사라고 보낼 때마다 1루블에서 10코페이카씩 챙길 수 있어. 신사들이 세상 사는 법을 보면 참 대단해! 어디든 원하는 대로 다니니 말야! 스몰렌스크에서 싫증 나면 랴잔으로 가고, 랴잔으로 가기 싫으면 카잔으로 가고. 카잔에 가기 싫으면 야로슬라블로 굴러가면 되고. 다만 이 중 어느 도시가 더 특별한지 아직 모르겠어, 랴잔일까 카잔일까? 카잔이 더 특별할 거야. 왜냐면 카잔엔…….

제7장

이하레프, 가브류시카, 그다음 알렉세이.

이하레프 그들에겐 특별한 게 전혀 없는 것 같아. 하지만…… 아, 그들을 빈털터리로 만들고 싶어! 제기랄, 정말 털고 싶구나! 생각만 해도 가슴이 두근거려. (솔을 들고, 거울 앞에 앉아 면도를 하기 시작한다.) 손이 떨려서 면도를 할 수가 없네.

알렉세이가 들어온다.

알렉세이 식사를 시키지 않으시겠어요?

이하레프 좋아, 좋아. 네 사람분 전채 요리를 가져와. 캐비아, 연어, 포도주 네 병. (가브류시카를 가리키며) 이제 그에게 먹을 걸 줘.

알렉세이 (가브류시카에게) 부엌으로 가 보세요. 거기에 당신을 위해 준비해 놨어요.

가브류시카가 나간다.

이하레프 (계속 면도하면서) 잘 들어! 그들이 자네에게 많이 줬나?

알렉세이 누구 말씀인지요?

이하레프 자, 발뺌하지 말고, 말해!

알렉세이 넵. 일해 주는 대가로 돈을 주었습죠.

이하레프 얼마나? 50루블?

알렉세이 네, 50루블 주었습죠.

이하레프 내게선 50루블이 아니라, 자, 봐, 탁자에 100루블이 있어. 가져가. 근데 왜 겁을 내고 그래? 자넬 무는 것도 아닌데. 네게 원하는 건 다른 게 아니야. 그저 정직하기만 하면 돼, 이해하겠어? 카드를 바흐라메이킨에게서 구하건 다른 상인에게서 구하든 그건 내가 상관할 바 아냐. 다만 그 위에 내 카드 세트도 얹어 줘. (그에게 포장된 카드 세트를 건넨다.) 이해하지?

알렉세이 그러믄입쇼, 어떻게 이해를 못 하겠습니까? 절 믿으세요. 이건 이미 우리 일인 거죠.

이하레프 그래 카드를 잘 숨겨. 자네를 뒤지거나, 그걸 알아보지 못하게. (솔과 비누를 놓고 수건으로 닦는다.)

알렉세이 나간다.

이하레프 잘돼야 할 텐데, 아주 잘돼야 할 텐데. 아, 정말이지 그들을 한 방 먹이고 싶어 미치겠군.

제8장

이하레프의 방에 시보흐네프, 크루겔, 스테판 이바노비치 우테시텔니가 인사하며 들어온다.

이하레프 (그들에게 맞절하며) 죄송합니다. 보시다시피 방구석이 누추합니다. 의자 네 개가 전부이고요.

우테시텔니 주인의 따뜻한 환대가 어떤 안락함보다 더 가치가 있지요.

시보흐네프 어떤 방이냐보다는 착한 사람들과 함께 사는지가 더 중요한 법이지요.

우테시텔니 바로 그렇지요. 전 교제 없이는 살 수 없습니다. (크루겔에게) 이봐, 내가 어떻게 여기 왔는지 기억나나? 혈혈단신으로 왔지. 상상해 보세요. 아는 사람이 아무도 없었어요. 여주인은 노파죠. 계단에는 최고의 불량품으로 태어난 마루 닦는 청소부가 있고, 그녀 주위엔 막돼먹은 놈, 틀림없이 한 푼도 없는 군바리가 얼쩡거리고……. 한마디로 따분해 죽을 지경이었지요. 그런데 갑자기 운명이 바로 이자를 보내 주고, 그다음엔 이 사람, 저 사람을 보내 주고……. 그러니 제가 얼마나 기뻤겠어요! 정말 정다운 사람들과의 교제 없이는 한순간도 지낼 수 없으니까요, 그렇게는 못 해요. 마음에 있는 건 뭐든 누구에게든 말할 작정입니다.

크루겔 이봐, 그건 자네의 결함이야, 장점이 아니고. 지나치면 해가 되지. 자넨 사람들에게 속은 게 아마 한두 번이 아닐걸.

우테시텔니 그래, 속았지, 속았어. 또 항상 속을 거야. 그래도 솔직하게 터놓지 않고는 살 수가 없는걸.

크루겔 솔직히 나는 이해가 안 돼. 누구와도 터놓고 지내다니. 하지만 우정은 별개의 문제지.

우테시텔니 그래, 하지만 사람은 사회에 속해야 해.

크루겔 속하기는 하지만, 전부는 아니야.

우테시텔니 아냐, 전부야.

크루겔 아냐, 전부는 아니야.

우테시텔니 아냐, 전부야.

크루겔 아냐, 전부는 아냐.

우테시텔니 아냐, 전부야!

시보흐네프 (우테시텔니에게) 싸우지 마. 자네가 틀린 거야.

우테시텔니 (열을 내며) 아냐, 증명해 보이겠어. 이건 의무야……. 이건, 이건, 이건, 이건 직무야! 이건, 이건, 이건…….

시보흐네프 체, 허튼소리를 해 대는군! 지나치게 열을 내고. 그가 말하는 내용은 처음 한두 마디는 알아듣지만, 그다음엔 도무지 이해할 수가 없어.

우테시텔니 난 그럴 수 없어, 그럴 수 없어! 의무나 도리에 관한 한, 난 아무 기억도 안 날 정도야. 난 보통 미리 알려 주지. "여러분, 만일 그와 비슷한 주제가 나오면, 죄송하지만 전 완전히 몰입해 버려요, 정말 몰입해 버려요." 정말 취한 거나 다름없고, 얼굴이 누렇게 뜨고, 달아오르곤 하지.

이하레프 (혼잣말로) 아냐, 친구! 우리는 '의무'라는 말에 몰입하고 쉽게 달아오르는 사람들을 잘 알아. 너도 얼굴이 누렇게 뜬 것 같긴 한데, 꼭 이런 경우만은 아닐 거야. (소리를 내서) 자, 여러분, 성스러운 의무에 대한 논쟁을 하기 전에 우리가 잠시 자리에 앉아 카드 내기를 하면 어떻겠습니까?

그들이 말하는 동안 탁자에 아침 식사가 준비된다.

우테시텔니 그러시죠. 큰판만 아니라면 왜 못 하겠습니까?

크루겔 전 순수한 만족을 결코 뿌리치지 않지요.

이하레프 그런데 이 주막에 카드가 있는가요?

시보흐네프 아, 주문만 하십시오.

이하레프 카드 가져와!

알렉세이가 카드 테이블을 준비한다.

이하레프 그건 그렇고 여러분, 좀 드시지요! (손으로 전채 요리를 가리키며 요리에 다가간다.) 훈제된 생선은 별로인 것 같지만, 캐비아는 그런대로 괜찮네요.

시보흐네프 (입에 한 조각 넣고서) 아뇨, 훈제된 생선도 괜찮은데요.

크루겔 (마찬가지로) 치즈도 좋아요. 캐비아도 나쁘지 않고요.

시보흐네프 (크루겔에게) 2주 전에 우리가 얼마나 좋은 치즈를 먹었는지 기억나나?

크루겔 아냐. 나는 표트르 알렉산드로비치 알렉산드로프 집에서 먹은 치즈를 평생 잊지 못할 거야.

우테시텔니 존경하는 여러분, 치즈는 언제 먹는 게 좋을까요? 바로 한 끼를 먹고 나서 그다음 끼니를 게걸스럽게 먹을 때지요. 바로 거기에 그것의 진정한 의미가 있는 거예요. 착한 병참 장교가 "환영합니다, 여러분, 아직 자리가 있습니다"라고 말할 때는 별 차이가 없는 거예요.

이하레프 여러분, 환영합니다. 탁자에 카드가 준비되었습니다.

우테시텔니 (카드 테이블에 다가가며) 아, 여기 있군. 오랜만이야, 오랜만이야! 들었어, 시보흐네프? 카드라고, 아! 몇 년 만인가…….

이하레프 (혼잣말로) 흥, 수작 좀 작작 부려라……!

우테시텔니 당신은 판돈을 걸고 하고 싶소?

이하레프 크게는 말고 5백 루블로 하지요. 패를 나누어도 될까요? (패를 나눈다.)

게임이 시작된다. 격앙된 소리들이 울려 퍼진다.

시보흐네프 4, 에이스, 10 두 장.

우테시텔니 이봐, 나한테 카드 세트를 줘 봐. 우리 현지사 나리의 행복을 위해서 카드를 고르고 싶군.

크루겔 9를 더해 주시죠.

우테시텔니 시보흐네프, 분필 줘. 내가 적고 기록할 테니.

시보흐네프 제기랄, 두 배 걸겠어!*

우테시텔니 5루블 더 얹겠어!

크루겔 판돈 걸지 마! 가만있자, 카드 세트에 3이 두 개 더 있어야 할 것 같은데.

우테시텔니 (의자에서 일어나며 혼잣말로) 제기랄, 뭔가 이상해. 카드가 달라. 아주 확실해.

카드가 계속된다.

이하레프 (크루겔에게) 어떻게 하시겠어요, 두 분은 계속하세요?

크루겔 둘 다 합니다.

이하레프 판돈을 올리지 않으시겠어요?

크루겔 아뇨.

이하레프 (시보흐네프에게) 당신은 어때요? 판돈을 안 걸 건가요?

시보흐네프 이 판은 접고 기다릴게요. (자리에서 일어나 서둘러 우테시텔니에게 다가가서 바로 말한다.) 이봐, 제기랄! 원하는 대로 다 바꿔 치고 있어. 일류 도박꾼이야!

우테시텔니 (흥분해서) 하지만 8만 루블을 포기할 셈이야?

시보흐네프 물론, 가질 수 없을 때는 포기해야지.

우테시텔니 자, 어떻게 될지 모르지만, 일단 그와 터놓고 얘기해 보자!

시보흐네프 어떻게?

우테시텔니 그에게 전부 털어놓는 거야.

시보흐네프 뭣 때문에?

우테시텔니 나중에 말해 줄게, 가자.

둘이 이하레프에게 다가가 양편에서 그의 어깨를 친다.

우테시텔니 장전한 무기를 쓸데없이 낭비하는 일은 이제 그만하시죠!

이하레프 (전율하면서) 뭐라고요?

우테시텔니 설명할 게 뭐 있어요. 자기와 같은 부류를 못 알아보겠어요?

이하레프 (조심스럽게) 그 말을 어떻게 받아들여야 할지 설명을 해 주시죠.

우테시텔니 네, 간단해요. 더 말할 것도 격식을 차릴 것도 없어요. 우린 당신의 솜씨를 알아보았고, 그 가치를 공정하게 인정해요. 믿으세요. 우리 친구들을 대표해서 우정 어린 협력을 제안하는 바입니다. 우리의 지식과 자본을 합하면 각자 하는 것과는 비교가 안 될 정도로 큰 성공을 거둘 겁니다.

이하레프 당신 말의 진실성을 제가 어느 정도까지 받아들여야 할까요……?

우테시텔니 바로 이 정도까지지요. 우린 진정성에 대해서는 진정성으로 보답해요. 우리가 당신을 속여서 판돈을 털 작당을 했다는 걸 솔직히 인정해요, 당신을 평범한 사람으로 생각했으니까요. 하지만 이제 보니 당신은 최고의 비법을 터득하고 있군요. 우리의 우정을 받아들이지 않으시겠어요?

이하레프 그런 기쁜 제안은 거절할 수 없지요.

우테시텔니 여러분! 이제 서로에게 손을 내밉시다.

모두 즉시 교대로 이하레프의 손을 잡는다.

우테시텔니 이제부터 모든 걸 함께 나누고, 가식과 격식은 모두 집어치웁시다! 언제부터 그런 깊은 지식을 알아냈는지 알려 줄 수 있나요?

이하레프 솔직히, 전 아주 어린 시절부터 이것에 집중했어요. 학교 다닐 때 선생님의 수업 중에도 책상 밑으로 친구들에게 판돈을 걸고 카드를 했지요.

우테시텔니 그럴 거라고 생각했어요. 그런 기술은 융통성이 있는 어린 시절부터 익히지 않으면 얻을 수 없는 거니까요. 시보호네프, 그 비범한 아이를 기억하나?

이하레프 어떤 아이죠?

우테시텔니 얘기해 봐!

시보호네프 그런 사건은 결코 잊지 못할 겁니다. (우테시텔니를 가리키며) 그의 매부인 안드레이 이바노비치 퍄트킨이 내게 말해 준 건데요. "시보호네프, 기적을 보고 싶어? 열한 살 소년으로 이반 미하일로비치 쿠비셰프의 아들인데, 어떤 도박꾼도 따라갈 수 없을 만큼 놀랍게 패를 돌려! 테튜셉스키군(郡)에 가서 보자!" 솔직히, 여러분, 전 당장 테튜셉스키군으로 출발했지요. 이반 미하일로비치 쿠비셰프의 마을을 물어서 곧장 그에게 갔어요. 저의 도착을 알려 달라고 부탁하니, 나이 지긋한 사람이 나오더군요. 제 소개를 하고 말했지요. "실례합니다만, 하느님께서 당신에게 범상치 않은 아들을 상으로 주셨다더군요." 그러자 그는 "네, 정확히 그렇습니다"라고 말하더군요. 여러분, 솔직히 그가 전혀 둘러대거나 아닌 척하지 않고 가감 없이 정확히 그렇다고 말한 게 아주 마음에 들었어요. 아버지가 자기 아들을 칭찬하는 건 예의에 어긋나지만 말입니다. 하지만 이건 정말 기적이에요. "미샤, 이리 와, 손님에게 솜씨를 보여 드려!" 그러자 소년이, 진짜로 아이가 나오는데, 제 어깨만큼도 안 되더군요. 그의 눈에는 특별한 것도 없고요. 하지만 그가 패를 치기 시작하는데, 전 완전히 정신을 잃었어요. 이건 도저히 말로 설명할 수가 없더군요.

이하레프 정말 아무것도 눈치챌 수 없었다고요?

시보흐네프 전혀, 어떤 흔적도 없었어요! 이 두 눈으로 똑똑히 봤어요.

이하레프 정말 이해할 수 없군요, 대단해요!

우테시텔니 기적이야, 기적이야!

이하레프 이런 경우에는 날카로운 눈썰미와 카드 뒷면의 눈금에 대한 주의 깊은 연구를 통해 얻은 지식이 있어야 한다고 생각하는데요…….

우테시텔니 그건 아주 쉬워졌어요. 이제 점을 찍고 눈금 표시를 하는 건 한물갔고, 모두 그림 속의 실마리를 알아내려고 애쓰고 있지요.

이하레프 그림의 실마리 말입니까?

우테시텔니 네, 반대편 그림의 실마리를요. 어떤 도시에, 어떤 도시였는지는 말하고 싶지 않고요, 이 일 말고는 어떤 일도 하지 않는 존경할 만한 사람이 있어요. 그는 매년 모스크바에서 수백 개의 카드 세트를 구합니다. 누구에게서 구하는지는 비밀

이고요. 그의 의무는 모든 카드 뒷면의 점을 연구해서 실마리를 보내기만 하면 되는 거예요. 사람들 말로, 카드 패 2에는 그림이 이렇게 그려져 있고요! 다른 카드엔 그림이 다르게 그려진 거예요! 이 일로만 그는 1년에 현찰로 5천 루블을 받지요.

이하레프 하지만 그건 중요한 일이지요.

우테시텔니 네, 하지만 이건 그렇게 돼야 하는 거예요. 이걸 정치경제학에서는 일의 분배라고 하지요. 마차 제조인도 마찬가지예요. 그 혼자 마차 전체를 만들 수는 없는 법이에요. 그래서 그는 대장장이와 도배장이에게도 일을 맡기는 거예요. 그렇지 않으면 인간의 삶 전체가 돌아가지 않을 겁니다.

이하레프 여러분에게 질문 하나 해도 될까요? 지금까지 가짜 카드 세트를 어떻게 돌릴 수 있었죠? 항상 하인을 매수할 수는 없었을 텐데요.

우테시텔니 오, 하느님! 그건 위험한 일이에요. 이 말은 가끔은 자신을 팔아야 한다는 의미이기도 하지요. 우리는 이걸 다른 식으로 하지요. 한번은 이렇게 했어요. 시장에 우리 끄나풀이 가서 상인의 이름으로 도시 주막에 묵는 겁니다. 가게는 아직 못 구하고, 궤짝과 보따리는 아직 방에 있지요. 그는 주막에서 지내며 먹고 마시는 데 돈을 다 써 버리고 갑자기 돈도 안 내고 흔적도 없이 사라져요. 그러면 주인이 방을 뒤지지요. 보따리 하나가 남아 있는데, 그 안에서 1백 개의 카드 세트를 발견하는 거예요. 당연히 카드가 순식간에 대중에게 팔리지요. 1루블 싸게 내놓으면, 상인들이 순식간에 매점해서 자기 가게로 갖다 놓지요. 그럼 4일 만에 온 도시가 털리는 거예요!

이하레프 와, 아주 재치 있네요.

시보흐네프 저, 어떤 이에게도, 지주에게도 했잖은가?

이하레프 지주에게 뭘요?

우테시텔니 이 일 역시 나쁘지 않았어요. 아르카디 안드레예비치 데르구노프라는, 대단한 부자를 아는지 모르겠네요. 그는 카드를 아주 멋지게, 유례없이 깨끗하게 하지요. 어떤 뒷생각도 없이요. 자신이 모든 걸 살피고, 그 집 사람들은 교양이 있고, 시종들에, 집은 궁궐이고, 마을, 정원 모두 영국식이에요. 한마디로 완전한 의미에서 러시아 귀족입니다. 우리가 사흘을 그곳에 묵었는데, 어떻게 처리했을 것 같으세요? 전혀 가능성이 없었어요. 하지만 마침내 방법을 생각해 냈지요. 어느 날 아침 삼두마차가 정원을 지나가는 거예요. 짐마차에는 젊은이들이 앉아 있고요. 모두 잔뜩 술에 취해서 고래고래 목청껏 노래를 부르고, 전속력으로 달리는 거예요. 그런 구경거리에는 흔히 그렇듯 온갖 하인이 다 뛰어나오지요. 하인들이 멍해져서 웃다가, 짐수레에서 뭔가 떨어지는 것을 보지요. 그들이 달려가서 보니 가방이 있는 거예요. 그들이 손을 휘저으며 소리를 치지요. "거기 서요!" 하지만 서기는요! 아무도 못 듣고 떠났지요. 온 거리에 먼지만 날리고요. 가방을 열어 보니 속옷, 옷, 2백 루블 그리고 40개의 카드 세트가 있는 거예요. 당연히 그들은 돈을 마다하지 않았고, 카드는 귀족 나리의 탁자로 갔지요. 그리고 다음 날 저녁 무렵에는 주인도,

손님도 모두 호주머니에 동전 한 푼 안 남고, 카드 도박이 끝난 거예요.

이하레프 아주 날카로우시군요. 사람들은 그걸 사기라거나 그와 비슷한 다른 이름으로 부르지만, 이거야말로 섬세한 지성이자 발전인 거지요…….

우테시텔니 그자들은 카드가 뭔지 이해를 못 하는 거예요. 카드놀이엔 위선이 없어요. 카드놀이는 아무것도 돌아보지 않아요. 아버지가 나와 카드 판에 앉게 하고, 나는 아버지를 빈털터리로 만들지요. 그러니까 함부로 끼지 마세요! 여기선 아무도 안 봐주니까요.

이하레프 사람들은 도박꾼이 지극히 선량한 사람일 수 있다는 걸 이해하지 못해요. 저는 뭐든 자기가 원하는 것에는 속이기를 밥 먹듯 하면서도 거지에게는 마지막 한 푼까지 내주는 사람을 한 명 아는데요. 여러분, 그는 한 사람을 완전히 털기 위해서라면 세 사람과 작당하는 걸 전혀 주저하지 않아요. 하지만 여러분, 모든 것을 솔직히 털어놓기로 했으니까 여러분에게 놀라운 물건을 보여 드리죠. 여러분은 조합되거나 선별된 카드 세트라고 불리는 게 있다는 걸 아세요? 전 멀리서도 그 카드의 한 장 한 장을 모두 알아맞힐 수 있습니다.

우테시텔니 알지요. 하지만 제가 아는 건 다른 종류인 것 같군요.

이하레프 그런 카드는 어디서도 못 찾을 거라고 장담해요. 제가 거의 여섯 달 동안 애써서 만든 거니까요. 전 그 뒤 2주일 동안 햇빛을 쳐다볼 수도 없었어요. 의사는 눈에 염증이 있지 않은

지 염려했지요. (선반에서 상자를 꺼낸다.) 자, 보세요! 대신 화내지 마세요. 카드에 이름을 붙여 줬거든요.

우테시텔니 뭐라고요, 이름을요?

이하레프 사람처럼요. 아델라이다 이바노브나라고요.

우테시텔니 들었나, 시보흐네프, 이건 완전히 새로운 생각이야. 카드 세트를 아델라이다 이바노브나라고 부르다니.

시보흐네프 아주 훌륭해, 아름다워! 아델라이다 이바노브나!

우테시텔니 아주 기지가 넘치는군요. 아델라이다 이바노브나! 심지어 독일 여자야! 들었어, 크루겔? 이건 자네 아내야.

크루겔 내가 무슨 독일인이라고 그래? 할아버지가 독일인이지만 그도 독일어를 몰랐어.

우테시텔니 (카드 세트를 살펴보며) 여러분, 이건 정말, 이건 정말 보물이에요, 여러분. 네, 전혀 어떤 표시도 없군요. 정말, 아무리 멀리 떨어져 있어도 카드 패를 모두 알아맞힐 수 있단 말이에요?

이하레프 그럼요. 제가 다섯 걸음 떨어진 곳에 서서 각각의 카드 패를 맞혀 보겠습니다. 제가 틀리면 2천 루블 드리지요.

크루겔 자, 이건 어떤 카드인가요?

이하레프 7.

크루겔 맞았어.

시보흐네프 이건?

이하레프 잭.

시보흐네프 제기랄, 맞아.

우테시텔니 그럼, 이건?

이하레프 3.

우테시텔니 이건 이해할 수 없군. 대단해!

크루겔 이해할 수 없어!

시보호네프 이해할 수 없어!

우테시텔니 다시 한번 봐도 될까요. (카드 세트를 살펴보며) 놀라운 물건이야. 사람 이름으로 부를 만해. 하지만 이걸 실제로 사용하기는 어려울 것 같은데, 어떤가요?

이하레프 네, 정말 카드놀이가 가장 격렬해진 순간, 가장 노련한 도박꾼도 평정을 잃을 정도로 분위기가 뜨겁게 달아오를 때만 가능해요. 하지만 사람이 조금만 정신을 놓아도, 그자에겐 뭐든 할 수 있지요. 당신은 가장 뛰어난 도박꾼들에게 어떤 일이 일어나는지, 그들이 소위 노름에 정신이 팔린다는 것을 아시죠. 이틀 밤낮을 안 자고 카드를 치다 보면 정신이 팔리기 마련이에요. 전 언제나 열광적인 카드 판에서 카드 세트를 바꿔치기합니다. 비결은 다른 사람이 열에 들떠서 흥분할 때 저는 냉정해야 한다는 거지요. 다른 사람의 주의를 분산시키는 방법은 수천 가지예요. 내기에 돈을 거는 사람에게 뭐로든 트집을 잡으면서, 그가 제대로 기록을 못 했다고 말해 보세요. 모든 사람의 시선이 그쪽으로 향하는 순간, 카드 세트를 바꿔치기하는 거예요.

우테시텔니 네, 기술 이외에 당신에겐 냉정함이라는 장점도 있네요. 당신을 알게 된 것이 우리에겐 훨씬 더 의미가 있네요.

격식 차리지 말고, 괜한 예의치레는 버리고 서로 너나 사이로 합시다.

시보호네프 '너'라고 하자.

크루겔 '너'라고 하자.

이하레프 진작 그랬어야 하는 거야.

우테시텔니 이봐, 샴페인 가져와! 우정의 연합을 위하여!

이하레프 정말 이건 축배를 들 만한 일이야.

시보호네프 자, 우리는 위업을 위해 모인 거야. 우리 손에는 모든 무기가, 힘이 다 있어. 그런데 단 하나가 부족하군…….

이하레프 바로 그거야, 바로 그거야. 넘어뜨릴 요새가 없다는 것. 그게 문제네!

우테시텔니 어쩌겠나? 적이 아직 없는데. (시보호네프를 뚫어져라 쳐다보며) 뭐? 네 얼굴을 보니 빈털터리로 만들 놈이 있다고 말하고 싶은 눈치인데?

시보호네프 있지, 그래…….

우테시텔니 네가 누굴 말하는지 난 알지.

이하레프 (활기를 띠면서) 누군데, 누구야? 그자가 누구야?

우테시텔니 에이, 허튼소리, 허튼소리야. 그가 쓸데없는 생각을 한 거야. 여기 지주 손님이 하나 있는데, 미하일 알렉산드로비치 글로프라고 해. 그런데 그는 카드를 전혀 하지 않으니 무슨 할 말이 있겠어? 우리가 그를 에워싸고 얼러 봤는데…… 내가 한 달간 공을 들여서 우정도, 신뢰도 얻었지만 카드는 절대 하지 않았어.

이하레프 그럼, 들어 봐. 내가 그를 대면할 방법이 없을까? 어쩌면 뭔가 알아낼지도…….

우테시텔니 장담하는데, 이건 완전히 헛수고야.

이하레프 그래도 시도해 보자. 다시 한번 시도해 보자고.

시보흐네프 그를 한번 데려와 봐. 우리가 못 하게 되면 그때 그만둬도 되잖아? 왜 해 보지도 않는 거야?

우테시텔니 글쎄, 정말 내겐 아무 의미도 없는데, 그래도 한번 데려와 보지.

이하레프 그를 당장 데려와, 제발.

우테시텔니 알았어. 알았어. (나간다.)

제9장

우테시텔니를 제외하고, 모두 있다.

이하레프 정말 어떻게 알겠어? 가끔은 일이 전혀 불가능해 보이다가도…….

크루겔 나도 같은 생각이야. 정말 이 일은 신의 소관이 아니라 사람의 소관이야. 인간은 결국 인간이란 말야. 오늘 없고, 내일 없고, 내일모레 없다가도, 나흘째에 그에게 제대로 밀어붙이면 "좋아"라고 말하는 법이지. 멀리서 볼 때는 다가갈 수 없는 사람 같은데, 좀 더 가까이서 자세히 들여다보면 괜한 걱정을 했다는 걸 알게 되는 거야.

크루겔 하지만 이자는 그런 부류가 아니야.

이하레프 허, 그래도 모르지……! 지금 활동하고 싶은 욕망이 얼마나 끓어오르는지 믿지 못할 거야. 자네들은 내가 가장 최근에 체보타료프 대령에게서 8만 루블을 번 것이 바로 지난달이었다는 걸 알아야 해. 그때 이후 난 한 달 내내 실전을 못 했어. 그동안 내가 얼마나 따분했는지 자네들은 상상도 못 할 거야. 정말 죽을 만큼 따분했다고!

시보흐네프 그런 상황이라면 나도 이해해. 그건 장군과 다를 게 없어. 장군은 전쟁이 있을지 없을지 감으로 알지. 이봐, 자네, 이건 생사가 달린 중요한 고비야. 나도 잘 알아. 이걸 두고 농담을 해선 안 되는 거야.

이하레프 누군가 5루블을 건다고 해도 난 당장 앉아서 카드를 칠 태세라면 믿겠나?

시보흐네프 당연하지. 가끔은 아주 기술이 뛰어난 도박꾼들도 그런 식으로 지곤 했어. 너무 따분하고, 일은 없고, 그 고통 때문에 가난뱅이, 거지로 불리는 사람 중 하나에게 덥석 달려들었다가, 완전히 거덜이 나는 법이지! ……글로프란 자는 부자인가?

크루겔 오! 돈이 많아. 아마 농노가 1천 명쯤 될 거야.

이하레프 와, 제기랄, 정말 그를 잔뜩 술을 먹이게 샴페인을 내오라고 하면 어때?

시보흐네프 한 모금도 입에 안 대.

이하레프 그런 자를 데리고 뭘 한담? 어떻게 다가갈까? 하지만,

하지만 가만있자…… 카드 게임은 유혹적이고 전염성이 강한 건데. 그가 도박꾼들 옆에 단 1분만 앉아 있어도 못 견딜 거야.

시보흐네프 그래, 이제 시도해 보자. 여기서 크루겔과 함께 아주 작은 판을 벌이는 거야. 하지만 그에게는 신경을 쓰지 말아야 해. 노인네들은 의심이 많거든.

사람들, 카드를 들고 한쪽에 앉는다.

제10장

우테시텔니와 중년의 남자인 미하일 알렉산드로비치 글로프가 들어온다.

우테시텔니 여기 이하레프를 소개하지요. 여긴 미하일 알렉산드로비치 글로프 씨입니다!

이하레프 정말 오래전부터 이 영광을 얻고 싶었습니다. 같은 주막에 묵으면서…….

글로프 저도 사람들을 만나는 게 아주 즐겁습니다. 다만 거의 떠날 때쯤에 만난 게 아쉽습니다.

이하레프 자, 앉으세요! 이 도시에는 묵은 지 오래되셨나요?

글로프 글쎄 말입니다. 이 도시에 완전히 진절머리가 났어요. 빨리 여기서 벗어날 수만 있다면 몸도 마음도 무척 기쁠 텐데 말입니다.

이하레프 그럼 일 때문에 못 떠나시는 건가요?

글로프 일, 일 때문이지요. 무슨 위원회와 관련된 일입니다!

이하레프 혹시 소송인가요?

글로프 소송요? 아뇨, 다행히 소송은 아닙니다. 하지만 그에 못지않게 힘든 상황이에요. 저는 제 딸, 열여덟 살 된 처자를 시집보내려고 합니다. 아버지의 입장을 이해하시겠어요? 이것저것 사러 왔는데, 중요한 것은 영지를 저당 잡히는 겁니다. 일은 거의 다 끝났는데 관청에서 아직도 돈을 주지 않는군요.

시보흐네프 아직까지 돈을 안 준다고요.

글로프 네, 그래서 죽치고 앉아 기다리는 중입니다.

이하레프 실례가 안 된다면, 영지를 얼마에 저당 잡히셨는지 알 수 있을까요?

글로프 (애매하게 대답한다.) 20만…….

모두 뭐라고요?

글로프 20만 루블요. 며칠 전에 받았어야 하는데 연기됐습니다. 전 여기 묵는 게 정말 싫은데 말입니다! 집에서는 이 일이 금방 끝날 것으로 생각했지요. 신부가 될 딸이…… 계속 기다리고 있어요. 전 기다리지 않고 다 버리기로 결심했습니다.

이하레프 어떻게요? 다 버리신다고요? 돈을 기다리지 않겠단 말씀이신가요?

글로프 네, 어쩌겠어요? 당신도 제 입장이 되어 보세요. 아내와 아이들을 못 본 지 벌써 한 달이 다 돼 가는데, 편지도 못 받고. 거기 일이 어떻게 돼 가는지 알 수가 있어야죠. 전 이 일을 아들에게 맡겨서 그가 여기 머물기로 했어요. 꾸물거리는 데 지쳤거든요. (시보흐네프와 크루겔을 향해) 여러분, 이를 어쩌지요? 제가 방해된 것 같군요. 당신은 무슨 일을 하고 계셨는지요?

크루겔 별거 아니에요. 할 일이 없어서 카드 게임을 한 거예요.

글로프 내가 보기엔 카드 도박 같은데요.

시보흐네프 무슨 말씀을! 그냥 시간이나 때우려고 작은 판을 벌인 것뿐이에요.

글로프 에흐, 여러분, 노인의 말을 들으세요. 여러분은 젊어요. 물론 그게 나쁜 것은 아니고 시간을 때우는 데는 더 좋지요. 그리고 작은 도박판에서는 많이 잃을 리도 없고요. 그래요, 하지만 전부…… 에흐, 여러분, 저도 카드를 해 봐서 경험으로 잘 알아요. 이 세상 모든 일이 처음엔 작은 데서부터 시작되는 겁니다. 보세요, 작은 판이 결국 큰 판으로 끝나는 거예요.

시보흐네프 (이하레프에게) 노인네가 벌써 자기 레퍼토리를 늘어놓는군. (글로프에게) 자, 보세요, 당신은 별것 아닌 온갖 일에 금세 중요한 의미를 갖다 붙이시는군요. 이건 모든 나이 지긋한 사람들의 흔한 버릇이지요.

글로프 글쎄요, 전 아직 그렇게 늙은 축은 아닌데. 전 경험으로 판단한 겁니다.

시보흐네프 전 당신에 대해 말하는 게 아닙니다. 전반적으로 노인들에겐 그런 경향이 있다는 거지요. 예를 들어 그들이 뭔가에 데이면, 다른 사람도 똑같이 데일 거라고 확고하게 믿지요.

다른 사람이 어떤 길을 가든 멍하니 정신을 놓고 있다가 살얼음판에 쿵 하고 넘어지면, 그들은 소리를 지르고 그 길로는 절대로 가서는 안 된다는 규칙을 내세우곤 하지요. 그 길에는 살얼음이 있기 때문에, 누구든 그 길로 가면 쿵 하고 이마를 찧을 거라고 확신하면서요. 그들은 다른 사람은 멍하니 있지도 않고 미끄러운 살얼음판에 발을 내딛지 않을 수도 있다는 걸 전혀 인정하지 않아요. 아뇨, 그들에겐 이런 것을 고려할 마음이 없는 겁니다. 거리에서 개가 사람을 물면, 모든 개가 다 무는 것이고, 그러므로 누구도 거리에 나가선 안 된다는 식이지요.

글로프 그렇군요. 그건 한편으로 죄이긴 하지요. 대신 젊은이들도 그래요! 그들은 무슨 일에든 전속력으로 달려드니까요.

시보흐네프 대체로 우리에겐 중용이란 것이 없어요. 젊은이들은 미친 듯이 날뛰면서 다른 사람을 못 견뎌 하고, 늙으면 위선자가 되어 다른 사람을 못 견뎌 하는 거지요.

글로프 당신은 노인들에 대해 그런 모욕적인 의견을 갖고 계십니까?

시보흐네프 이게 무슨 모욕적인 의견이라는 건가요? 이건 진실이고, 그 이상의 의미는 없어요.

이하레프 제 생각을 말하자면, 당신 의견은 극단적입니다…….

우테시텔니 카드로 말할 것 같으면 저는 미하일 알렉산드로비치와 동감입니다. 저 자신이 카드를 했고 아주 격렬하게 했지요. 하지만 운명에 감사합니다. 완전히 버렸거든요. 이건 지기 싫어서라거나 운명에 거역하기 위해서가 아니에요. 믿어 주세요. 그건 아무것도 아니에요. 영혼의 평안이 중요하기 때문이에요. 카드를 하면서 느끼는 흥분은 누가 뭐래도 우리 수명을 줄이는 것 같거든요.

글로프 맞아요, 정말 그래요! 당신의 말은 아주 지혜로워요! 당신에게 조금 외람된 질문을 해도 될까요. 당신을 알게 된 영광을 가진 이상, 지금까지…….

우테시텔니 어떤 질문인데요?

글로프 조금 민감한 질문일 수도 있는데요, 당신이 몇 살인지 알 수 있을까요?

우테시텔니 서른아홉입니다.

글로프 와, 놀랍군요! 서른아홉 살에 그런 생각을 하다니! 아직 젊은데 말예요! 우리 러시아에 당신처럼 지혜롭게 생각하는 사람들이 더 많아지면 얼마나 좋을까요? 오 하느님, 제 꿈이 이루어지게 하소서. 그러면 황금시대가 될 거예요……. 오 하느님, 당신을 알게 된 것에 대해 운명에 감사합니다.

이하레프 저도 같은 의견이라는 걸 믿어 주세요. 전 소년들의 손에 카드를 쥐여 주는 건 허락하지 않겠어요. 그러나 분별할 줄 아는 사람이라면 기분 전환 겸 조금 즐기는 게 무슨 문제겠어요? 예를 들어 몸을 들썩여도, 춤을 춰도 안 되는 존경받는 노인이라면요.

글로프 그래요, 그래요. 하지만 우리 삶에는 수많은 만족거리와 수많은 성스러운 의무가 있다는 걸 믿으세요. 제발, 여러분,

이 늙은이의 말을 들으세요! 가족과 함께 가정적인 삶을 즐기는 것 같은 더 나은 소명을 받은 사람에게는 그렇지가 않아요. 지금 여러분은 완전히 흥분의 도가니에 휩싸여 있어요, 흥분의 도가니에요. 여러분은 아직 진정한 축복을 맛보지 못한 거예요. 저는 제 가족을 보기 위해서라면 한순간도 기다리지 않겠어요! 상상해 보세요. 딸이 달려들어 제 목을 껴안고 "아빠, 사랑스러운 아빠!"라고 말하지요. 아들은 다시 김나지움에서 왔는데…… 6개월간 못 봤어요. 정말, 말로는 부족해요. 그다음에 카드는 쳐다보기도 싫어지지요.

이하레프 하지만 부성애가 왜 카드놀이를 방해한다는 건가요? 부성애는 부성애이고, 카드 역시…….

알렉세이 (들어와서 글로프에게 말한다.) 당신 하인이 가방들에 대해 여쭤 보는데요. 가져가라 할까요? 말이 준비되었습니다.

글로프 곧 가지요! 죄송합니다, 여러분. 이제 여러분을 떠나야겠군요. (떠난다.)

제11장

시보흐네프, 이하레프, 크루겔, 우테시텔니.

이하레프 아, 전혀 가망이 없어!

우테시텔니 내가 진작에 말했잖아. 자네가 사람을 알아보지 못하다니 이해가 안 돼. 한번 탁 보면 이자에겐 카드 할 마음이 없다는 걸 알아야지.

이하레프 그래, 그런데 자넨 그자에게 참 잘도 달라붙더군. 그를 왜 그렇게 지지한 거야?

우테시텔니 이봐, 친구, 다른 식으론 안 되는 거야. 이런 자에겐 정확하게 행동해야 해. 안 그러면 자기를 털려고 한다는 걸 금세 눈치채거든.

이하레프 그래서 얻은 게 뭔데? 어쨌든 결국엔 떠나잖아.

우테시텔니 기다려 봐. 아직 끝난 게 아냐.

제12장

그들과 글로프.

글로프 여러분, 유쾌한 만남에 대해 정말 감사합니다. 다만 떠나기 직전에 만난 게 아쉽군요. 대신 하느님이 어디서든 다시 만나게 해 주시겠지요.

시보호네프 길은 갈라져도 사람은 부딪치기 마련입니다. 어떻게 만나지 않겠어요? 운명이 그렇게 해 주길 바랍니다.

글로프 맞아요, 그 말은 사실입니다. 운명이 원하면 당장 내일이라도 만나는 법이지요. 완전히 사실이에요. 여러분, 안녕히 계세요! 진정으로 감사합니다! 그리고 스테판 이바노비치, 당신에겐 정말 빚을 졌어요! 당신은 저의 외로움을 달래 주셨어요.

우테시텔니 천만에요, 섬길 수 있는 걸로 섬긴 것뿐인데요.

글로프 정말 당신이 그렇게 착하시니, 제가 부탁 하나 더 드려도 될까요?

우테시텔니 어떤 부탁인데요? 말씀해 보세요! 뭐든 도와 드리겠습니다.

글로프 늙은 아비의 마음을 편안하게 해 주세요!

우테시텔니 어떻게요?

글로프 여기에 제 아들 사샤를 두고 갑니다. 아주 아름다운 청년이고, 마음도 착하지요. 하지만 아직 믿을 만하진 않아요. 스물두 살이거든요. 이 나이에 뭘 어쩌겠습니까? 거의 아이나 다름없죠……. 학교를 마쳤는데, 창기병과 관련된 것 외에는 아무것도 들으려고 하질 않아요. 전 그에게 이렇게 말하죠. "사샤, 아직 일러. 기다리고, 먼저 잘 살펴보려무나! 네게 창기병이 뭐란 말이냐? 네게 문관의 기질이 있을지도 모르잖니. 넌 아직 세상 물정을 잘 모르고, 시간이 어디로 사라지는 건 아니니까……!" 근데 아시잖아요, 젊은이의 기질을. 그에겐 창기병에 관한 것은 뭐든 빛나 보이는 겁니다. 수놓은 문양, 값비싼 군복……. 무슨 할 말이 있겠어요? 마음이 그쪽으로 기우는 걸 억누를 수가 없는 거지요……. 그러니 스테판 이바노비치, 부디 아량을 베풀어 주세요! 그가 혼자 여기 남을 거고, 저는 그에게 이런저런 소일거리를 맡겼어요. 하지만 젊은이에겐 무슨 일이든 일어나는 법이지요. 점원들이 그를 속이지 말란 법도 없고, 무슨 일이든 일어나게 마련이지요……. 그러니 그의 보호자 역할을 맡아서 그의 행동을 잘 감시하고, 그가 어리석은 짓을 하지 않도록 막아 주세요. 부디 잘 대해 주시길 바랍니다! (그의 두 손을 잡는다.)

우테시텔니 하지요, 하겠어요. 아버지가 아들을 위해서 할 수 있는 모든 것을 제가 그를 위해서 다 하겠습니다.

글로프 아, 감사합니다!

둘이 얼싸안고 키스한다.

글로프 인간에게 선량한 마음이 있을 때는 정말 훤히 보이는 법이지요! 하느님이 당신의 선량함에 상을 주시길 바랍니다! 여러분, 안녕히 계세요, 여러분이 행복하길 진심으로 바랍니다.

이하레프 안녕히 가세요, 멋진 여행 되십시오!

시보흐네프 가족이 모두 행복하길 바랍니다!

글로프 감사합니다, 여러분!

우테시텔니 당신을 마차까지 모셔다 드리지요!

글로프 아이고, 정말 착하시군요!

두 사람, 나간다.

제13장

시보흐네프, 크루겔, 이하레프.

이하레프 새를 놓쳤군!

시보흐네프 그래, 그에게서 돈이 나오면 좋겠는데 말야.

이하레프 솔직히 그가 20만 루블이라고 말할 때 심장이 멎는 줄 알았다니까.

크루겔 그 액수라면 생각만 해도 행복하지.

이하레프 정말 그만큼의 돈이 아무 이익도 없이 사라진다고 생각해 봐. 그에게 20만 루블이 있다고 뭐 좋은 게 나오겠어? 그냥 어떤 넝마나 물건 나부랭이 사는 데 날아가는 거지!

시보흐네프 그건 전부 쓰레기에, 썩어 없어질 것들이야.

이하레프 그래, 세상에 얼마나 많은 돈이 돌아오지도 않고 그렇게 사라지는지! 얼마나 많은 돈이 시체처럼 죽어서 금고에 처박히고 마는지! 정말 안타까울 정도야. 난 자선기금의 이윤을 챙기는 자선 단체*에 넣을 만큼의 돈 이상은 바라지 않아.

시보흐네프 난 그 절반이라도 만족이야.

크루겔 난 4분의 1만이라도 만족할 거야.

시보흐네프 거짓말 마, 독일인. 더 원하면서.

크루겔 솔직하게 말하는 거야…….

시보흐네프 거짓말도 정도껏 해야지.

제14장

그들과 우테시텔니. 우테시텔니가 서둘러 기쁜 얼굴로 들어온다.

우테시텔니 됐어, 됐어, 여러분! 그가 떠났어, 제기랄, 얼마나 좋아! 아들이 남았잖아. 아버지가 그에게 위임장과 관청에서 돈 받을 권리를 넘겨주고, 내게 그걸 감시해 달라고 부탁했어. 아들은 멋진 녀석이야. 창기병이 되고 싶어 안달이 났으니 말야. 수확이 있을 거라고! 지금 당장 가서 그를 데려올게!

제15장

시보흐네프, 크루겔, 이하레프.

이하레프 참 멋진 놈이야, 우테시텔니는!

시보흐네프 브라보! 일이 아주 잘 풀렸어!

모두 기뻐서 손을 문지른다.

이하레프 훌륭해, 우테시텔니! 이제야 알겠어, 그가 왜 아버지에게 달라붙어 그를 즐겁게 해 줬는지. 참 재치 있어! 참 섬세해!

시보흐네프 그는 이런 일에 특별한 재능이 있지!

크루겔 믿을 수 없을 만큼 놀라운 재능이야!

이하레프 솔직히, 아버지가 여기 아들을 남겨 둔다고 말할 때, 내게도 그런 생각이 떠올랐지만 그건 아주 잠깐이었어. 그런데 그는 바로……. 얼마나 계산이 빠른가 말야!

시보흐네프 오, 자넨 아직 그를 잘 모르는 거야.

제16장

그들, 우테시텔니, 젊은이 알렉산드르 미하일로비치 글로프.

우테시텔니 여러분! 아주 멋진 친구를 소개합니다. 알렉산드르 미하일로비치 글로프 씨입니다. 부디 저처럼 사랑해 주길 바랍니다.

시보흐네프 아주 기쁩니다……. (그의 손을 잡는다.)

이하레프 당신을 알게 되어 영광…….

크루겔 바로 당신을 안게 해 주세요. (총을 쏜다.)

글로프 여러분! 저는…….

우테시텔니 격식 부리지 말고, 격식 없이 합시다. 평등이 가장 중요한 거예요, 친구들. 격식은 집어치우자고요! 다 함께 '너'라고 합시다!

시보흐네프 그래, 바로 '너'라고 하자!

글로프 '너'라고 하자! (손을 내민다.)

우테시텔니 여러분, 그에게서 벌써 창기병 냄새가 나지 않나요. 자네 아버지는, 어리석은 말은 하지 않기로 하고, 개돼지 같아. 미안해. 우리, 반말하기로 했지. 이런 젊은이에게 잉크 냄새 나는 일을 맡길 생각을 하다니! 자네 누이가 곧 결혼을 한다면서?

글로프 에이, 망할 놈의 결혼! 아버지가 그 때문에 나를 시골에 석 달이나 처박아 둔 걸 생각하면 화가 나.

우테시텔니 그래, 들어 보자, 자네 누이는 예쁜가?

글로프 그래, 얼마나 예쁘다고…… 그녀가 내 누이만 아니라면…… 그녀를 내놓지 않을 거야.

우테시텔니 브라보, 브라보, 창기병! 이제 정말 창기병 티가 나는군! 자, 말해 봐. 내가 그녀를 납치하고 싶다면 나를 도와줄 텐가?

글로프 왜, 그러려고? 기꺼이 돕지!

우테시텔니 브라보, 창기병! 바로 이런 걸 진짜 창기병이라고 하는 거야, 제기랄! 이봐, 샴페인 가져와!

글로프 샴페인 가져와!

우테시텔니 이거 정말 딱 내 취향이네. 난 이렇게 솔직한 사람이 좋아. 서 봐, 너를 껴안게 해 줘!

시보흐네프 그를 안게 해 줘!

이하레프 그를 안게 해 줘!

크루겔 그렇다면 나도 그를 안게 해 줘!

우테시텔니 여러분, 미래의 창기병 사관생도의 건강을 위하여! 그가 최고의 용사, 최고의 난봉꾼, 최고의 술주정뱅이, 최고의……. 한마디로, 그가 되고 싶은 것은 뭐든 다 되기를!

모두 그가 되고 싶은 것은 뭐든 다 되기를!

모두 마신다.

글로프 모든 국민의 건강을 위하여! (술잔을 들고)

모두 모든 국민의 건강을 위하여!

모두 마신다.

우테시텔니 여러분, 이제 그가 모든 국가적인 의식을 치르게 해야지요. 보아하니 술은 그런대로 마시는 것 같은데, 이건 아직 별것 아니죠. 그는 온 힘을 다해 카드꾼이 될 필요가 있어요! 내기 도박을 하나?

글로프 하고 싶어. 하고 싶어 미치겠어. 하지만 돈이 없어.

우테시텔니 헛소리. 돈이 없기는! 뭐든 있는 것으로 자리에 앉으면 거기에 돈이 있을 거야. 곧 딸 거고.

글로프 하지만 자리에 앉을 만큼의 돈이 없어.

우테시텔니 우리가 빌려줄게. 네겐 관청에서 돈을 받을 위임장이 있잖아. 너한테 돈을 줄 때까지 우리가 기다릴게. 너는 바로 우리에게 갚으면 돼. 그때까지 우리에게 어음을 써 줘. 그런데 내가 무슨 말을 하는 거야? 마치 네가 질 것처럼 말하다니. 네가 몇천 루블의 현금을 딸 수도 있을 거야.

글로프 만일 잃으면?

우테시텔니 수치를 알아라. 그러고도 네가 창기병이냐? 확실히 둘 중 하나지. 따거나 아니면 잃거나. 바로 이게 핵심이야, 위험을 불사하는 게 가치 있는 거지. 누구도 위험을 감수하지 않을 수 없는 거야. 관리 나부랭이래도 용기를 낼 거고, 유대인도 요새를 기어 넘어갈 거야.

글로프 (손을 내젓는다.) 제기랄, 그렇담, 카드 할게! 아버지가 뭐 대수야?

우테시텔니 멋져, 사관후보생! 이봐, 카드 가져와. (그의 잔에 술을 따른다.) 중요한 건, 뭐가 있어야죠? 필요한 건 용기, 공격, 힘……. 그러면 여러분, 내가 2만 5천 루블로 판을 돌리지요. (오른쪽과 왼쪽으로 패를 돌린다.) 자, 창기병…… 자네, 시보흐네프, 판돈을 걸 거야? (패를 돌린다.) 카드가 참 이상하게 돌아가는군. 셈을 잘하려면 주의 깊게 봐야겠어! 잭이 죽었군, 9가 잡았네. 거긴 뭔가, 자네 패는? 4가 잡았군! 그리고 창기병, 창기병이다. 정말 대단한 창기병인데! 이하레프, 봤어? 그가 진짜 도박꾼처럼 얼마나 판돈을 올리는지! 근데 아직 에이스가 안 나오네. 자네, 시보흐네프, 그에게 더 붓지 않겠나? 이봐라, 이봐라, 여기 에이스야! 크루겔이 다 쓸어 갔어. 독일인은 항상 운이 좋다니까! 여러분, 4가 잡았고, 3이 잡았군, 브라보, 브라보, 사관후보생! 시보흐네프, 들어 봐, 창기병이 벌써 5천 루블쯤 땄어.

글로프 (카드를 반으로 접으면서) 제기랄! 두 배에 두 배 걸겠어!* 저기 탁자에 아직 9가 있네. 그것도 돌아가면, 5백 루블 더 얹겠어!

우테시텔니 (계속 패를 돌리면서) 와우! 멋져, 창기병! 7이 죽고…… 아, 아냐, 두 배로군, 제기랄, 두 배, 또 두 배야!* 아, 창기병이 졌구먼. 그래, 이봐, 어쩌겠나? 누구에게나 하느님이 주신 마리아라는 아내가 있는 건 아니야. 크루겔, 셈 좀 작작해! 자, 접어 놓은 이 카드 패에 돈을 걸어. 브라보, 사관후보생이 이겼네! 여러분, 그를 축하하지 않겠나?

모두 술잔을 마주치며 술을 마시고 그를 축하한다.

우테시텔니 스페이드의 여왕은 항상 속임수를 쓴다고들 하지만, 난 그렇게 생각 안 해. 시보흐네프, 네가 스페이드의 여왕이라고 부르던 검은 머리의 여인 기억나나? 사랑스러운 그녀는 지금 어딨어? 온갖 어려움에 빠졌다던데. 크루겔! 네 패가 졌어! (이하레프에게) 네 패도 졌어. 시보흐네프, 네 패도 졌어. 창기병도 역시 파산했네.

글로프 제기랄, 판돈을 다 걸겠어!

우테시텔니 브라보, 창기병! 드디어 진짜 창기병의 태도가 나오는군. 바로 그거야! 시보흐네프, 진짜 감정은 언제나 겉으로 드러나게 마련이란 게 보이지? 지금까지는 그의 행동에서 그가 창기병이 될 거라는 게 보였다면, 이젠 그가 이미 창기병인 게 보여. 그에겐 정말 그런 기질이……. 창기병이 졌네.

글로프 판돈을 다 걸겠어!(Va banque!)

우테시텔니 와! 브라보, 창기병! 5만 루블 전체에 다 걸다니! 바로 이런 걸 두고 호탕하다고 하는 거야! 가서 찾아봐, 어디서 이런 인물을 찾겠나? ……이거야말로 큰 성과야! 창기병이 파산했네!

글로프 판돈을 다 걸겠어. 제기랄, 다 걸겠어!

우테시텔니 오호, 창기병! 10만 루블에! 얼마나 대단한가, 응? 저 눈 좀 봐, 눈 봤어? 시보흐네프, 그의 눈이 얼마나 이글거리는지 보여? 그의 눈빛에서 바르클라이 드 톨리 장군*이 보이지. 바로 그런 사람을 영웅이라고 하는 거야! 그런데 왕이 전혀 없네. 시보흐네프, 네게 다이아몬드의 여왕이 있지. 그래, 독일인, 가져가, 7을 먹어! 같은 카드에 걸었군, 정말로 같은 카드에 걸었어(Rute)! 정말 카드는 포스카*야! 그런데 카드 세트에 왕이 없는 것 같네. 정말 이상한데. 아, 저깄다, 저깄어……. 창기병이 파산했구나!

글로프 (잔뜩 열이 올라) 판돈을 다 걸겠어. 제기랄, 다 걸겠어!

우테시텔니 안 돼, 이봐, 멈춰! 넌 20만 루블을 이미 탕진했어. 그걸 먼저 갚지 않으면 새판을 시작할 수가 없어. 우린 널 그렇게 많이 믿을 수가 없거든.

글로프 지금 내게 돈이 어딨다고 그래? 지금 내겐 없어.

우테시텔니 우리에게 어음을 줘. 그리고 서명해.

글로프 좋아, 난 준비됐어. (펜을 잡는다.)

우테시텔니 그리고 네가 돈을 수령할 거라는 위임장도 우리에게 내놔.

글로프 자, 여기 위임장도 있어.

우테시텔니 이제 여기에 서명해, 여기에 말야. (그가 서명하게 한다.)

글로프 좋아요, 뭐든 하겠어요. 자, 서명도 했으니 이제 다시 카드 하게 해 줘요!

우테시텔니 아니, 이봐, 그만둬. 먼저 돈을 보여 줘!

글로프 제가 지불할 거라니까요! 제발 믿어 줘요.

우테시텔니 아니, 이봐. 돈을 탁자에 놔!

글로프 아니, 이게 뭐야……? 이건 비열한 짓이야.

크루겔 아니, 이건 비열한 짓이 아니야.

이하레프 아니, 이건 완전히 다른 일이야. 이봐, 기회는 똑같은 게 아냐.

시보흐네프 이봐, 우리에게서 우려내려고 그렇게 앉는 거야? 돈 없이 자리를 잡는 자는 우려내기 위해 앉는다는 것은 익히 잘 알려진 바야.

글로프 뭐라고? 당신들이 원하는 게 뭐예요? 뭐든 이자율을 적어 줘요, 뭐든 할 테니. 두 배로 갚을 테니까요.

우테시텔니 이봐, 자네의 이자율이 우리에게 무슨 의미가 있어? 우리가 네게 어떤 이자율로든 갚을 테니, 차라리 우리에게 빌려주는 게 어때?

글로프 (절망해서 결연하게) 그럼 마지막으로 말해요, 카드를 안 하겠다는 건가요?

우테시텔니 절대로.

시보흐네프 돈을 가져와. 그럼 지금 당장이라도 하지.

글로프 (호주머니에서 권총을 꺼내며) 그럼 작별 인사를 해요, 여러분! 당신들은 이 세상에서 나를 더는 보지 못할 거예요. (총을 들고 뛰쳐나간다.)

우테시텔니 (당황해서) 야! 야! 너 뭐야? 정신이 나갔군! 그를 쫓아갈게. 자살을 막아야지. (나간다.)

제17장

시보흐네프, 크루겔, 이하레프.

이하레프 이놈이 자살할 생각을 한다면 사달이 나겠어.

시보흐네프 제기랄, 자살하게 내버려 둬. 다만 지금은 안 돼. 우리 수중에 아직 돈이 없으니까. 이게 문제야!

크루겔 난 엄청 겁이 나. 이게 혹시나…….

제18장

그들과 우테시텔니와 글로프.

우테시텔니 (권총을 쥔 글로프의 손을 잡고) 이봐, 너 뭐 하는 거야, 지금 뭐 하는 거냐고, 정신 나갔어? 잘 들어요, 잘 들어. 여러분, 이놈이 권총을 입에 넣을 생각을 했어. 수치스러운 줄 알아라!

모두 (글로프에게 달려들며) 넌 뭐야, 넌 뭐냐고? 넌 뭐냐고 묻잖아?

시보흐네프 똑똑한 사람도 어리석은 일로 자살할 생각을 한 적이 있지.

이하레프 그런 식이면 러시아 전체가 자살해야 할 거야. 러시아인이라면 누구든 돈을 잃었거나 돈을 잃을 생각이 있으니까. 이런 게 없으면 어떻게 이길 수 있겠어? 스스로 생각해 봐.

우테시텔니 넌 바보야, 이렇게 말해도 된다면. 넌 너의 행복을 못 보는 거야. 정말 네가 진 게 곧 이긴 거라는 걸 모른단 말야?

글로프 (화를 내며) 정말 당신은 날 바보로 아는 건가요? 어떻게 20만 루블을 잃었는데 이긴 거라는 거야! 제기랄!

우테시텔니 에구, 이봐, 네가 미련한 거야! 네가 이것으로 부대에서 명예를 얻게 된다는 걸 알아? 들어 봐. 이건 하찮은 일이야! 아직 사관후보생도 아닌데, 벌써 20만 루블을 잃은 거라고! 창기병들이 너를 헹가래질해 줄 거야.

글로프 (용기를 얻고) 정말 그렇게 생각해요? 정말 그렇게 된다면 제가 왜 이 모든 것에 침 뱉을 마음이 없겠어요? 제기랄, 창기병 만세!

우테시텔니 브라보! 정말 창기병 만세! 만세! 샴페인 가져와!

술병을 가져온다.

글로프 (술잔을 들고) 자, 창기병 만세!

이하레프 자, 창기병 만세, 제기랄!

시보흐네프 만세! 자, 창기병 만세!

글로프 그렇다면 모든 걸 무시하겠어! (탁자에 술잔을 내려놓는다.) 근데 문제는 어떻게 집에 가느냐는 거야. 아버지, 아버지……! (머리카락을 쥐어뜯는다.)

우테시텔니 아버지에게 갈 필요 없어! 자넨 곧장 부대로 가!

글로프 (눈이 휘둥그레지며) 어떻게?

우테시텔니 자넨 여기서 곧장 부대로 가! 우리가 군복 살 돈을 줄 테니까. 이봐 시보흐네프, 그에게 지금 2백 루블 줘야 해. 사관후보생이 놀게 해 줘야지! 저기, 보니, 그에게 여자가 있던데…… 검은 머리지, 응?

글로프 제기랄, 곧장 그녀에게 가야지. 기습 공격이다!

우테시텔니 정말 대단한 창기병이야. 그렇지 않나? 시보흐네프, 자네 2백 루블 없나?

이하레프 내가 주지. 그가 원 없이 잘 놀도록!

글로프 (지폐를 받고 그것을 허공에 흔들면서) 샴페인 가져와!

모두 샴페인!

술병을 가지고 온다.

글로프 자, 창기병 만세!

우테시텔니 그래, 축하해! 시보흐네프, 금방 내 머리에 무슨 생각이 떠올랐는지 알아? 우리 부대에서 하듯이 그를 헹가래 쳐 주자! 자, 이리 와. 그를 잡아!

모두 그에게 다가가 그의 손과 발을 잡고 유명한 노래를 유명한 곡조에 맞춰 부르며 그를 헹가래 친다.

우린 당신을 진심으로 사랑하오,
당신이 우리의 영원한 상관이 되기를!
당신은 우리 심장을 뜨겁게 달구었고

우린 당신에게서 아버지를 발견하오!

글로프 (술잔을 높이 들고) 우라!*

모두 우라!

그를 땅에 내려놓는다. 글로프는 술잔을 땅에 내던지고, 누구는 자기 구두 뒤축에, 누구는 마루에 술잔을 던져서 박살 낸다.

글로프 이제 곧장 그녀에게 가겠어!

우테시텔니 우리가 따라가면 안 될까, 응?

글로프 아니, 아무도 안 돼! 누구든…… 칼로 절단 날 줄 알아!

우테시텔니 와우! 대단한 놈이야! 그치? 악마처럼 질투심에 시샘이 많아. 여러분, 그는 부르초프 이오라,* 싸움꾼이 될 것 같아. 자, 안녕, 안녕, 창기병, 자신을 억누르지 마!

글로프 안녕히 계세요.

시보흐네프 나중에 와서 얘기해 줘.

글로프, 나간다.

제19장

글로프를 제외한 모두.

우테시텔니 우리 손에 돈이 들어올 때까지는 그 녀석을 달래 줄 필요가 있어. 그다음엔 뒈지든 말든 상관 안 해!

시보호네프 하지만 관청에서 돈 지급이 늦어지지나 않을까 겁이 나는군.

우테시텔니 그래, 이건 추악한 짓이야. 하지만…… 이 일에도 재촉하는 사람이 있지. 어떻든 간에 질서를 수호하기 위해선 누구 손에든 돈을 쥐여 줘야 하니까.

제20장

모두와 관리 자무흐리시킨. 그가 문으로 고개를 들이민다. 약간 허름한 연미복을 입고 있다.

자무흐리시킨 저, 알렉산드르 미하일로비치 글로프가 여기서 묵는지 알 수 있을까요?

시보호네프 그는 방금 나갔는데요. 뭘 도와 드릴까요?

자무흐리시킨 네, 돈을 지급하는 건(件) 때문인데요.

우테시텔니 당신은 누구시죠?

자무흐리시킨 네, 저는 관청에서 보낸 관리입니다.

우테시텔니 아, 환영합니다! 어서 앉으세요! 부디 어서 앉으세요! 이 일에는 우리 모두 관여하고 있습니다. 게다가 우리는 알렉산드르 미하일로비치와 우정 어린 거래를 체결했습니다. (모두를 가리키며) 바로 그로부터, 그로부터, 그로부터 진심 어린 감사의 표현이 있을 거란 걸 이해하시죠. 문제는 가능한 한 빨리 관청에서 돈을 받는 겁니다.

자무흐리시킨 하지만 아무리 원하셔도 2주일 전에는 전혀 안 될 겁니다.

우테시텔니 아니, 끔찍이도 오래 걸리네요. 당신은 우리 쪽에서 감사 표시가 있으리라는 걸…… 잊고 계시는군요.

자무흐리시킨 일이 이미 그렇게 됐습니다. 모든 걸 받아들이셔야 합니다. 어떻게 이걸 잊겠습니까? 그래서 '2주일'이라고 하는 겁니다. 안 그러면, 여러분은 3개월이래도 우리 옆에서 시간을 때워야 할 겁니다. 우리에게 돈이 들어오는 데 일주일 반 이상 걸립니다. 지금 관청에는 땡전 한 푼 없습니다. 지난주에 15만 루블을 받았는데, 전부 나갔어요. 세 명의 지주가 기다려서요. 그들이 2월부터 영지를 저당 잡혔거든요.

우테시텔니 그건 다른 자들의 경우이고, 저희를 위해서는 우정을 보여 주셔야……. 우리가 당신과 더 가까이 지낼 필요가 있겠어요……. 자, 어때요? 우린 같은 편이에요! 성함이 어떻게 되시죠? 뭐라고요? 펜텔플레이 페르펜티이치, 맞나요?

자무흐리시킨 프소이 스타히치입니다.

우테시텔니 뭐 그게 그거네요. 자, 잘 들어 보세요, 프소이 스타히치! 오랜 친구처럼 합시다. 당신은 어떻게 지내세요, 일은 어떤가요, 당신 근무는 어떤가요?

자무흐리시킨 근무가 어떻냐고요? 뭐 잘 알다시피, 근무란 게 늘 그렇죠.

우테시텔니 그럼 근무에 따라 수입이 다르겠군요, 아시죠……. 많이 받으시나요?

자무흐리시킨 물론이죠. 한번 생각해 보세요. 그럼 어떻게 살겠어요?

우테시텔니 그럼 당신 기관에서처럼 솔직하게 말해 보세요. 모두 뇌물을 받나요?

자무흐리시킨 무슨 말씀을! 보아하니 당신은 날 비웃으시는군요! 에이, 여러분……! 정말이지 작가라는 자들도 뇌물받는 사람들을 조롱하더군요. 하지만 잘 들여다보세요. 우리보다 더 높은 사람들도 뇌물을 받습니다. 여러분도 그저 좀 더 고상한 표현을 만들어 낸 것뿐이에요. 기부라는 단어 같은. 신은 그게 뭔지 잘 아시죠. 일이 돌아가려면 어쨌거나 뇌물이 필요하거든요. 내용은 같은데 형식만 달라진 겁니다.

우테시텔니 이런, 이제 보니, 프소이 스타히치 씨가 모욕을 느끼셨군요. 제가 자존심을 건드린 거군요!

자무흐리시킨 네, 잘 아시다시피 자존심은 아주 민감한 거라서 쉽게 상할 수 있습니다. 하지만 그것으로 화내는 게 아닙니다. 전 살 만큼 살았거든요.

우테시텔니 자, 됐어요. 좀 더 다정하게 말합시다, 프소이 스타히치! 당신은 어떻소? 당신네는 어떻게 지내시나요? 어떻게 지내고 계세요? 이 세상에서 어떻게 지내시나요? 아내와 아이들은 있나요?

자무흐리시킨 하느님 덕분에요. 하느님이 상을 주셨지요. 아들둘이 군의(軍醫) 학교에 다니고 있어요. 다른 두 아들은 더 어리고요. 하나는 아직 셔츠를 입고 뛰어다니고, 다른 애는 네 발로 아장아장 걸어 다니죠.

우테시텔니 저, 애가 손으로 이렇게 할 수 있나요? (손으로 돈을 긁어모으는 시늉을 한다.)

자무흐리시킨 정말 짓궂은 분들이시네요! 또 시작이군요!

우테시텔니 전혀, 전혀 아니에요, 프소이 스타히치! 이건 우정에서 하는 말이에요. 그런 게 뭐 있다고 그러세요! 같은 편인데! 에이, 프소이 스타히치 씨에게 샴페인 잔을 드려! 어서! 우린 이제 아주 가까운 사이가 되어야 하니까요. 우리도 당신에게 손님으로 가겠습니다.

자무흐리시킨 (술잔을 받아 들며) 여러분, 좋아요, 환영합니다. 솔직히 우리 집에서 마시는 차는 현지사 집에서도 찾아볼 수 없을 겁니다.

우테시텔니 아마 상인에게서 선물로 받으신 거겠죠?

자무흐리시킨 네, 상인에게서요, 중국과의 거래소에서 들여온 겁니다.

우테시텔니 어떻게요, 프소이 스타히치? 당신이 상인들과 거래를 한단 말인가요?

자무흐리시킨 (술잔을 비운 뒤 손을 무릎에 대고) 바로 그래요, 여기 상인이 아주 어리석어서 우리에게 뇌물을 줄 수밖에 없었지요. 프라카소프란 지주를 아시나요, 그가 영지를 저당 잡히고서, 일이 잘 처리되면 다음 날 돈을 받을 거라고 누군가에게 말을 한 거예요. 그는 상인과 함께 절반씩 투자해서 공장을 짓기로 했고요. 그런데 아시다시피 공장을 짓건 뭐를 하건 돈이 필요하고, 파트너가 어떤 사람인지 알아야 합니다. 하지만 그건 우리 관리의 소관이 아니지요. 다만 이 상인이 어리석어 시내에서 자신이 지주와 절반씩 투자하고 한시가 급하게 돈을 기다리고 있다고 흘린 거예요. 우린 그에게 사람을 보내 우리에게 2천 루블이 들어오면 바로 돈을 지급하고, 그렇지 않으면 더 기다려야 할 거라고 전했지요. 그사이 그의 공장에 보일러와 식기가 들어오고, 사람들이 선금을 기다리고 있었어요. 상황이 이렇게 되자 상인은 빼도 박도 못하고 어쩔 수 없이 우리에게 각각 2천 루블과 차 2파운드씩 주게 됐지요. 남들은 이걸 뇌물이라고 할지 몰라요. 하지만 이건 그가 멍청해서 생긴 일이에요. 누가 그를 꾀어서 그가 입을 다물지 못하게 했단 말인가요? 그가 알아서 입을 다물었어야죠.

우테시텔니 이 일에 대해 제발 잘 들으세요, 프소이 스타히치 씨. 우린 정말 당신에게 드릴 거예요. 다만 당신은 상관들과 적절히 돈을 나누세요. 다만, 제발, 프소이 스타히치 씨, 서둘러 주세요, 네?

자무흐리시킨 네, 노력해 보겠습니다. (일어서면서) 하지만 솔직히 말씀드리면, 당신이 원하는 만큼 그렇게 빨리는 안 됩니다. 하느님 앞에 맹세코 관청에는 땡전 한 푼 없어요. 하지만 노력해 보겠어요.

우테시텔니 좋아요. 관청에 가서 당신을 어떻게 찾지요?

자무흐리시킨 프소이 스타히치 자무흐리시킨이 어딨냐고 물어 보세요. 안녕히 계세요, 여러분!

문으로 간다.

시보흐네프 프소이 스타히치, 프소이 스타히치! (주위를 둘러본다.) 노력해 주세요!

우테시텔니 프소이 스타히치, 프소이 스타히치, 좀 더 빨리 처리해 주세요!

자무흐리시킨 (나가면서) 네, 이미 말씀드렸지요. 노력해 보겠습니다.

우테시텔니 제기랄, 왜 이렇게 오래 걸리는 거야! (자기 이마를 친다.) 아냐, 그를 쫓아가야겠어, 쫓아가겠어, 혹시 뭐라도 얻을지 모르니 돈을 아끼지 않겠어. 제기랄, 그에게 내 돈 3천 루블을 주겠어. (뛰어나간다.)

제21장

시보흐네프, 크루겔, 이하레프.

이하레프 물론 더 일찍 받는다면야 좋지.

시보흐네프 우리에게 그 돈이 얼마나 필요한데! 우리에게 얼마나 필요한데!

크루겔 우테시텔니가 어떻게든 그를 붙잡으면 좋으련만!

이하레프 왜 그래, 정말 자네들 일이…….

제22장

그들과 우테시텔니.

우테시텔니 (절망하며 들어온다.) 제기랄, 4일 전까지는 절대로 안 된대. 벽에 대고 이마를 쥐어박고 싶은 심정이야.

이하레프 자넨 왜 그리 열을 내고 그러나? 정말 4일을 못 기다린다는 거야?

시보호네프 문제는 이거야, 우리에겐 이 시간이 아주 중요하다는 거야.

우테시텔니 기다린다고! 자넨 니즈니에서 한시가 급하게 우리를 기다리는 게 뭔지 알기나 해? 우리가 아직 얘기 안 한 게 있는데, 얼마건 돈을 손에 넣으려면 가능한 한 서둘러야 한다는 소식을 나흘 전에 들었어. 어떤 상인이 60만 루블어치의 철을 가져왔대. 화요일에 최종 거래가 있고, 그 돈을 현찰로 받는대. 또 어제 한 명이 50만 루블어치의 대마 밧줄을 가져왔고.

이하레프 그래서 뭐가 어떻게 되는 건데?

우테시텔니 뭐가 어떻게 되냐니? 실제로 노인들은 집에 남아 있고, 대신 자기 아들들을 보냈다는 거야.

이하레프 아들들이라면 틀림없이 카드 게임을 하겠지?

우테시텔니 자넨 어디 사는 거야, 중국이야 뭐야? 상인 아들들이 어떤지 몰라서 그래? 상인이 아들을 어떻게 키우는지를 말야? 그가 아무것도 모르게 하거나, 아니면 상인이 아니라 귀족이 알아야 할 것만 알도록 키우지. 확실히, 그는 장교들과 팔짱 끼고 다니면서 난봉을 피우고 싶어 해. 이봐, 우리에겐 이자들이 정말 수지맞는 족속이야. 그들은 바보 천치여서 우리에게서 빼앗는 1루블에 대해 우리에게 수천 루블을 지불하고 있다는 걸 모르거든. 상인이 딸은 장군에게 시집보내고 아들에게는 관리 일을 시킬 생각만 한다는 게 우리에게는 행운이지.

이하레프 정말 믿을 만한 일인가?

우테시텔니 어떻게 믿을 만한 소식이 아니겠어? 거짓이었으면 우리에게 알리지도 않았을 거야. 전부 우리 수중에 들어온 거나 다름없어. 지금은 한시가 급해.

이하레프 에이, 제기랄! 이 마당에 우리가 멀뚱히 앉아 있어야 하다니? 맙소사, 모든 조건이 다 갖춰졌는데!

우테시텔니 그렇지, 우리에게 유리한 상황인데 말야. 내게 좋은 생각이 떠올랐다. 자넨 아직 서두를 이유가 없지. 돈은 자네에게 있고, 8만 루블 말야. 그걸 우리에게 줘, 대신 우리에게서 글로프의 어음을 받아. 넌 아마 15만 루블을 받게 될 거야, 정확히 두 배를 받는 거지. 네가 우리에게 더 많이 빌려주는 거야. 우린 당장 돈이 너무 필요해서 1코페이카당 3코페이카라도 기꺼이 지불할 생각이니까.

이하레프 그렇게 하지, 왜 안 되겠어. 자네들에게 형제애가 어떤 건지를 증명하기 위해서……. (상자에 다가가 현금 다발을 꺼낸다.) 자, 여기 8만 루블 받게!

우테시텔니 자, 여기 어음을 받게! 지금 당장 글로프를 부르러 가겠어. 그를 데리고 와서 형식에 따라 모든 걸 잘 갖춰야 하니까. 크루겔, 돈을 내 방으로 가져가. 여기 내 상자 열쇠가 있어.

크루겔, 나간다.

우테시텔니 아, 저녁에는 갈 수 있도록 모든 게 잘 갖춰지면 좋겠는데. (나간다.)

이하레프 당연하지, 당연해. 한시도 놓쳐서는 안 되지.

시보흐네프 자네에게 오래 머물지 말라고 권하네. 돈을 받는 즉시 우리에게 오라고. 20만 루블 가지고 뭘 할 수 있겠어? 그저 장을 뒤집어엎겠지……. 참, 크루겔에게 꼭 필요한 일을 말한다는 걸 깜박했군. 기다려, 곧 돌아올게. (급히 나간다.)

제23장

이하레프 혼자 남는다.

이하레프 상황이 얼마나 멋지게 돌아갔느냐 말야! 응? 아침나절에는 8만 루블밖에 없었는데, 저녁이 되니 벌써 20만이야.

응? 다른 사람에겐 평생 근무하고 노동하고 줄곧 앉아서 난관을 극복하고 건강을 해친 대가로 얻을 수 있는 돈이지. 그런데 단 몇 시간, 몇 분 만에, 돈방석에 앉게 되다니! 20만 루블이라! 어떤 영지, 어떤 공장이 20만 루블을 가져다주겠어? 시골에 죽치고 앉아 노인과 농부들과 일하면서 매년 3천 루블의 수입을 모으며 사는 게 좋은 건지 생각해 봐. 아, 교육이 정말 헛된 일이야? 시골에서 얻는 무지야말로 칼로 베어 낼 수 없는 거야. 뭘 위해 시간을 낭비하는 거겠어? 기껏 노인들이나 농부들과 이야기하기 위해서인 거지……. 난 교양 있는 사람과 이야기하고 싶어! 이제 난 부자야. 이제 난 시간을 자유롭게 쓸 수 있어. 교육받는 데 도움 되는 걸 할 수 있어. 페테르부르크에 가고 싶군. 페테르부르크에 가서 극장, 조폐국도 보고, 궁전을 지나 영국 도로를 따라 여름 정원에 가서 시간을 보내는 거야. 그리고 모스크바에 가선 화려한 '야르' 식당에서 식사를 하는 거야. 수도의 유행에 맞게 차려입을 수 있고, 다른 이들과 어깨를 나란히 하고 계몽된 사람의 도리를 다할 수 있어. 이 모든 게 가능해진 까닭은? 무엇 덕분이지? 바로 사기라고 불리는 것 덕분이지. 허튼소리, 이건 절대로 사기가 아니야! 아냐. 사기는 한순간에 할 수 있는 것이지만, 이건 실습에 학습이 필요한 거야. 뭐, 사기라고 해도 좋아. 그래도 정말 꼭 필요한 거야. 그거 없이 뭘 할 수 있겠어? 그건 아주 신중한 주의를 요구하는 거야. 예를 들어 내가 모든 섬세한 기술을 모르고, 이 모든 것에 도달하지 못했다면, 나를 당장 빈털터리로 만

들었을 거야. 그들은 나를 속이려 했는데 평범한 사람을 상대하는 것이 아니라는 걸 깨닫고 스스로 내게 도움을 청한 거야. 아냐, 지성은 위대한 거야. 세상에는 섬세함이 필요해. 난 삶을 전혀 다른 시각에서 봐. 바보처럼 사는 것, 이건 사는 게 아냐. 섬세하게 기술적으로 살면서 모두를 속이고 자신은 속지 않는 것, 그게 진정한 임무이고 목적인 거야!

제24장

글로프가 급히 뛰어 들어온다.

글로프 그들은 어딨지? 방에 가 봤는데 비어 있어.

이하레프 그들은 지금까지 여기 있었어. 잠깐 나갔어.

글로프 뭐, 벌써 나갔다고? 자네에게서 돈도 가져갔나?

이하레프 그래, 우린 함께 일했고, 자네를 위해 남아 있는 거야.

제25장

그들과 알렉세이.

알렉세이 (글로프를 향해) 신사들이 어디에 있는지를 물어보셨나요?

글로프 그래.

알렉세이 그들은 벌써 떠났어요.

글로프 떠나다니, 어떻게?

알렉세이 그렇게 됐죠. 30분 전부터 짐마차와 말이 떠날 채비가 되어 있었습죠.

글로프 이런, 우리 둘 다 속았군!

이하레프 무슨 소리! 난 한마디도 이해할 수 없는걸. 우테시텔니는 곧 돌아올 거야. 자네 정말 아나, 이제 자네 빚이 전부 내게 지불될 거라는 것을. 그들이 바꿔 갔거든.

글로프 무슨 얼어 죽을 놈의 빚! 네가 빚을 받는다고! 넌 정말 모르는 거야, 비열한 멍텅구리처럼 바보가 되었다는 걸?

이하레프 자네 무슨 그런 쓸데없는 소리를 하는 거야? 자네 머리가 아직도 술에서 안 깬 것 같군.

글로프 아, 우리 둘 다 술에 취한 것 같아. 너도 꿈 깨. 넌 내가 글로프라고 생각해? 내가 글로프면, 넌 중국 황제일 거야.

이하레프 (불안해하며) 자네 이게 무슨 허튼소린가? 자네 아버지…… 그리고…….

글로프 노인네 말야? 첫째, 그는 내 아버지도 아니고, 앞으로 그에게 아이들이 생기기나 할까 몰라! 둘째, 글로프가 아니라 크리니친이야. 미하일 알렉산드로비치가 아니고 이반 클리미치고, 그들과 한패였다고.

이하레프 자네, 잘 들어! 진지하게 말해야 돼. 이건 농담할 일이 아니야!

글로프 무슨 얼어 죽을 놈의 농담! 나도 속았단 말이야. 내 수고에 대해 3천 루블을 주기로 약속했다고.

이하레프 (열에 받쳐서 그에게 다가가며) 다시 말하는데 농담하지 마! 자넨 내가 바보 멍청이라고 생각하나……. 위임장도, 관청도…… 금방 관청에서 프소이 스타히치 자무흐리시킨이라는 관리도 다녀갔어. 넌 내가 지금 그를 부르러 보내지 못할 거라고 생각해?

글로프 첫째, 그는 관청의 관리가 아니라 그들과 한패인 퇴역 이등 대위이고, 자무흐리시킨이 아니라 무르자페이킨이야. 프소이 스타히치가 아니라 플로르 세묘노비치이고!

이하레프 (절망해서) 그럼 너는 누구야? 망할 놈, 넌 누구냐고, 말해!

글로프 내가 누구냐고? 난 고결한 사람이었어, 사기꾼이 되기 전까지는. 그들이 나를 홀랑 털고 셔츠 하나 안 남겼어. 내가 굶어 죽지 않으려면 뭘 할 수 있겠어? 3천 루블을 받기로 하고 음모에 가담해서 자네를 속인 거야. 난 솔직하게 털어놓는 거야. 봐 봐, 난 고결하게 행동하고 있다고.

이하레프 (광분에 휩싸여 그의 멱살을 붙잡는다.) 이 사기꾼!

알렉세이 (방백으로) 이런, 싸움이 벌어지겠군. 빨리 자리를 떠야겠어! (나간다.)

이하레프 (그를 끌며) 가자! 가자고!

글로프 어디, 어디로?

이하레프 어디라니? (격앙되어) 어디라니? 법정이지! 법정으로!

글로프 이봐, 네겐 그럴 권리가 없어.

이하레프 뭐라고! 내게 그럴 권리가 없다고? 밝은 대낮에 비열한 방식으로 속이고 돈을 훔쳤어! 그런데 내게 그럴 권리가 없다고? 내게 사기꾼처럼 접근했어! 그런데 내게 그럴 권리가 없다고? 너를 감옥에, 네르친스크에 처넣겠어. 내게 그럴 권리가 없다고? 기다려, 너희 사기꾼 일당을 전부 잡아넣을 테다! 너희는 알게 될 거야, 선량한 사람의 신뢰와 진심을 속이면 어떻게 되는 건지. 법! 법! 법대로 처리하겠어! (그를 잡아끈다.)

글로프 네가 불법적으로 행동하지 않았다면 법의 심판을 요구할 수 있겠지. 하지만 기억해. 네가 그들과 작당해서 나를 속이고 홀랑 벗기려 한 일을. 게다가 그 카드 세트는 자네가 직접 만든 거고. 아냐, 이봐! 무엇보다 중요한 건 자네에겐 불평할 하등의 권리도 없다는 거야!

이하레프 (절망적으로 자기 이마를 손으로 친다.) 제기랄, 정말이네……! (힘이 빠져서 걸상에 주저앉는다.)

그사이 글로프는 도망간다.

이하레프 하지만 이런 악마적인 사기가 다 있다니!

글로프 (문을 들여다보며) 힘내! 네겐 아직 재앙에서 벗어날 수단이 있으니까!* 네겐 아델라이다 이바노브나가 있잖아! (사라진다.)

이하레프 (분노하며) 제기랄, 아델라이다 이바노브나는 꺼져 버려! (아델라이다 이바노브나를 집어서 문에 던진다. 여왕들과 카드패 2들이 흩날려 마루에 떨어진다.) 인간에게 수치스럽고 모욕적이게도 이런 사기꾼들이 있다니! 하지만 난 정말 미칠 것 같아. 어쩌면 이렇게 모두 악마처럼 연기할 수가 있어! 얼마나 섬세한가 말야! 아버지도, 아들도, 관리 자무흐리시킨도! 끝까지 감쪽같이 숨기다니! 불평조차 할 수가 없군! (분을 참지 못하고 의자에서 벌떡 일어나 방 안을 오간다.) 다음엔 약삭빠르게 굴어 봤자야! 섬세한 지성을 이용해 봤자야! 도구를 잘 연마하고 머리를 굴려 봤자야……! 제기랄, 고결한 열정도 수고도 이렇게 한순간에 가치가 없어지다니! 자기가 속이려다가 오히려 자기 옆구리 밑에서 사기꾼이 튀어나와 자기가 속은 셈이야! 수년간 노력해서 세운 건물을 한 번에 무너뜨리는 협잡꾼이 있다니! (화를 내고 손을 저으며) 제기랄! 얼마나 기만적인 세상인가! 통나무처럼 멍청하고 아무 생각도 안 하고 아무것도 하지 않고, 너덜너덜해진 카드로 푼돈이나 걸고 보스턴 게임이나 하는 자에게만 행복이 굴러들다니!

10 **스크보즈니크** Skvoznik. '간교하고 통찰력이 있는 사람, 노련한 사기꾼'이라는 의미임.

11 **작가의 견해를 반영하고 도덕적인 훈계를 하기도 한다** 사건에 참여하지 않고 작가의 시각, 즉 사건, 인물, 시대에 대한 작가의 견해를 표명하고 도덕적인 훈계도 하는 희곡이나 서사시의 인물. 프랑스어 단어 'raisonneur'를 음차한 외래어.

앨범 마음에 와닿는 시구나 글귀, 그림 등을 담는 개인적인 서화집.

20 **볼테르 지지자들** 볼테르(François-Marie Arouet Voltaire, 1694~1778)는 프랑스 계몽주의자. 기독교 교회와 절대 왕정의 종교적 억압과 불관용, 부패와 타락을 비판하고, 개인의 양심과 이성을 통한 사회의 진보를 주장함.

보르조이 Borzoi. 러시아의 사냥개.

루블 rubl'. 러시아의 화폐 단위. 1루블은 1백 코페이카.

22 **똑똑한 인간은 술주정뱅이이거나 견디기 어려울 정도로** 직역하면 "성상화를 밖으로 내놓아야 할 정도로".

25 **모스크바 통보** 1756~1917년(공식적으로는 1909년까지) 모스크바

대학에서 발간된 러시아 제국 시대의 신문.

25 **깃발** 가문의 문장이 박힌 깃발이나 기병대의 깃발.

27 **피로그** pirog. 감자, 고기 등 여러 재료를 넣어 만든 파이류.

28 **필립 안토노비치 포체추예프** Filipp Antonovich Pochechuyev. '포체추이(Pochechuy)'는 '치질'을 의미하므로 인물의 성에서 치질이 연상됨.

30 **바실리의 축일** 러시아 정교에 그런 성인은 없음. 그리고 드라마 초고에는 예수 그리스도의 수난의 도구이자 속죄의 상징인 십자가를 경배하는 날인 "9월 14일 성십자가의 현양 축일(Feast of the Exaltation of the Holy Cross) 전에"라고 되어 있음.

31 **존 메이슨의 행적** 영국 작가 존 메이슨(John Mason, 1705~1763)의 『자기 인식(*Self-Knowledge*)』을 말함. 이 책은 러시아 석공회 회원인 이반 투르게네프가 번역하고 니콜라이 노비코프가 1783년 출간했으며, 여러 차례 발간되었음.

32 **귀리 수프** '귀리 수프'를 의미하는 독일어 단어 'Hafersuppe'를 러시아어로 음차하여 표기.

34 **아르신** arshin. 1아르신은 71.12센티미터.

35 **푸드** pud. 제정 러시아의 옛 중량 단위. 1푸드는 16.38킬로그램.

37 **안토샤** Antosha. 안톤의 애칭.

40 **극장도 있고** 오시프는 지식이 부족해 극장을 의미하는 'teatr'를 'keyatr'로 잘못 발음함. 같은 독백에서 '극장표'라고 말할 때도 극장을 'keyatr'로 잘못 발음함.

슈킨 Schukin. 페테르부르크에 있는 시장 중 하나.

41 **중심가** 오시프는 역시 지식이 부족해 대로를 의미하는 'prospekt'를 'preshpekt'로 잘못 표현함.

43 **날도둑** '소중한 친구'를 의미하는 프랑스어 표현 'cher ami'에서 파생된 러시아어 단어(sheramyzhnik)로 '날도둑, 사기꾼'을 의미함. 1812년 러시아를 침공한 프랑스 군사들이 러시아 농민들을

'cher ami'라고 부르며 먹을 것과 숙소를 요구한 데에서 유래함.

44 **슈토스** Stoss. 카드 도박 게임을 의미하는 독일어.

로베르트 Robert. 프랑스 작곡가 마이어베어(Jacob Liebman Beer J. Meyerbeer, 1791~1864)가 작곡한 오페라 「악마의 로베르트」. 러시아에서는 1834년 페테르부르크의 볼쇼이 극장에서 초연됨.

내 옷을 짓지 말아요, 어머니 당시 사라토프와 모스크바에서 활동한 드라마 배우이자 시인인 치가노프(N. G. Tsyganov, 1797~1832 혹은 1800~1833)가 쓴 시에 작곡가 바를라모프(A. E. Varlamov, 1801~1848)가 붙인 「붉은 사라판(Krasnyy sarafan)」의 첫 행. 이 노래는 1832~1833년경에 작곡되고 당시 인기가 많았음.

46 **이오힘 [요한 알베르트]** Iokhim Johann Al'bert(1762~1834), 페테르부르크의 유명한 마차 제조업자.

49 **간악한 주막** 19세기 전반기에 러시아에서는 주막이 여관을 겸용하였음.

55 **블라디미르 훈장** 1782년 예카테리나 여제가 제정한 훈장.

60 **마데이라** Madeira. 마데이라섬에서 생산되는 백포도주.

70 **라바르단** Labardan. 독일어로 'Laberdan'. 쾰른의 대표적인 대구 요리로 널리 알려짐.

72 **카드놀이를 할 수 있는 모임 같은 건 없나요** 카드 도박은 당시 법으로 금지되어 있었으나 실제로는 널리 행해지고 있었음.

73 **판돈을 세 배로 올려야 할 때 승부를 그만둔다면……** 원문에서는 "카드의 세 모서리를 접어야 할 때 카드를 그만두는" 것으로 표현됨. 카드의 세 모서리를 접는다는 것은 판돈을 세 배로 올린다는 의미임.

74 **여행** 안나 안드레예브나는 사교계의 언어인 프랑스어를 구사하는 것이 격식에 맞다고 생각해, 여행을 의미하는 프랑스어 단어 'voyage'를 음차한 러시아어 'Voyazhirovka'로 표현함.

Comprenez vous 프랑스어로 '이해하시겠죠'라는 의미.

76 **보드빌** vaudeville. 프랑스에서 들어온 가벼운 소극. 자극적이고

충격적인 사건과 무대 장치들로 관객들을 사로잡는 것에 대해 고골의 비판을 받음.

76 **피가로의 결혼** 프랑스 작가 보마르셰(Pierre Augustin Caron de Beaumarchais, 1732~1799)의 희극 「피가로의 결혼」(1784)에 모차르트(Wolfgang Amadeus Mozart, 1756~1791)가 곡을 붙여 유명해진 동명의 오페라(1786). 러시아에서는 페테르부르크의 볼쇼이 극장에서 1836년 초연됨.

노르마 Norma. 이탈리아 작곡가 빈첸초 벨리니(Vincenzo Bellini, 1801~1835)가 작곡한 2막의 오페라. 1831년 밀라노의 라스칼라 극장에서 초연되고, 러시아에서는 1835년 초연됨.

브람베우스 남작 『독서를 위한 도서관』의 편집장이자 동양학자이자 작가이던 센콥스키(O. I. Senkovsky, 1809~1858)의 필명.

군함 '희망' 낭만주의 작가 베스투제프-마를린스키(A. A. Bestuzhev-Marlinsky, 1797~1837)가 1833년 발표한 중편 소설.

모스크바 전신국 폴레보이(N. A. Polevoy, 1796~1846)가 1825년부터 발간한 잡지로 니콜라이 1세에 의해 1834년 폐간됨. 흘레스타코프는 이것이 작품 제목이 아니라 잡지 이름인 것을 모를 정도로 문학에 대한 지식이 없음을 암시.

스미르딘 A. F. Smirdin(1795~1857). 페테르부르크의 출판업자이자 잡지 『독서를 위한 도서관』의 발행인. 그의 출판물은 당시 대중적으로 큰 성공을 거둠.

유리 밀로슬랍스키 Yuri Miloslavsky. 자고스킨(M. N. Zagoskin, 1789~1852)이 1829년에 발표한 역사 소설.

78 **벨 에타주** '아름다운 층'이라는 의미의 프랑스어 표현 'bel étage'를 러시아어로 음차하여 표기. 바로크 및 고전주의 건축에서는 주요 홀과 방들이 있는 2층에 해당함.

79 **국가 위원회** 1810~1906년 러시아 제국의 최고 입법 기관.

91 **키케로** Marcus Tullius Cicero(기원전 106~43). 웅변으로 명성을

떨친 로마의 정치가.

95 **세련된 언행** 사교계의 세련된 언행을 의미하는 프랑스어 표현 'bon ton'을 러시아어로 음차하여 표기.

101 **자코뱅 당원** 프랑스 혁명기의 정파 중 하나로 완전한 명칭은 '자유와 평등의 벗, 자코뱅 결사단(Société des Jacobins, amis de la liberté et de l'égalité)'이지만, '자코뱅 클럽(Club des jacobins)'으로 더 유명함. 이 명칭은 파리의 자코뱅 수도원을 본거지로 한 데서 유래되었으며, 급진적인 공화주의를 주장함.

103 **공립 자선 기관** 1775년에 설립된 자선 기관으로 저축과 대출 업무를 동시에 이행했음.

111 **명명일** 러시아 제국 시대에는 우크라이나-러시아 정교의 관례에 따라 자신의 수호성인의 날을 명명일로 지정하여 생일 대신 축하하는 풍습이 있었음.

118 **오오, 그대~ 신을 원망하는구나, 인간이여……** 러시아 송가 시인이자 대학자인 로모노소프(Mikhail Vasilyevich Lomonosov, 1711~1765)가 쓴 「욥기에서 발췌한 송가」의 첫 행들.

121 **법이 비난할 것이다** 러시아 작가이자 역사가인 카람진(Nikolai Mikhailovich Karamzin, 1776~1826)의 중편 소설 「보른골른섬」(1793)에 나오는 시의 첫 부분, "법은 내 사랑의 대상을 비난하노라"의 일부. 이 시에 곡을 붙인 로망스가 널리 불렸음.

131 **붉은 게 좋을까요 푸른 게 좋을까요** 높은 등급의 훈장을 탄 사람들이 어깨에 두르는 리본형 훈장의 술을 의미함. 푸른 술은 가장 높은 등급의 성 안드레이 훈장이고, 붉은 술은 그보다 한 단계 낮은 알렉산드르 넵스키 훈장임.

132 **랴푸시카와 코류시카라는 두 종류의 생선만 있다더군요** 연어과의 생선으로 페테르부르크 사람들이 좋아하는 진미로 알려짐.

용연향 용연향을 의미하는 프랑스어 단어 'ambre'를 러시아어로 음차하여 표기.

133 **사모바르** samovar. 우크라이나와 러시아의 전통적인 차 끓이는 기구. 숯을 넣고 즉석에서 물을 끓여 따라 냄.

138 **루칸치크** 루카 루키치의 애칭.

141 **재채기를 한다** 누군가가 재채기를 하면 옆 사람이 축하의 말을 해 주는 러시아의 관례.

142 **하느님이라면 모두 가능합니다** "사람으로는 할 수 없으나 하나님으로서는 다 하실 수 있느니라"(「마태복음」 19:26)를 변형하여 인용한 것.

146 **맘껏 즐기고** '즐기다'라는 의미의 프랑스어 동사 'jouir'를 음역하여 변형시킨 러시아어 동사 'zhuirovat''를 사용함.

149 **모베톤** moveton. "사교계에서 허용되지 않는 언행을 하는 사람"을 가리키는 프랑스어 표현 'Mauvais ton'을 러시아어로 음차하여 표기.

선량한 사람들 19세기에 러시아와 우크라이나에서는 일반인들을 '선량한 사람들'로 부르는 것이 관례였음.

상트페테르부르크 포츠탐스카야 거리 97번지 실제로 고골은 「감찰관」을 창작할 당시 페테르부르크 말라야 모르스카야 거리 97동 건물 3층에 살고 있었음.

뜻밖의 전환 '질책, 놀라움'을 의미하는 프랑스어 단어 'reprimande'를 러시아어로 음차하여 표기. 여기서는 '교훈, 뜻하지 않은 전환'을 의미.

154 **성 유리의 축일이 왔어요** 기대한 것이 이루어지지 않았을 때의 좌절감과 쓰라린 마음을 표현하는 관용 어구. 이반 4세 시대에 농노가 이전 주인에게 부역 의무를 다 이행하면 성 유리의 날(구력으로 11월 25일) 일주일 전에 새 주인에게 갈 수 있는 권리가 농노에게 주어졌으나, 이반 4세 사후에 그 권리가 폐지되고 농노가 토지와 함께 거래되는 농노제가 성립된 데서 유래함.

157 **고기 먹을 수 있는 기간을 또 놓쳤잖아** 결혼을 하지 않은 탓에 금식

기간과 고기를 먹을 수 있는 기간을 구별해 줄 사람이 없다는 의미로 추정됨.

165 **7등 문관** 표클라는 지식이 부족해서 포드콜료신의 직위인 7등 문관을 의미하는 'Nadvornyy sovetnik'를 'pridvornyy sovetnik'로 잘못 표현함.

해군성 표클라는 지식이 부족해서 해군성을 의미하는 외래어 'admiralteystvo'를 ' algalant'erstvo'로 잘못 표현함.

168 **사무처장** 표클라는 지식이 부족해서 사무처장이라는 의미의 단어 'obersekretar''를 'oberseklekhtar''로 잘못 표현함.

169 **마멋** marmot. 아시아에 서식하는 설치류의 일종.

175 **내게 그런 악독한 남편이 없기를** 직역하면 "내게도 그런 악독한 남편이 있기를!"로, 반어적 표현.

178 **야이츠니차** Yaichnitsa. '달걀 프라이'라는 의미.

180 **어깨 장식을 단 귀족** 귀족이 아니라 장교가 제복에 견장을 달고 다님. 표클라의 착각.

현지사가 원로원 의원보다 더 높아 아리나 판텔레이모노브나는 상인 집안 출신으로 지식이 부족해서 현지사를 의미하는 'gubernator'는 'gubernakhtor'로, 원로원 의원을 의미하는 'senator'는 'senakhtor'로 잘못 표현함.

186 **모두 프랑스어를 쓰죠** 시칠리아에는 시칠리아어가 있고, 이 언어는 같은 로망스어파에 속하는 이탈리아어와 가장 유사함. 제바킨은 이 사실을 모를 정도로 무식함.

프랑스어로 ~ 말해보세요 실제로 이 표현은 프랑스어가 아니라 이탈리아어 혹은 그 언어와 매우 유사한 시칠리아어임. 제바킨은 두 언어를 구별하지 못할 정도로 무식함.

188 **개의 새끼** '사바치신(Sobachiy Syn)'으로 발음됨.

포모이킨 ~ 성이 디르카였어요 포모이킨(Pomoykin)은 쓰레기장, 야리시킨(Yaryzhkin)은 술꾼, 페레프레예프(Perepreyev)는 썩은 놈,

디르카(Dyrka)는 구멍이란 의미.

197 **섬** 페테르부르크는 네바강 하류 삼각주의 늪지대에 세워진 석조 도시로, 자연 섬과 운하들이 많음.

213 **바수르만** basurman. 외국어를 비하하는 의미에서 총칭한 것.

224 **예카테린고프** Ekateringof. 표트르 1세가 아내 예카테리나에게 선물한 궁전과 공원. 1823년 러시아 최초의 현수교가 건설됨.

243 **도박꾼** 해당 작품은 앞서 두 작품과 달리 원서에 등장인물 소개가 빠져 있음.

257 **두 배 걸겠어** 파롤(Parole), 두 배의 판돈을 건다는 의미.

279 **자선기금의 이윤을 챙기는 자선 단체** 이자를 얻기 위해 돈을 보관하는 일을 맡는 자선 기관.

284 **두 배에 두 배 걸겠어** 파롤 페(Parole Pe), 네 배 건다는 의미.

또 두 배야 플리에(Plie), 판돈이 두 배가 되었다는 의미.

285 **바클라이 드 톨리 장군** Michael Andreas Barclay de Tolly (1761~1818). 19세기 스코틀랜드계 독일 출신의 러시아 장군.

286 **포스카** Foska. 2~10점 패. 가장 높은 카드.

291 **우라** Ura. 감탄사 '만세'.

부르초프 이오라 러시아 낭만주의 시인 D. V. 다비도프(1784~1839)의 시 「부르초프에게」(1804)에서 A. P. 부르초프는 창기병 장교. 고골의 1841~1846년 노트에 따르면 'Iora'의 의미는 다음과 같음. "이오르닉은 돈을 지불하지 않는 하급 관리, 작은 규모의 사기꾼. 다른 이는 돈이 없어서 지불하지 못하는 반면, 이오라는 지불하고 싶지 않아서 지불하지 않는다. 이오라는 영웅이다."

305 **네겐 아직 재앙에서 벗어날 수단이 있으니까** 직역하면 "네겐 아직도 재앙이 남아 있잖아!"로 반어적 표현.

고골 희곡의 실타래 풀기

이경완(한림대학교 러시아연구소 교수)

고골은 1830년대에 희곡의 심미적이고 윤리적인 기능을 강조하는 신고전주의적 연극관에서 출발하여 영적 각성과 삶의 실질적인 변형을 강조하는 보다 기독교적인 연극관으로 나아간다. 특히 그는 실러(Friedrich von Schiller)의 교육적인 연극관에 따라 연극은 인간의 덕성 계발에 효과적인 교육 매체이고, 극장은 선을 가르치는 '학과'라고 주장하던 1830년대 중반에 「감찰관」, 「도박꾼」, 「결혼」을 창작하기 시작한다. 그중 1835년 초판과 1842년 완성본이 남아 있는 「감찰관」의 수정 방식에서 이러한 변화는 더욱 선명하게 드러난다. 이러한 변화는 고골이 자신의 희곡에 담긴 웃음을 1835년경에는 "희극의 숭고한 웃음", 1842년에는 "정직하고 고상한 얼굴"로서의 웃음, 1846년경에는 인간에 대한 사랑에서 나오는 웃음으로 설명한 데에서도 드러난다.

더불어 고골의 세 희곡은 서구와 러시아의 희곡 전통을 창조적으로 모방한 것으로서, 이 작품들에서 그가 참조한 18~19세기 전반기 서구와 러시아 희곡의 요소들을 쉽게 찾아낼 수 있다. 다만 그것들을 소재로 자신만의 독창적인 작품을 창작한 점에서 고골은 모방을 통한 창조의 대가임이 다시 입증된다.

1. 감찰관

고골의 최고 대표작 중 하나로 꼽히는 5막극 「감찰관」은 1835년 가을에 창작되어 1836년 1월에 처음 낭송되고 5월 1일 페테르부르크의 알렉산드린스키 극장에서 니콜라이 1세가 관람하는 가운데 초연된다. 그 공연에서 대성공을 거둔 이래 이 작품은 지금까지 러시아에서는 물론 전 세계적으로 최고의 희곡 대열에 들어가며, 이 작품을 각색하거나 번안한 드라마, 영화, 연극, 코미디 프로그램은 셀 수 없을 정도이다. 이런 대중적 인기는 우리나라에서도 예외가 아니다.

그런데 동서고금을 막론한 이 작품의 대중적 인기에도 불구하고 고골은 당대의 일반 독자는 물론 문인, 연출가, 배우 등도 자신의 창작 의도와 작품의 주제, 인물의 성격을 잘 이해하지 못하고 제대로 공연하지 못한다고 생각하여 자신의 의도를 설명하기 위해 이후 10여 편의 에세이를 발표한다. 더불어 그는 초연과 그에 대한 대중의 반응에 실망하여 유럽으로 떠나는데, 12년 동안 주로 로마를 중심으로 유럽에 머문다. 그리고

1848년에야 예루살렘 성지 순례를 거쳐 귀국하여 모스크바에 정착한다.

그러면 고골이 우려한 것은 무엇일까? 그가 무엇보다도 많이 우려한 것은 대다수의 독자들이 이 작품을 당대에 유행한 유쾌한 사회 풍자극이나 프랑스풍의 가벼운 소극(笑劇), 즉 보드빌 정도로 받아들일 것이라는 점이다. 실제로 동시대인들은 이 작품의 엄청난 사회 풍자성과 희극성에 압도되었다. 그중 일부 진보적인 독자들은 이 작품을 통해 러시아 전제정의 관료제와 계급 사회의 봉건성, 비속성, 부조리가 폭로되어 서구적인 사회 개혁이 앞당겨질 것을 기대한 반면, 일부 보수적인 독자들은 우크라이나 출신의 고골이 러시아 사회를 잘 알지도 못하면서 러시아 제국의 위신을 떨어뜨리려고 이런 비속한 작품을 쓴 것이라며 분노했다. 특히 모스크바보다 관료주의, 자본주의 그리고 유럽식 대중문화가 지배적인 페테르부르크의 주류 문학 비평가, 작가, 편집인 등이 보수적인 진영을 이루었다. 그러나 고골이 진정으로 기대한 것은 자신의 진지한 창작 의도와 주제가 전달되어 러시아 대중이 전기 불꽃에 감염된 듯이 정신적이고 영적인 각성 효과를 이루는 것이었다.

이런 맥락에서 고골의 창작 동기와 의도, 창작 방식 등을 살펴보면, 고골은 「작가의 고백」에서 이 작품의 소재를 푸시킨에게서 얻었다고 주장한다. 그에 따르면, 푸시킨은 1835년경 고골에게 "사람을 간파하고 몇 번의 필치로 그를 갑자기 완전히 살아 숨 쉬는 사람처럼 재현할 수 있는 능력을 가지고도, 그런 재능을 가지고도 어떻게 규모 있는 작품을 쓰지 않을 수 있단 말인가! 이건 죄일 뿐이야!"라고 말하면서 진지한 작품을 쓰라고 격려하며 이 소재를 주었다.

또한 같은 에세이에서 고골은 이 작품을 기점으로 자신의 창작 의도와 방식이 결정적으로 변화했다고 술회한다. "「감찰관」에서 나는 당시 내가 알고 있던, 러시아에 있는 모든 어리석은 것, 무엇보다도 인간에게 공정성이 요구되는 장소와 그런 상황에서 행해지는 모든 불공정한 것들을 모아서, 한 번에 모든 것에 대해 웃기로 결심했다. 그러나 잘 알다시피 이것이 큰 충격을 주었다. 내 안에서 결코 그토록 강하게 나온 적이 없는 그런 웃음에서 독자는 우울을 감지했다. 나 자신도 이미 내 웃음은 전에 있던 웃음과 다르고, 이제 내 작품에서 나도 이전의 내 모습이 될 수 없으며, 천진난만하고 사심 없는 장면들로 자신의 기분을 전환시킬 필요성이 내 젊은 날과 함께 사라진 것을 느꼈다."

그런 고골의 고백을 존중하는 입장에서 이 작품을 살펴보면, 내용은 간단하다. 러시아 어느 지방 도시의 시장은 노련한 탐관오리로서, 이웃 지방의 관리로부터 감찰관이 출두할 거라는 통지를 받자 다른 관리들과 함께 위기를 모면할 대책을 논의한다. 그런데 두 지주인 봅친스키와 돕친스키가 우연히 여관에서 마주친 청년 흘레스타코프가 그 감찰관이라고 주장하고, 시장과 다른 관리들도 이를 믿고 그 청년을 찾아 융숭히 대접하고 뇌물을 바친다. 상인들도 시장을 고소하면서 그 청년에게 뇌물을 바친다. 그러나 사실 흘레스타코프는 페테르부르크를 동경하는 한량으로 카드 노름에서 빈털터리가 되어 여관에 2주일째 외상으로 묵고 있었다. 그는 지방 관리들이 자신을 융숭하게 대접하자 아무 생각 없이 대접을 받으면서 평소의 습관대로 자신이 페테르부르크의 유명 인사라고 허풍을 떤 것이다. 결국 그는 시장 딸과 약혼까지 한 뒤에 줄행랑을 치고, 시장 가족과 관리들은 뒤늦게야 흘레스타코프의 편지를 통해 진상을 알게 된다. 이들이 망연자실한 상태에서 자신들의 어리석음을 자책하고 흘레스타코프가 감찰관이라고 떠벌린 두 지주를 비난하는데, 그 순간 헌병이 나타나 진짜 감찰관의 소집 명령을 전한다. 그러자 모두 몸이 마비된 듯 얼어붙는 것으로 작품은 끝난다.

고골은 1836년에 쓴 에세이 「'감찰관'을 적절히 연기하고자 하는 사람들에게 주는 지침서」에서 흘레스타코프는 페테르부르크의 멋쟁이 행세를 하면서 무의식적으로 허풍을 떠는 속 빈 강정 같은 청년이므로 그의 역할을 맡은 배우가 거짓말을 자연스럽게 하면 할수록 그의 연기는 성공적이 될 것이라고 주장한다. 그래서 흘레스타코프를 일반적인 사기꾼이나 거짓말쟁이인 것처럼 의식적으로 연기할 경우 그의 뿌리 깊은 비속함을 가려 버리는 점에서 작품의 본질을 훼손하는 것이다.

그리고 시장은 닳고 닳은 부패한 관리이자 위선적인 종교인이며, 시장의 휘하에 있는 이들 역시 부패한 관리들로서 페테르부르크의 사교계를 동경하다가 흘레스타코프의 말에 제풀에 속아 넘어간다. 봅친스키와 돕친스키는 관리들을 미혹에 빠뜨린 장본인들로 동일한 이름과 부칭, 그리고 유사한 성을 공생하는 분신이다. 특히 돕친스키는 흘레스타코프를 통해 결혼 전에 낳은 아들을 정식 아들로 인정받게 해 달라고 요청하고, 봅친스키는 페테르부르크의 황제와 유명 인사들에게 자신의 존재를 알려 줄 것을 요청한다. 이들의 요청은 자신의 존재를 인정받고 싶은 그들의 열망을 보여 주는 반면, 돕친스키는 아내의 불륜으로 인해, 봅친스키는 경박한 행동으로 인해 자신들의 비속한 내면을 드러낸다.

고골은 이 작품에서 당대에 유행한 사회 풍자적인 희극과 소극, 더불어 악한 소설(picaresque novel)의 전통을 수용하여 동시대인의 취향과 기대에 부응하는 반면, 그 모든 사건에 선악의 대립과 최후의 심판의 모티브 등 종교적 요소들을 결합한다. 단적으로 시장과 관리들은 감찰관의 출두 소식을 듣자 운명, 예감, 초자연적인 힘의 작용을 떠올린다. 특히 시장은 교회 건설 자금까지 착복하고 험담과 욕을 입에 달고 다니면서도 자신은 예배 참석과 기도, 헌금으로 속죄받을 수 있다고 확신하는 위선을 드러낸다. 그리고 우체국장은 자기가 흘레스타코프의 편지를 훔쳐보는 데 초자연적인 힘이 충동질했다고 변명하고, 사건의 진상이 드러나자 관리들은 이를 사탄의 개입 혹은 신의 심판으로 해석한다. 즉 자선 병원장은 "안개가 우리를 얼빠지게 하고, 악마가 홀린" 거라 말하고, 시장은 "정말로 하느님이 벌하고자 하시면 우선 이성을 빼앗는다는 게 맞는 말이야"라며 이 사건을 신의 처벌로 해석한다.

결정적으로 갑자기 헌병이 나타나 실제 감찰관의 소집 명령을 전하자 모두 공포에 질려 마비되는 마지막 무언의 장면은 성서에 예언된 그리스도의 재림과 최후의 심판을 암시한다. 고골은 이 무언의 장면에서 배우들이 전기 불꽃을 느끼고 마비된 듯이 1분 30초 동안 정지 동작을 취해야 한다고 지시하고, 이를 통해 관객들도 전기 불꽃을 느끼고 영적인 각성을 얻기를 희망한다. 이 드라마의 제사(epigraph)인 "제 낯짝 비뚤어진 줄 모르고 거울만 탓한다"와 마지막 부분에서 시장이 관객을 향해 직접 하는 말인 "뭘 보고 웃는 거요? 자기 자신을 보고 웃으세요!"는 고골의 그러한 주제 의식을 대변한다. 결국 고골은 이 희곡이 러시아 민족이 자신의 추악한 내면을 드러내어 그들이 영적인 각성을 얻어 자신에게 부여된 메시아적 소명을 이루게 해 줄 것으로 기대한 것이다.

실제로 고골은 1830~1836년에 지구의 종말이 올 것이라는 서구의 신비주의 기독교 사상가들의 예언을 접하고 「감찰관」과 「초상화」 초판에 적그리스도의 등장과 최후의 심판의 모티브를 반영하고, 「감찰관」의 초연 날짜도 사순절, 대정진기 직후 부활절로 정하려 한다. 하지만 실제 초연은 당시 통용되던 율리우스력으로 1836년 4월 19일(그레고리력으로 5월 1일)에 이루어진다. 그리고 1842년경의 수정본에서 고골은 초판의 명료한 종말론의 요소들을 삭제하고, 흘레스타코프의 적그리스도로서의 참칭성, 실제 감찰관의 그리스도로서의 메시아성, '무언의 장면'에서 보여 준 최후의 심판으로서의 상징성을 강화한 것으로 보인다. 이 점에서 이 희곡을 종말론적 종교극으로도 규정할 수 있을 것이다.

2. 결혼

「결혼」은 1833년에 발표되었다가 부분적으로 개작되어 1842년 선집에 다시 발표한 희극으로, 당시 수도인 상트페테르부르크의 결혼 풍속에 대한 유쾌하면서도 그로테스크한 풍자가 주를 이룬다. 중매쟁이를 통해 출신, 재산, 사교계의 예법, 교육, 외모 등 외적인 조건에 따라 배우자를 고르던 당시 러시아 사회의 결혼 풍속이 적나라하게 발가벗겨지는 것이다.

이 작품의 주인공 포드콜료신은 페테르부르크의 관료주의에 젖어 있는 7등 문관으로 사람들의 존경을 받고 싶어 하지만, 실제로는 우유부단함, 소심함, 결혼에 대한 두려움, 그리고 삶의 문제를 회피하려는 퇴행성을 지닌 점에서 '다 큰 어린애'와 같다. 그런 그가 결혼식을 앞두고 결혼에 두려움을 느껴 창문으로 뛰어내려 도주하는 장면은, 피상적인 삶의 변화로써는 내면의 문제를 해결할 수 없다는 고골의 주제 의식을 보여 준다.

마찬가지로 그를 결혼시키기 위해 물불 안 가리고 혼신의 힘을 다하는 친구 코치카료프 역시 양태는 정반대이지만 근본적으로는 동일한 사회 병리학적 증세를 반영한다. 그는 중매쟁이 표클라를 통해 결혼한 지 얼마 안 된 새신랑으로서, 표클라를 보자마자 자기를 결혼시킨 것에 대해 그녀에게 분노를 터뜨린다. 그는 아내라는 존재와 가정생활 자체를 혐오하게 된 것이다. 그런 그가 갑자기 포드콜료신의 중매쟁이 역할을 자임하고 감언이설, 비방, 중상모략 등 온갖 술수를 써서 그의 결혼을 성사시키려 하는 것은 왜일까?

일면 코치카료프는 당시 유행한 사회 풍자적인 희극이나 보드빌의 감초 격인 유쾌한 모사꾼 혹은 악마적인 중상자와 유사하다. 그는 작은 악을 통해 큰 행복을 가져다주는 긍정적인 악마적 주인공의 형상도 내포한다. 하지만 그의 맹목적인 집착은 자신의 불행에 대한 막연한 복수심과 원한의 표출 혹은 공허하고 권태로운 일상에서 벗어나고자 하는 허무주의적인 욕망의 발로로 볼 수도 있다. 이 점에서 그의 과잉된 욕망과 집착은 무뇌아처럼 행동하는 포드콜료신의 수동성 및 회피 성향과 동전의 양면을 이루는 사회 병리학적 증세라고 할 수 있다.

신붓감인 아가피야 티호노브나 역시 부유한 상인의 딸로 포드콜료신처럼 유아적인 퇴행성을 보인다. 그녀가 손님으로 찾아온 다섯 명의 신랑감 앞에서 갑자기 부끄러움에 휩싸여 훌쩍 나가 버리는 것은 포드콜료신이 결혼식을 앞두고 갑자기 창문에서 뛰어내려 도주하는 것과 상응한다. 그녀와 포드콜료신이 유아적이고 부조리한 대화를 잠깐 나눈 뒤에 상대방을 자신이 꿈꾸던 이상형으로 여기고 기뻐하는 것 역시 그들의 공허한 심리를 반영한다. 다만 이들이 결혼을 앞두고 각각 관객 앞에서 나누는 긴 독백은 그들의 부조리한 내면에도 순수한 인간미가 담겨 있음을 보여 준다.

그 외 포드콜료신의 경쟁자였던 다른 신랑감들도 당대에 통용되던 신붓감의 필수 조건 — 막대한 지참금, 높은 교양, 외모 등 — 중 한 가지에 집착하는 점에서 역시 부조리한 내면을 드러낸다. 제바킨이 신붓감의 지참금과 프랑스어 실력보다는 통통한 외모를 높이 평가하는 관점에서 그녀의 통통한 외모가 마음에 들어 코치카료프의 술수에도 불구하고 그녀에게 계속 구애하는 것 역시, 일견 순수한 열정에서 비롯된 것으로 보이지만 이 역시 그의 퇴행 심리가 반영된 것일 수 있다.

끝으로 이 작품에도 결혼과 관련하여 드러나는 근대인들의 사회 병리학적 퇴행 심리와 삶의 부조리성에는 악마의 기만성과 파괴성이 작용한다는 고골의 한결같은 염세주의적 주제 의식이 반영되어 있다. 등장인물들이 화를 내고 타인을 비방할 때 '악마'를 자주 언급하고, 상대방의 말을 아무 이유 없이 거짓말로 규정하고 그것이 사실로 드러나는 것 등이 좋은 예다. 그런 점에서 이 작품 역시 사회 풍자극, 소극, 부조리극 이외에 종교적인 교훈극으로 규정될 수 있다.

3. 도박꾼

「도박꾼」은 동시대 사회 문화의 악마적 기만성을 적나라하게 재현한다는 점에서 「감찰관」 및 고골의 장편 소설 『죽은 혼』과 긴밀한 상호 텍스트성을 갖는다. 고골의 「도박꾼」에 가장 큰 영향을 미친 것은 이 작품의 초판이 창작된 1836년보다 2년 전에 발표된 푸시킨의 「스페이드의 여왕」이다. '우테시텔니', 즉 '위로가 되는'이라는 의미의 이름을 가진 사기 도박꾼이 다른 두 명의 일당과 함께 개인적인 사기 도박꾼 이하레프를 속일 때 스페이드의 여왕 카드 패의 기만성을 언급하는 데에서 그러한 연관성이 암시된다.

다만 푸시킨은 악마적 주인공의 카드 도박이라는 낭만주의적 모티브를 패러디하는 게르만을 가벼운 아이러니의 대상으로 삼는 반면,[1] 고골은 여기에 사회 풍자성은 물론 윤리적이고 종교적인 의미까지 부여한다. 푸시킨이 낭만주의 문학에서 전형화된 악마적이고 신비로운 나폴레옹의 이미지를 패러디하면서 초자연적 힘을 통해 일확천금을 꿈꾸던 당대 젊은이들의 집단 무의식을 가벼운 아이러니를 통해 풍자하는 반면, 고골은 그런 모방 욕망에 사로잡힌 사람들의 자기기만과 삶의 기만성을 보다 진지하게 재현한다.

「도박꾼」의 세부 내용을 살펴보면, 전문 사기 도박꾼 이하레프는 자기가 만든 사기 카드 패로 우테시텔니 일당을 속여 돈을 뜯어내려 하다가, 그의 사기를 간파한 이들에 의해 동업을 제안받고 기꺼이 동의한다. 그는 이들과 동업하여 글로프 부자에게서 20만 루블을 뜯어내는 데 성공했다고 믿고, 새로운 사기 도박을 위한 마중물로 그들에게 자신의 8만 루블을 빌려준다. 하지만 그들이 자신을 상대로 이중 사기극을 벌인 것을 뒤늦게 알고, 그는 울분을 쏟아 내며 세상의 기만성을 한탄한다.

이 작품에서 고골은 인물의 이중 정체성을 모티브로 하는 전형적인 희극이나 소극을 진지한 비극으로 변화시킨다. 이하레프는 자신이 우테시텔니 일당과 함께 속였다고 믿었던 아버지

1 이 작품에서 게르만은 톰스키에 의해 "나폴레옹의 옆모습과 메피스토펠레스의 영혼"을 지니고 세 번의 악행을 저지른 낭만주의의 주인공으로 묘사되며, 게르만, 톰스키, 리자베타 모두 그러한 낭만주의적 집단 무의식에 따라 자기 정체성을 형성하고 있다.

글로프, 아들 글로프, 관청에서 나온 관리 자무흐리시킨도 모두 실제 인물이 아니었음을 뒤늦게 깨닫는다. 또한 이 모든 이중 사기극을 꾸민 우테시텔니야말로 그 이름과는 달리 악마적 교사자였음이 드러난다.

더불어 이하레프는 자신이 속았다는 사실을 알기 전까지는 자기를 승자이자 지혜로운 사람으로 여기다가 젊은 글로프 역을 맡았던 젊은이의 고백을 듣고 나서 자신이 패자이자 어리석은 바보였음을 깨닫는다. 하지만 그는 자기처럼 높은 지성과 헌신적인 노력으로 사기 도박을 하는 것은 사기가 아니라 예술이며, 그래서 자신은 사기를 치되 절대로 사기당하지 않을 것이라는 기존의 확신에서 벗어나지 못한다. 그는 다만 자기가 심혈을 기울여 만든 사기 카드 패인 '아델라이다 이바노브나'에게 기념비를 세워 주고, 페테르부르크에 가서 평소 꿈꾸던 세련되고 부유한 삶을 누리고자 했던 꿈이 좌절된 것만 한탄하면서 세상의 기만성과 불공정성만을 탓하는 것이다.

그의 논리는 「감찰관」의 시장과 『죽은 혼』의 주인공 치치코프의 자기 정당화 논리와 유사하다. 특히 당시 근대 사회를 지배하기 시작한 천재 숭배와 나폴레옹 숭배 사상에 동화되어 자기기만과 자기모순에 빠진다는 점에서 그는 치치코프와 매우 유사하다. 이하레프가 주막집 하인 알렉세이에게 다른 손님들보다 조금 더 많은 뇌물을 주면서 자기에게만은 정직을 요구하고, 실제로 하인이 그렇게 행동할 것이라고 철석같이 믿는 것은, 돈에 지배당하는 사람은 정직할 수 없고 신뢰할 수 없다는 상식을 망각한 것이다. 그가 자신이 원하는 만큼 정직할 수 있고 실제로 자기는 정직한 사람이라고 철석같이 믿는 것도 자기기만에 해당한다. 그가 우테시텔니 일당이 자신에게 동업을 제안한 이유는 자신의 지성과 세련된 기술에 있다고 자만하고, 그런 자기가 속임을 당하고 오히려 그런 기술이 없는 자들이 승승장구하는 세태를 한탄하는 것은 치치코프가 뛰어난 지략과 헌신적인 노력으로 부를 축적하다가 패망할 때마다 불공평한 세상을 탓하며 자기를 정당화하는 것과 유사하다.

이하레프의 그러한 자기기만을 간파하고 그에게 "진정성에 대해서는 진정성으로 보답"한다며 사기 도박을 제안하여 8만 루블을 갈취한 우테시텔니는 더욱 간교한 악마적인 교사자이다. '위로를 주는 사람'이라는 의미의 그의 이름과 그의 감언이설을 통한 이중적 사기 행각은 악마의 간교한 기만성을 암시한다. 더불어 인물들이 대화 중에 '악마'를 자주 언급하는 것도 그들의 사기 행각에 악마성이 반영되어 있음을 암시한다. 여기에서 근대 문화의 천재 숭배, 나폴레옹 신화, 창기병 신화, 카드 도박의 낭만주의적 이상화, 그리고 그것들이 응축된 페테르부르크에 대한 동경 모두가 악마성의 현실적인 반영체라는 고골의 염세주의적 근대 인식이 발견된다.

종합적으로 「감찰관」, 「결혼」, 「도박꾼」은 극중극 형식과 이중 사기의 모티브를 통해 인간의 비속한 욕망과 저속한 근대 문화에는 악마적인 기만성이 작용하고 있음을 경고하는 데에서 연작의 성격을 지닌다. 다만 앞의 두 작품에서는 전형적인 사회 풍자극이나 소극의 양식에 따라 극중극과 이중 사기가 우연한 해프닝의 형태로 펼쳐지면서 그로테스크하고 아이러니컬한 풍자성과 희극성이 전면에 드러나는 반면, 마지막 작품에서는 악마적인 교사자에 의해 관객들마저 속을 정도로 철저한 이중 사기극이 펼쳐지면서 보다 진지한 풍자성과 비극성이 전면에 드러나는 점이 다르다. 이 세 희곡은 같은 해에 발표된 『죽은 혼』 제1권의 그로테스크하고 아이로니컬한 현실 묘사와 유사하여 더 큰 범위에서 연작의 성격을 띠며, 그럼으로써 『죽은 혼』의 진지한 서정적 이탈을 반영하는 「로마」, 「초상화」 수정본, 「타라스 불바」의 수정본과 동전의 양면을 이룬다. 즉 고골에게는 부정적인 이상군(理想群)의 작품들과 긍정적인 이상군의 작품들이 있고, 이것들이 『죽은 혼』에서 현실 풍자와 진지한 서정적 이탈의 병치 구조로 역동적으로 결합되어 있는 것이다.

판본 소개

본 번역본은 2009년에 출간된 모스크바 총대주교구 출판사 판본(*Nikolay Gogol' - Polnoye sobraniye sochineniy i pisem*) 17권 중 제4권의 일부에 해당한다. 원문의 난해한 부분에 대한 보다 정확한 이해와 번역을 위해서는 같은 판본의 주석과 인터넷 자료, 그리고 다음의 영문 번역본 등을 참조하였다. *Petersburg tales; Marriage; the Government Inspector,* translated and edited by Christopher English ; with an introduction by Richard Peace (Oxford ; New York : Oxford University Press, 1995) 더불어 서울대학교 노어노문학과 강사이자 한림대학교 러시아연구소 연구원이신 바딤 슬랩첸코 선생님의 많은 도움을 받았다.

그럼에도 고골의 원뜻을 정확히 이해하고 정확하면서도 가독

성이 높은 한국어로 번역하는 데 어려움이 많았으며, 여전히 불완전한 채로 남아 있는 번역도 있다. 번역상의 모든 오류는 본 번역자의 책임이며, 기회가 된다면 후에 수정하고자 한다.

번역을 위해 보이지 않는 가운데 수고해 주신 분들께 이 자리를 빌려 감사의 뜻을 전한다. 무엇보다도 고골에 대한 깊은 애정을 가지고 기꺼이 저의 번역을 도와주신 바딤 선생님께 감사드린다. 더불어 고골 작품의 번역을 허락해 주신 서울대학교 박종소 교수님과 번역본의 발간을 위해 많은 수고를 해 주신 을유문화사 분들께 깊은 감사의 마음을 전한다. 그리고 이 모든 과정을 인도해 주신 하느님께 감사드린다.

니콜라이 고골 연보

(＊구력인 율리우스력을 기준으로 함.)

1809 3월 19일(신력 4월 1일) 우크라이나 폴타바현 미르고로드군 소로친치에서 소지주 바실리 아파나시예비치 고골(1777~1825)과 마리야 이바노브나 고골(1791~1868)의 장남으로 태어남.

1819 남동생 이반 사망.

1821 우크라이나 니진의 김나지움에 입학.

1824 아버지 사망.

1828 니진의 김나지움 졸업, 상트페테르부르크로 상경.

1829 시 「이탈리야」와 낭만주의 서사시 「한츠 큐헬가르텐」 발표. 알로프라는 필명 사용, 「한츠 큐헬가르텐」이 혹평을 받자 출판본을 수거하여 소각. 8~9월을 독일 뤼베크에서 보냄. 하급 관리 생활.

1830 「비사브륙」(「이반 쿠팔라 전야」)과 「헤트만」의 제1장 발표. 황실극장의 오디션에서 떨어짐. 예술 아카데미에서 회화 수업.

1831 에세이 「여인」, 문집 『디칸카 근교 마을의 야회』 제1부 발표. 푸시킨(1799~1837)을 처음으로 만남. 사설 여학교에서 역사를 가르침.

1832 『디칸카 근교 마을의 야회』 제2부 발표.

이해부터 1835년까지 다수의 이야기, 희곡, 역사, 에세이 집필. 상당수가 미완성으로 남음.

1834 「이반 이바노비치와 이반 니키포로비치가 싸운 이야기」 발표. 상트페테르부르크 대학의 역사학과 조교수로 임명.

1835 1월 문집 『아라베스키』 발표. 3월 문집 『미르고로드』 발표. 『죽은 혼』 제1권 창작 시작. 12월에 조교수직 사임.

1836 4월 19일 희곡 「감찰관」 초연. 이야기 「코」, 「마차」 발표. 6월 6일 서유럽으로 떠남.

1837 1월 29일 푸시킨 사망. 3월 26일 로마에 도착.

1838 이해부터 1841년까지 『죽은 혼』 제1권 작업. 로마에 거주. 유럽 여행. 러시아로 두 번 여행.

1839 친구 비옐고르스키 백작 사망.

1842 5월 21일 『죽은 혼』 제1권 발표. 새 이야기 「외투」, 수정판 「초상화」와 「타라스 불바」를 추가한 선집 발간. 희곡 「결혼」, 「도박꾼」 발표. 이야기 「로마」를 미완성 상태로 남김. 6월에 러시아를 방문하고 돌아옴.

1843 1845년까지 유럽 여행. 『죽은 혼』 제2권 작업.

1845 제2권의 첫 번째 판을 불태움.
1847년까지 「찬미가에 대한 묵상」 작업. 1857년에 발표.

1846 에세이 「감찰관의 대단원」, 「'감찰관'을 적절하게 연기하고자 하는 사람들에게 주는 지침서」, 『죽은 혼』 제2권의 서언(「작가가 독자에게」) 작업.

1847 1월 『친구와의 서신 교환선』 발표. 자신의 입장을 해명하기 위한 글(「작가의 고백」) 작업.

1848 이스라엘 성지 순례. 4월 11일 러시아로 완전히 귀향.

1849 1851년까지 『죽은 혼』 제2권 작업.

1852 2월 11~12일 『죽은 혼』 제2권 일부 불태움. 2월 21일 모스크바에서 사망.

새롭게 을유세계문학전집을 펴내며

을유문화사는 이미 지난 1959년부터 국내 최초로 세계문학전집을 출간한 바 있습니다. 이번에 을유세계문학전집을 완전히 새롭게 마련하게 된 것은 우리가 직면한 문화적 상황에 적극적으로 대응하기 위해서입니다. 새로운 을유세계문학전집은 세계문학의 역할이 그 어느 때보다 중요해졌다는 인식에서 출발했습니다. 오늘날 세계에서 타자에 대한 이해는 우리의 안전과 행복에 직결되고 있습니다. 세계문학은 지구상의 다양한 문화들이 평등하게 소통하고, 이질적인 구성원들이 평화롭게 공존할 수 있는 문화적인 힘을 길러 줍니다.

을유세계문학전집은 세계문학을 통해 우리가 이런 힘을 길러 나가야 한다는 믿음으로 만들어졌습니다. 지난 5년간 이를 준비하기 위해 많은 노력을 기울였습니다. 세계 각국의 다양한 삶의 방식과 문화적 성취가 살아 있는 작품들, 새로운 번역이 필요한 고전들과 새롭게 소개해야 할 우리 시대의 작품들을 선정했습니다. 우리나라 최고의 역자들이 이들 작품 속 한 문장 한 문장의 숨결을 생생히 전하기 위해 심혈을 기울였습니다. 또한 역자들은 단순히 번역만 한 것이 아니라 다른 작품의 번역을 꼼꼼히 검토해 주었습니다. 을유세계문학전집은 번역된 작품 하나하나가 정본(定本)으로 인정받고 대우받을 수 있도록 최선을 다했습니다. 세계문학이 여러 경계를 넘어 우리 사회 안에서 주어진 소임을 하게 되기를 바라며 을유세계문학전집을 내놓습니다.

을유세계문학전집

1. 마의 산(상) 토마스 만 | 홍성광 옮김
2. 마의 산(하) 토마스 만 | 홍성광 옮김
3. 리어 왕 · 맥베스 윌리엄 셰익스피어 | 이미영 옮김
4. 골짜기의 백합 오노레 드 발자크 | 정예영 옮김
5. 로빈슨 크루소 대니얼 디포 | 윤혜준 옮김
6. 시인의 죽음 다이허우잉 | 임우경 옮김
7. 커플들, 행인들 보토 슈트라우스 | 정항균 옮김
8. 천사의 음부 마누엘 푸익 | 송병선 옮김
9. 어둠의 심연 조지프 콘래드 | 이석구 옮김
10. 도화선 공상임 | 이정재 옮김
11. 휘페리온 프리드리히 횔덜린 | 장영태 옮김
12. 루쉰 소설 전집 루쉰 | 김시준 옮김
13. 꿈 에밀 졸라 | 최애영 옮김
14. 라이겐 아르투어 슈니츨러 | 홍진호 옮김
15. 로르카 시 선집 페데리코 가르시아 로르카 | 민용태 옮김
16. 소송 프란츠 카프카 | 이재황 옮김
17. 아메리카의 나치 문학 로베르토 볼라뇨 | 김현균 옮김
18. 빌헬름 텔 프리드리히 폰 쉴러 | 이재영 옮김
19. 아우스터리츠 W. G. 제발트 | 안미현 옮김
20. 요양객 헤르만 헤세 | 김현진 옮김
21. 워싱턴 스퀘어 헨리 제임스 | 유명숙 옮김
22. 개인적인 체험 오에 겐자부로 | 서은혜 옮김
23. 사형장으로의 초대 블라디미르 나보코프 | 박혜경 옮김
24. 좁은 문 · 전원 교향곡 앙드레 지드 | 이동렬 옮김
25. 예브게니 오네긴 알렉산드르 푸슈킨 | 김진영 옮김
26. 그라알 이야기 크레티앵 드 트루아 | 최애리 옮김
27. 유림외사(상) 오경재 | 홍상훈 외 옮김
28. 유림외사(하) 오경재 | 홍상훈 외 옮김
29. 폴란드 기병(상) 안토니오 무뇨스 몰리나 | 권미선 옮김
30. 폴란드 기병(하) 안토니오 무뇨스 몰리나 | 권미선 옮김
31. 라 셀레스티나 페르난도 데 로하스 | 안영옥 옮김

32. 고리오 영감 오노레 드 발자크 | 이동렬 옮김
33. 키 재기 외 히구치 이치요 | 임경화 옮김
34. 돈 후안 외 티르소 데 몰리나 | 전기순 옮김
35. 젊은 베르터의 고통 요한 볼프강 폰 괴테 | 정현규 옮김
36. 모스크바발 페투슈키행 열차 베네딕트 예로페예프 | 박종소 옮김
37. 죽은 혼 니콜라이 고골 | 이경완 옮김
38. 워더링 하이츠 에밀리 브론테 | 유명숙 옮김
39. 이즈의 무희 · 천 마리 학 · 호수 가와바타 야스나리 | 신인섭 옮김
40. 주홍 글자 너새니얼 호손 | 양석원 옮김
41. 젊은 의사의 수기 · 모르핀 미하일 불가코프 | 이병훈 옮김
42. 오이디푸스 왕 외 소포클레스 | 김기영 옮김
43. 야쿠비얀 빌딩 알라 알아스와니 | 김능우 옮김
44. 식(蝕) 3부작 마오둔 | 심혜영 옮김
45. 엿보는 자 알랭 로브그리예 | 최애영 옮김
46. 무사시노 외 구니키다 돗포 | 김영식 옮김
47. 위대한 개츠비 프랜시스 스콧 피츠제럴드 | 김태우 옮김
48. 1984년 조지 오웰 | 권진아 옮김
49. 저주받은 안뜰 외 이보 안드리치 | 김지향 옮김
50. 대통령 각하 미겔 앙헬 아스투리아스 | 송상기 옮김
51. 신사 트리스트럼 섄디의 인생과 생각 이야기 로렌스 스턴 | 김정희 옮김
52. 베를린 알렉산더 광장 알프레트 되블린 | 권혁준 옮김
53. 체호프 희곡선 안톤 파블로비치 체호프 | 박현섭 옮김
54. 서푼짜리 오페라 · 남자는 남자다 베르톨트 브레히트 | 김길웅 옮김
55. 죄와 벌(상) 표도르 도스토예프스키 | 김희숙 옮김
56. 죄와 벌(하) 표도르 도스토예프스키 | 김희숙 옮김
57. 체벤구르 안드레이 플라토노프 | 윤영순 옮김
58. 이력서들 알렉산더 클루게 | 이호성 옮김
59. 플라테로와 나 후안 라몬 히메네스 | 박채연 옮김
60. 오만과 편견 제인 오스틴 | 조선정 옮김
61. 브루노 슐츠 작품집 브루노 슐츠 | 정보라 옮김
62. 송사삼백수 주조모 엮음 | 김지현 옮김
63. 팡세 블레즈 파스칼 | 현미애 옮김
64. 제인 에어 샬럿 브론테 | 조애리 옮김
65. 데미안 헤르만 헤세 | 이영임 옮김

66. 에다 이야기 스노리 스툴루손 | 이민용 옮김
67. 프랑켄슈타인 메리 셸리 | 한애경 옮김
68. 문명소사 이보가 | 백승도 옮김
69. 우리 짜르의 사람들 류드밀라 울리츠카야 | 박종소 옮김
70. 사랑에 빠진 여인들 데이비드 허버트 로렌스 | 손영주 옮김
71. 시카고 알라 알아스와니 | 김능우 옮김
72. 변신 · 선고 외 프란츠 카프카 | 김태환 옮김
73. 노생거 사원 제인 오스틴 | 조선정 옮김
74. 파우스트 요한 볼프강 폰 괴테 | 장희창 옮김
75. 러시아의 밤 블라지미르 오도예프스키 | 김희숙 옮김
76. 콜리마 이야기 바를람 샬라모프 | 이종진 옮김
77. 오레스테이아 3부작 아이스퀼로스 | 김기영 옮김
78. 원잡극선 관한경 외 | 김우석 · 홍영림 옮김
79. 안전 통행증 · 사람들과 상황 보리스 파스테르나크 | 임혜영 옮김
80. 쾌락 가브리엘레 단눈치오 | 이현경 옮김
81. 지킬 박사와 하이드 씨 · 존 니컬슨 로버트 루이스 스티븐슨 | 윤혜준 옮김
82. 로미오와 줄리엣 윌리엄 셰익스피어 | 서경희 옮김
83. 마쿠나이마 마리우 지 안드라지 | 임호준 옮김
84. 재능 블라디미르 나보코프 | 박소연 옮김
85. 인형(상) 볼레스와프 프루스 | 정병권 옮김
86. 인형(하) 볼레스와프 프루스 | 정병권 옮김
87. 첫 번째 주머니 속 이야기 카렐 차페크 | 김규진 옮김
88. 페테르부르크에서 모스크바로의 여행 알렉산드르 라디셰프 | 서광진 옮김
89. 노인 유리 트리포노프 | 서선정 옮김
90. 돈키호테 성찰 호세 오르테가 이 가세트 | 신정환 옮김
91. 조플로야 샬럿 대커 | 박재영 옮김
92. 이상한 물질 테레지아 모라 | 최윤영 옮김
93. 사촌 퐁스 오노레 드 발자크 | 정예영 옮김
94. 걸리버 여행기 조너선 스위프트 | 이혜수 옮김
95. 프랑스어의 실종 아시아 제바르 | 장진영 옮김
96. 현란한 세상 레이날도 아레나스 | 변선희 옮김
97. 작품 에밀 졸라 | 권유현 옮김
98. 전쟁과 평화(상) 레프 톨스토이 | 박종소 · 최종술 옮김
99. 전쟁과 평화(중) 레프 톨스토이 | 박종소 · 최종술 옮김

을유세계문학전집은 계속 출간됩니다.

을유세계문학전집 연표

BC 458 **오레스테이아 3부작**
아이스퀼로스 | 김기영 옮김 | 77 |
수록 작품 : 아가멤논, 제주를 바치는 여인들, 자비로운 여신들
그리스어 원전 번역
서울대 선정 동서고전 200선
시카고 대학 선정 그레이트 북스

BC 434 /432 **오이디푸스 왕 외**
소포클레스 | 김기영 옮김 | 42 |
수록 작품 : 안티고네, 오이디푸스 왕, 콜로노스의 오이디푸스
그리스어 원전 번역
「동아일보」 선정 '세계를 움직인 100권의 책'
서울대 권장 도서 200선
고려대 선정 교양 명저 60선
시카고 대학 선정 그레이트 북스

1191 **그라알 이야기**
크레티앵 드 트루아 | 최애리 옮김 | 26 |
국내 초역

1225 **에다 이야기**
스노리 스툴루손 | 이민용 옮김 | 66 |

1241 **원잡극선**
관한경 외 | 김우석·홍영림 옮김 | 78 |

1496 **라 셀레스티나**
페르난도 데 로하스 | 안영옥 옮김 | 31 |

1595 **로미오와 줄리엣**
윌리엄 셰익스피어 | 서경희 옮김 | 82 |
미국대학위원회 선정 SAT 추천 도서

1608 **리어 왕·맥베스**
윌리엄 셰익스피어 | 이미영 옮김 | 3 |

1630 **돈 후안 외**
티르소 데 몰리나 | 전기순 옮김 | 34 |
국내 초역 「불신자로 징계받은 자」 수록

1670 **팡세**
블레즈 파스칼 | 현미애 옮김 | 63 |

1678 **천로 역정**
존 번연 | 정덕애 옮김 | 103 |

1699 **도화선**
공상임 | 이정재 옮김 | 10 |
국내 초역

1719 **로빈슨 크루소**
대니얼 디포 | 윤혜준 옮김 | 5 |

1726 **걸리버 여행기**
조너선 스위프트 | 이혜수 옮김 | 94 |
미국대학위원회가 선정한 고교 추천 도서 101권
서울대학교 선정 동서양 고전 200선

1749 **유림외사**
오경재 | 홍상훈 외 옮김 | 27, 28 |

1759 **신사 트리스트럼 섄디의 인생과 생각 이야기**
로렌스 스턴 | 김정희 옮김 | 51 |
노벨연구소 선정 100대 세계 문학

1774 **젊은 베르터의 고통**
요한 볼프강 폰 괴테 | 정현규 옮김 | 35 |

1790 **페테르부르크에서 모스크바로의 여행**
A. N. 라디셰프 | 서광진 옮김 | 88 |

1799 **휘페리온**
프리드리히 횔덜린 | 장영태 옮김 | 11 |

1804 **빌헬름 텔**
프리드리히 폰 쉴러 | 이재영 옮김 | 18 |

1806 **조플로야**
샬럿 대커 | 박재영 옮김 | 91 |
국내 초역

1813 **오만과 편견**
제인 오스틴 | 조선정 옮김 | 60 |

1817 **노생거 사원**
제인 오스틴 | 조선정 옮김 | 73 |

1818 **프랑켄슈타인**
메리 셸리 | 한애경 옮김 | 67 |
뉴스위크 선정 세계 명저 10
옵서버 선정 최고의 소설 100
미국대학위원회 선정 SAT 추천 도서

1831 **예브게니 오네긴**
알렉산드르 푸슈킨 | 김진영 옮김 | 25 |

1831
파우스트
요한 볼프강 폰 괴테 | 장희창 옮김 | 74 |
서울대 권장 도서 100선
미국대학위원회 SAT 권장 도서

1835
고리오 영감
오노레 드 발자크 | 이동렬 옮김 | 32 |
서머싯 몸 선정 세계 10대 소설
연세 필독 도서 200선

1836
골짜기의 백합
오노레 드 발자크 | 정예영 옮김 | 4 |

감찰관
니콜라이 고골 | 이경완 옮김 | 115 |

1844
러시아의 밤
블라지미르 오도예프스키 | 김희숙 옮김 | 75 |

1847
워더링 하이츠
에밀리 브론테 | 유명숙 옮김 | 38 |
서머싯 몸 선정 세계 10대 소설
서울대 선정 동서 고전 200선
미국대학위원회 SAT 권장 도서

1847
제인 에어
샬럿 브론테 | 조애리 옮김 | 64 |
연세 필독 도서 200선
미국대학위원회 SAT 권장 도서
BBC 선정 영국인들이 가장 사랑하는 소설 100선
「가디언」 선정 가장 위대한 소설 100선

사촌 퐁스
오노레 드 발자크 | 정예영 옮김 | 93
국내 초역

1850
주홍 글자
너새니얼 호손 | 양석원 옮김 | 40 |

1855
죽은 혼
니콜라이 고골 | 이경완 옮김 | 37 |
국내 최초 원전 완역

1856
마담 보바리
귀스타브 플로베르 | 진인혜 옮김 | 109 |

1866
죄와 벌
표도르 도스토예프스키 | 김희숙 옮김 | 55, 56 |
미국대학위원회 SAT 권장 도서
하버드 대학교 권장 도서

1869
전쟁과 평화
레프 톨스토이 | 박종소·최종술 옮김 | 98, 99, 100 |
뉴스위크, 가디언, 노벨연구소 선정
세계 100대 도서

1880
워싱턴 스퀘어
헨리 제임스 | 유명숙 옮김 | 21 |

1886
지킬 박사와 하이드 씨 · 존 니컬슨
로버트 루이스 스티븐슨 | 윤혜준 옮김 | 81 |

작품
에밀 졸라 | 권유현 옮김 | 97 |

1888
꿈
에밀 졸라 | 최애영 옮김 | 13 |
국내 초역

1889
쾌락
가브리엘레 단눈치오 | 이현경 옮김 | 80 |
국내 초역

1890
인형
볼레스와프 프루스 | 정병권 옮김 | 85, 86 |
국내 초역

1896
키 재기 외
히구치 이치요 | 임경화 옮김 | 33 |
수록 작품 : 섣달그믐, 키 재기, 탁류, 십삼야, 갈림길, 나 때문에

1896
체호프 희곡선
안톤 파블로비치 체호프 | 박현섭 옮김 | 53 |
수록 작품 : 갈매기, 바냐 삼촌, 세 자매, 벚나무 동산

1899
어둠의 심연
조지프 콘래드 | 이석구 옮김 | 9 |
수록 작품 : 어둠의 심연, 진보의 전초기지, 『청춘과 다른 두 이야기』 작가 노트, 『나르시서스호의 검둥이』 서문
미국대학위원회 SAT 권장 도서
연세 필독 도서 200선

맥티그
프랭크 노리스 | 김욱동·홍정아 옮김 | 102 |

1900
라이겐
아르투어 슈니츨러 | 홍진호 옮김 | 14 |
수록 작품 : 라이겐, 아나톨, 구스틀 소위

1903
문명소사
이보가 | 백승도 옮김 | 68 |

1908 **무사시노 외**
구니키다 돗포 | 김영식 옮김 | 46 |
수록 작품 : 겐 노인, 무사시노, 잊을 수 없는 사람들, 쇠고기와 감자, 소년의 비애, 그림의 슬픔, 가마쿠라 부인, 비범한 범인, 운명론자, 정직자, 여난, 봄 새, 궁사, 대나무 쪽문, 거짓 없는 기록
국내 초역 다수

1909 **좁은 문 · 전원 교향곡**
앙드레 지드 | 이동렬 옮김 | 24 |
1947년 노벨 문학상 수상 작가

1914 **플라테로와 나**
후안 라몬 히메네스 | 박채연 옮김 | 59 |
1956년 노벨 문학상 수상 작가

1914 **돈키호테 성찰**
호세 오르테가 이 가세트 | 신정환 옮김 | 90 |

1915 **변신 · 선고 외**
프란츠 카프카 | 김태환 옮김 | 72 |
수록 작품 : 선고, 변신, 유형지에서, 신임 변호사, 시골 의사, 관람석에서, 낡은 책장, 법 앞에서, 자칼과 아랍인, 광산의 방문, 이웃 마을, 황제의 전갈, 가장의 근심, 열한 명의 아들, 형제 살해, 어떤 꿈, 학술원 보고, 최초의 고뇌, 단식술사
서울대 권장 도서 100선
연세 필독 도서 200선
미국대학위원회 SAT 권장 도서

1915 **한눈팔기**
나쓰메 소세키 | 서은혜 옮김 | 110 |

1919 **데미안**
헤르만 헤세 | 이영임 옮김 | 65 |
1946년 노벨 문학상 수상 작가
1946년 괴테상 수상 작가

1920 **사랑에 빠진 여인들**
데이비드 허버트 로렌스 | 손영주 옮김 | 70 |

1924 **마의 산**
토마스 만 | 홍성광 옮김 | 1, 2 |
1929년 노벨 문학상 수상 작가
서울대 권장 도서 100선
연세 필독 도서 200선
「뉴욕타임스」 선정 '20세기 최고의 책 100선'
미국대학위원회 SAT 권장 도서

송사삼백수
주조모 엮음 | 김지현 옮김 | 62 |

1925 **소송**
프란츠 카프카 | 이재황 옮김 | 16 |

1925 **요양객**
헤르만 헤세 | 김현진 옮김 | 20 |
수록 작품: 방랑, 요양객, 뉘른베르크 여행
1946년 노벨 문학상 수상 작가
국내 초역 「뉘른베르크 여행」 수록

위대한 개츠비
프랜시스 스콧 피츠제럴드 | 김태우 옮김 | 47 |
미 대학생 선정 '20세기 100대 영문 소설' 1위
모던 라이브러리 선정 '20세기 100대 영문학' 중 2위
미국대학위원회 추천 '서양 고전 100
「르몽드」 선정 '20세기의 책 100선'
「타임」 선정 '20세기 100대 영문 소설'

아메리카의 비극
시어도어 드라이저 | 김욱동 옮김 | 106, 107 |

서푼짜리 오페라 · 남자는 남자다
베르톨트 브레히트 | 김길웅 옮김 | 54 |

1927 **젊은 의사의 수기·모르핀**
미하일 불가코프 | 이병훈 옮김 | 41 |
국내 초역

황야의 이리
헤르만 헤세 | 권혁준 옮김 | 104 |
1946년 노벨 문학상 수상 작가
1946년 괴테상 수상 작가

1928 **체벤구르**
안드레이 플라토노프 | 윤영순 옮김 | 57 |
국내 초역

마쿠나이마
마리우 지 안드라지 | 임호준 옮김 | 83 |
국내 초역

1929 **첫 번째 주머니 속 이야기**
카렐 차페크 | 김규진 옮김 | 87 |

베를린 알렉산더 광장
알프레트 되블린 | 권혁준 옮김 | 52 |

1930 **식(蝕) 3부작**
마오둔 | 심혜영 옮김 | 44 |
국내 초역

1995 **갈라테아 2.2**
리처드 파워스 | 이동신 옮김 | 108 |
국내 초역

1996 **아메리카의 나치 문학**
로베르토 볼라뇨 | 김현균 옮김 | 17 |
국내 초역

1999 **이상한 물질**
테라지아 모라 | 최윤영 옮김 | 92 |
국내 초역

2001 **아우스터리츠**
W. G. 제발트 | 안미현 옮김 | 19 |
국내 초역
전미 비평가 협회상 브레멘상
「인디펜던트」 외국 소설상 수상
「LA타임스」, 「뉴욕」, 「엔터테인먼트 위클리」 선정 2001년 최고의 책

2002 **야쿠비얀 빌딩**
알라 알아스와니 | 김능우 옮김 | 43 |
국내 초역
바쉬라힐 아랍 소설상
프랑스 툴롱 축전 소설 대상
이탈리아 토리노 그린차네 카부르 번역 문학상
그리스 카바피스상

2003 **프랑스어의 실종**
아시아 제바르 | 장진영 옮김 | 95 |
국내 초역

2005 **우리 짜르의 사람들**
류드밀라 울리츠카야 | 박종소 옮김 | 69 |
국내 초역

2016 **망자들**
크리스티안 크라흐트 | 김태환 옮김 | 101 |
국내 초역